Diogenes Taschenbuch 21187

de
te
be

F. Scott Fitzgerald

Das Liebesschiff

Erzählungen 1920–1927

Aus dem Amerikanischen von
Christa Hotz und
Alexander Schmitz

Diogenes

Die in Buchform veröffentlichten Originalgeschichten sind dem Band ›The Price was High‹ (1979) entnommen. Hinweis am Ende dieses Bandes.
Umschlagfoto: Aus dem Film ›Das Fleisch und der Teufel‹ mit Greta Garbo und John Gilbert.

60/84/8/1
ISBN 3 257 21187 2

Inhalt

Myra lernt seine Eltern kennen

I

Wahrscheinlich ist jeder Junge, der innerhalb der letzten zehn Jahre irgendein College an der Ostküste besucht hat, Myra ein halbes dutzendmal begegnet, denn die Myras leben von den Colleges an der Ostküste wie junge Katzen von warmer Milch. Wenn Myra jung ist, so um die siebzehn, nennt man sie ein »wundervolles Kind«; in der Blüte ihrer Jugend – sagen wir, so mit neunzehn – kommt sie in den Genuß des zarten Kompliments, daß ihr Name ohne schmückendes Beiwerk genannt wird; und danach ist sie ein »Studentenschwarm« oder »die berühmte transamerikanische Myra«.

Man kann sie praktisch an jedem Winternachmittag sehen, wenn man durch das Biltmore-Foyer schlendert. Sie steht in einer Gruppe von gerade angekommenen Drittsemestlern der University of Princeton oder New Haven und versucht sich zu entscheiden, ob sie die blaue Stunde lieber im Club de Vingt oder im Plaza Red Room vertanzen soll. Danach wird einer der Studenten sie ins Theater begleiten, sie zum Abschlußball einladen – und dann in ein Taxi springen, um den letzten Zug zurück zum College noch zu erwischen.

Ausnahmslos hat sie eine schlafsüchtige Mutter, mit der sie eine Suite in einem der oberen Stockwerke teilt.

Wenn Myra etwa vierundzwanzig ist, denkt sie zurück

an all die netten Jungen, die sie irgendwann einmal hätte heiraten können, gibt einen kleinen Seufzer von sich und macht das Beste aus ihrer Situation. Aber bitte, keine Bemerkungen! Sie hat euch ihre Jugend geschenkt; sie wirbelte duftig durch zahllose Ballsäle, andächtig angebetet von zahllosen Augen; sie erweckte einen nie gekannten Rausch von Romantik in hundert vergötternden jungen Herzen; und wer sollte sagen, sie hätte nicht gezählt?

Die spezielle Myra, von der diese Geschichte handelt, braucht etwas geschichtlichen Hintergrund. Ich will es so schnell wie möglich hinter mich bringen.

Als sie sechzehn war, lebte sie in einem großen Haus in Cleveland und besuchte die Derby School in Connecticut, und noch während dieser Zeit begann sie, auf ihre ersten Schulabschluß-Bälle zu gehen. Sie entschloß sich, den Krieg am Smith College zu verbringen, doch im Januar ihres ersten Studienjahres verliebte sie sich unsterblich in einen jungen Infanterieoffizier, fiel sie bei allen Zwischenprüfungen durch und zog sich mit Schimpf und Schande nach Cleveland zurück. Der junge Infanterieoffizier kam etwa eine Woche später dort an.

Gerade, als sie beinahe zum Schluß gekommen war, daß sie ihn im Grunde doch nicht liebte, wurde er nach Übersee versetzt, worauf sie in einem großen Wiederaufwallen ihrer Gefühle gemeinsam mit ihrer Mutter zum Hafen eilte, um ihm vor dem Einschiffen Lebewohl zu sagen. Zwei Monate lang schrieb sie ihm täglich, dann zwei Monate lang wöchentlich, und dann noch einmal. Diesen letzten Brief hat er nie erhalten; an einem regnerischen Julimorgen durchschlug eine Maschinengewehrkugel seinen Kopf. Vielleicht war es auch besser so, denn der Brief teilte ihm mit, im Grunde sei alles ein Irrtum gewesen und irgend etwas sage ihr, daß sie niemals miteinander glücklich geworden wären, und so fort.

Dieses »Irgendetwas« trug Stiefel und Leutnantsabzeichen der Luftwaffe und war groß und dunkel. Myra war ziemlich sicher, das sei endlich das Wahre, doch da sich Mitte August auf dem Flugplatz Kelly Field ein Propeller in seine Brust bohrte, erhielt sie nie Gelegenheit, sich Gewißheit zu verschaffen.

Statt dessen kam sie wieder nach Osten; ein wenig schmaler, mit einer interessanten Blässe und neuen Schatten unter den Augen; das ganze Jahr des Waffenstillstands hindurch hinterließ sie überall in New York Zigarettenstummel auf kleinen Porzellanaschenbechern mit der Aufschrift *Midnight Frolic* oder *Coconut Grove* oder *Palais Royal.* Mittlerweile war sie einundzwanzig geworden, und in Cleveland meinten die Leute, ihre Mutter täte besser daran, sie nach Hause zu holen – sie würde in New York verdorben.

Das muß genügen. Die Geschichte hätte schon längst beginnen sollen.

Es war an einem Nachmittag im September, als sie eine Verabredung zu einem Theaterbesuch nicht einhielt, um mit der jungen Mrs. Arthur Elkins, die am College das Zimmer mit ihr geteilt hatte, Tee zu trinken.

»Ich wünschte«, begann Myra, während sie formvollendet Platz nahmen, »ich wäre eine Señorita oder eine Mademoiselle oder irgendsowas. Mein Gott! Was bleibt einem denn hier drüben noch zu tun, wenn man erstmal draußen ist, außer heiraten und sich zurückziehen?!«

Lilah Elkins hatte diese Form von *ennui* schon früher erlebt.

»Nichts«, erwiderte sie kühl, »mach's halt.«

»Irgendwie reizt mich der Gedanke nicht, Lilah.« Myra beugte sich ernsthaft vor. »Ich habe soviel herumgespielt, ich frage mich sogar schon während ich einen Mann küsse, wie schnell ich ihn wohl wieder satthaben werde. Es packt mich einfach nicht mehr wie früher.«

»Wie alt bist du, Myra?«

»Einundzwanzig, seit letztem Frühjahr.«

»Also«, sagte Lilah selbstgefällig, »glaub mir, heirate nicht, bevor du nicht wirklich genug hast vom Herumspielen. Man muß nämlich wirklich eine Menge aufgeben, weißt du.«

»Genug! Meine ganze sinnlose Existenz hängt mir zum Hals heraus. Komisch, Lilah, aber ich fühle mich uralt. Im letzten Frühjahr, in New Haven, haben Männer mit mir getanzt, die kamen mir vor wie kleine Jungs – und einmal habe ich zufällig gehört, wie im Ankleideraum ein Mädchen sagte, ›Da ist Myra Harper! Die kommt schon seit acht Jahren hierher.‹ Natürlich hat sie sich um etwa drei Jahre geirrt, aber ich habe trotzdem den Kalender-Koller gekriegt.«

»Du und ich, wir sind mit sechzehn an unseren ersten Ball gegangen – das ist fünf Jahre her.«

»Meine Güte!« seufzte Myra. »Und jetzt haben einige Männer schon Angst vor mir. Ist das nicht eigenartig? Einige der nettesten Jungs. Ein Mann hat mich fallenlassen wie eine heiße Kartoffel, nachdem er drei Wochenenden hintereinander extra von Morristown nach New York gekommen war. Irgendein guter Freund hatte ihm gesteckt, ich wollte mir in diesem Jahr unbedingt einen Ehemann schnappen, und da bekam er Angst, zu tief in die Sache hineinzugeraten.«

»Naja, aber du willst dir doch einen schnappen, oder?«

»Ich denke schon – in gewissem Sinn.« Myra hielt inne und sah sich betont vorsichtig um. »Kennst du eigentlich Knowleton Whitney? Du weißt doch, wie toll er aussieht, und sein Vater soll ein paar Millionen wert sein, sagt man. Jedenfalls, bei unserer ersten Begegnung fiel mir auf, daß er nervös wurde, als er meinen Namen hörte, und den Schüchternen spielte – und, Lilah, Darling, *so* uralt und hausbacken bin ich doch auch wieder nicht, oder?«

»Selbstverständlich nicht!« lachte Lilah. »Aber laß dir einen Rat geben: Such dir das beste Angebot aus – den Mann, der all die geistigen, körperlichen, gesellschaftlichen und finanziellen Qualitäten besitzt, die du dir wünschst, und dann geh aufs Ganze – so wie wir's früher gemacht haben. Aber wenn du ihn einmal hast, sag dir nicht, ›Naja, so singen wie Billy kann er nicht‹, oder ›ich wünschte, er würde besser Golf spielen‹. Man kann eben nicht alles haben. Mach die Augen zu und vergiß deinen Sinn für Humor, und dann, wenn du erstmal verheiratet bist, ist alles ganz anders, und du bist ausgesprochen froh darüber.«

»Ja«, meinte Myra abwesend, »diesen Rat kenne ich schon.«

»Romantische Gefühle zu entwickeln ist leicht, wenn man achtzehn ist«, fuhr Lilah mit Nachdruck fort, »aber nach fünf Jahren Romantik ist dein Vorrat ganz einfach erschöpft.«

»Ich hab' so eine schöne Zeit gehabt«, seufzte Myra, »und so süße Männer. Um dir die Wahrheit zu sagen: ich habe mir vorgenommen, mir jemanden zu angeln.«

»Wen?«

»Knowleton Whitney. Glaub mir, das hört sich vielleicht ein bißchen blasiert an, aber ich kann immer noch jeden haben, den ich will.«

»Und du willst ihn wirklich?«

»Ja – so sehr ich das überhaupt kann. Er ist geistreich und schüchtern – ganz süß schüchtern –, und man sagt, seine Familie besitze das schönste Haus in ganz Westchester County.«

Lilah nippte an ihrem letzten Rest Tee und schaute auf ihre Armbanduhr.

»Es wird höchste Zeit, Liebes.«

Sie erhoben sich, schlenderten auf die Park Avenue hinaus und riefen sich Taxis.

»Ich bin wirklich froh, Myra; und ich weiß, du wirst auch froh sein.«

Myra übersprang eine kleine Pfütze und balancierte, als sie ihr Taxi erreicht hatte, auf dem Trittbrett wie eine Ballettänzerin.

»Wiedersehn, Lilah, bis bald.«

»Auf Wiedersehen, Myra. Viel Glück!«

Und so gut, wie sie Myra kannte, hatte sie das Gefühl, daß ihre letzte Bemerkung absolut überflüssig war.

II

Darin bestand im wesentlichen der Grund, daß Knowleton Whitney eines schönen Freitagabends sechs Wochen später sieben Dollar zehn Cents für ein Taxi ausgab und für einen Moment mit gemischten Gefühlen an Myras Seite auf den Stufen des Biltmore stehenblieb.

Die äußere Oberfläche seines Verstandes war wahnsinnig vor Glück, aber direkt darunter verdichtete sich langsam ein Gefühl der Angst vor dem, was er getan hatte. Er, den man seit seinem ersten Studienjahr in Harvard vor den Fängen faszinierender Mitgiftjägerinnen bewahrt, den man an seinem fügsamen Genick gepackt und von mehreren süßen kleinen Dingern weggezerrt hatte, benutzte die Abwesenheit seiner Familie, die sich gerade im Westen aufhielt, um sich so in Netzen zu verstricken, daß sich nur schwer sagen ließ, wo die Netze aufhörten und er anfing.

Der Nachmittag war wie ein Traum gewesen: November-Dämmerung auf der Fifth Avenue nach der Matinée, er und Myra, die aus der romantischen Abgeschiedenheit einer Zweiraddroschke – malerisches Fortbewegungsmittel! – auf die wimmelnden Massen blickten, dann Tee im Ritz, ihre schimmernde weiße Hand neben ihm auf einer Sessellehne; und plötzlich hastige, abgehackte Worte. Danach die Fahrt zum Juwelier und ein verrücktes Essen in irgendeinem kleinen italienischen Restaurant, wo er »Ja oder Nein?« auf die Rückseite des Fahrscheines geschrieben und ihn zu ihr hinübergeschoben hatte, damit sie das ewig wunderbare »Das weißt Du doch!« hinzufügen konnte. Und jetzt, am Ende des Tages, blieben sie auf den Stufen des Biltmore stehen.

»Sag es«, atmete Myra dicht an seinem Ohr.

Er sagte es. Ah, Myra, wieviele Geister müssen in diesem Augenblick durch deine Erinnerung gehuscht sein!

»Du hast mich so glücklich gemacht, Liebster«, sagte sie sanft.

»Nein – du hast mich glücklich gemacht. Weißt du's nicht – Myra – –«

»Ich weiß.«

»Für immer?«

»Für immer. Ich habe das hier, weißt du.« Und sie hob den Solitär an ihre Lippen. Myra wußte, wie man es machte, ganz genau.

»Gute Nacht.«

»Gute Nacht. Gute Nacht.«

Wie eine zerbrechliche Fee in schillerndem Rosa lief sie die breite Treppe hinauf, und ihre Wangen glühten erregt, als sie die Fahrstuhlglocke läutete.

Nach Ablauf weiterer zwei Wochen erhielt sie ein Telegramm von ihm, seine Eltern seien aus dem Westen zurückgekehrt und würden sie zu einem einwöchigen Besuch in Westchester County erwarten. Myra kabelte ihre Ankunftszeit, kaufte sich drei neue Abendkleider und packte ihren Koffer.

Es war ein kühler Novemberabend, als sie dort ankam; beim Aussteigen aus dem Zug in der späten Abenddämmerung fröstelte sie ein wenig und hielt ungeduldig Ausschau nach Knowleton. Eine Zeitlang wimmelte der Bahnsteig von Männern, die aus der Stadt zurückgekehrt waren; man hörte das laute Durcheinander der Stimmen von Ehefrauen und Fahrern, das Dröhnen von Automobilen, die zurücksetzten, wendeten und davonglitten. Noch ehe sie recht wußte, was geschah, war der Bahnsteig völlig verlassen, und nicht ein einziger der luxuriösen Wagen blieb zurück. Knowleton mußte sie mit einem anderen Zug erwartet haben.

Mit einem fast unhörbaren »Verdammt!« ging sie auf das elisabethanische Bahnhofsgebäude zu, um zu telefonieren. Plötzlich wurde sie von einem sehr schmutzigen, schäbigen Mann angesprochen, der sie mit einem Finger an seiner bejahrten Mütze grüßte und sich mit brüchiger, nörgeliger Stimme an sie wandte.

»Sie Miss Harper?«

»Ja«, gab sie ziemlich verblüfft zu. Dieser unmögliche Mensch war doch nicht etwa der Chauffeur?

»Der Chauffeur ist krank«, fuhr er mit schrill wimmernder Stimme fort. »Ich bin sein Sohn.«

Myra schnappte nach Luft.

»Sie meinen Mr. Whitneys Chauffeur?«

»Ja; seit Kriegsende hat er nur noch einen. Ganz groß im Sparen – der reinste Hoover.« Er stampfte nervös mit den Füßen auf und klatschte riesige Handschuhe zusammen. »Nja, kein Zweck, hier in der Kälte herumzuquasseln. Nehm' Ihre Tasche.«

Viel zu erstaunt für Worte und nicht wenig schockiert folgte sie ihrem Führer zum Ende des Bahnsteigs, wo sie vergeblich nach einem Wagen suchte. Aber sie brauchte nicht lange zu rätseln, denn der Mensch lenkte ihre Schritte zu einem zerbeulten alten Gefährt, in dem ihre Tasche verstaut wurde.

»Große Wagen's kaputt«, erklärte er. »Müssen den nehmen oder laufen.«

Er öffnete die vordere Tür und nickte ihr zu.

»Einsteigen.«

»Ich setz' mich lieber hinten 'rein, wenn Sie nichts dagegen haben.«

»Wie Sie wollen«, gackerte er und öffnete die hintere Tür. »Dachte mir nur, es macht Sie nervös, wenn der Koffer dahinten so 'rumrutscht.«

»Welcher Koffer?«

»Ihrer.«

»Oh, hat Mr. Whitney nicht – – können Sie nicht zweimal fahren?«

Er schüttelte eigensinnig den Kopf.

»Würd' er nicht erlauben. Nicht seit dem Krieg. Reiche Leute müssen ein Beispiel geben, sagt Mr. Whitney immer. Geben Sie mir mal Ihren Gepäckschein, bitte?«

Während er entschwand, versuchte Myra vergeblich, ein Bild des Chauffeurs heraufzubeschwören, wenn das hier sein Sohn war. Nach einer mysteriösen Auseinandersetzung mit dem Bahnhofsvorsteher kehrte er zurück, völlig außer Atem, mit dem Koffer auf dem Rücken. Er deponierte ihn auf dem Rücksitz und stieg vorne bei ihr ein.

Es war schon fast dunkel, als sie schleudernd von der Straße in die lange, dämmrige Auffahrt zum Anwesen der Whitneys einbogen, von welchem aus erleuchtete Fenster große Flecken aus warmem, gelbem Licht auf Kies, Rasen und Bäume warfen. Auch jetzt noch konnte sie erkennen, daß es sich um ein sehr schönes Haus handelte, dessen verschwommene Umrisse auf georgianischen Kolonialstil schließen ließen, von beiden Seiten her eingerahmt durch weitläufige, schattige Parkanlagen. Das Gefährt kam ruckartig vor einem mit Steinquadern eingefaßten Tor zum Stehen, der Chauffeurssohn stieg hinter ihr aus und stieß die Außentür auf.

»Gehen Sie einfach 'rein«, gackerte er; als sie die Türschwelle überschritten hatte, hörte sie, wie er leise die Tür schloß und sich und die Dunkelheit aussperrte.

Myra blickte sich um. Sie stand in einer großen, düsteren, mit alter englischer Eiche getäfelten Empfangshalle, spärlich beleuchtet von abgedunkelten Lampen, die sich wie gelbe Leucht-Schildkröten in regelmäßigen Abständen an die Wand klammerten. Vor ihr befand sich eine breite Treppe und zu beiden Seiten mehrere Türen, aber irgendwelche Anzeichen von Leben waren nicht zu sehen oder zu hören; eine lähmende Stille schien unaufhörlich aus dem tiefkarmesinroten Teppich aufzusteigen.

Sie mußte eine volle Minute dort gewartet haben, ehe sie das unverwechselbare Gefühl überkam, von jemandem beobachtet zu werden. Sie zwang sich dazu, sich gelassen umzudrehen.

Ein kleiner Mann mit fahlem Gesicht, glatzköpfig und glatt rasiert, korrekt gekleidet, in schwarzem Gehrock und weißen Gamaschen, stand wenige Meter von ihr entfernt und betrachtete sie neugierig. Er mußte mindestens fünfzig sein, aber er machte, ohne sich zu bewegen, einen merkwürdig quecksilbrigen Eindruck auf sie – irgend etwas an seiner Haltung ließ vermuten, daß sie genau in diesem Augenblick angenommen worden war und im nächsten schon wieder verändert würde. Seine winzigen Hände und Füße und der ungewöhnliche Schwung seiner Augenbrauen verliehen seinem Ausdruck etwas leicht Elfenhaftes; für einen Moment war sie auf diese unbestimmte Art überzeugt, ihn schon einmal gesehen zu haben, vor vielen Jahren.

Eine Minute lang starrten sie sich schweigend an, dann errötete sie leicht und verspürte das Bedürfnis, zu schlucken.

»Ich nehme an, Sie sind Mr. Whitney.« Sie lächelte schwach und ging einen Schritt auf ihn zu. »Ich bin Myra Harper.«

Er blieb noch eine Weile länger stumm und bewegungslos stehen, und Myra durchfuhr der Gedanke, er könnte taub sein; dann plötzlich erwachte er mit einem Ruck zu bewußtem Leben, genau wie ein mechanisches Spielzeug auf Knopfdruck.

»Aber natürlich – aber selbstverständlich. Ich weiß –

ah!« rief er aufgeregt, mit hoher Elfenstimme. Dann stellte er sich in einer Art gedämpftem Begeisterungsausbruch auf die Zehenspitzen, lächelte ein runzliges Lächeln und trippelte über den dunklen Teppich auf sie zu.

Sie errötete, wie es sich gehörte.

»Es ist furchtbar reizend von – –«

»Ah!« fuhr er fort. »Sie müssen müde sein; eine unbequeme, staubige, gräßliche Fahrt, ich weiß. Müde und hungrig und durstig, kein Zweifel, kein Zweifel!« Indigniert blickte er um sich. »Das Personal in diesem Hause taugt absolut nichts!«

Myra wußte nicht, was sie darauf entgegnen sollte, deshalb verzichtete sie auf eine Antwort. Nach einer kurzen geistesabwesenden Pause lief Mr. Whitney voll seiner ungestümen Energie quer über den Teppich und drückte auf einen Knopf; dann, beinahe als tanze er, kehrte er mit zierlichen, geringschätzigen Gebärden an ihre Seite zurück.

»Nur eine Minute«, versicherte er ihr, »sechzig Sekunden, kaum mehr. Hier!«

Plötzlich raste er zur Wand hinüber, hob unter einiger Anstrengung einen großen, geschnitzten Louis-Quatorze-Sessel hoch und setzte ihn behutsam in der geometrischen Mitte des Teppichs ab.

»Nehmen Sie Platz, bitte! Setzen Sie sich doch! Ich werde gehen und Ihnen etwas holen. Höchstens sechzig Sekunden.«

Sie erhob zaghaft Einspruch, aber er wiederholte immer wieder: »Nehmen Sie Platz!«, in so gekränktem und doch hoffnungsvollem Ton, daß Myra sich schließlich setzte. Augenblicklich verschwand ihr Gastgeber.

Nachdem sie fünf Minuten so dagesessen hatte, überfiel

sie ein Gefühl der Niedergeschlagenheit. Das war entschieden die seltsamste Begrüßung, die sie je erlebt hatte – denn obwohl sie irgendwo gelesen hatte, Ludlow Whitney gelte als einer der größten Exzentriker der Finanzwelt, traf es ihren Sinn für Etikette doch ziemlich hart, ein fahles, elfenhaftes Männchen vorzufinden, das tänzelte, anstatt zu gehen. Hoffentlich holte er Knowleton! Sie drehte ihre Daumen in endlosen konzentrischen Kreisen.

Plötzlich fuhr sie erschrocken hoch. Jemand hatte dicht neben ihr gehüstelt – Mr. Whitney war wieder da. In einer Hand hielt er ein Glas Milch, in der anderen eine blaue Rührschüssel voll Suppenperlen.

»Hungrig von der Reise!« rief er voller Anteilnahme. »Armes Mädchen, armes kleines Mädchen, fast am Verhungern!« Dieses letzte Wort stieß er mit solcher Emphase hervor, daß dabei sanft ein bißchen Milch überschwappte.

Myra nahm die Erfrischungen folgsam an. Hungrig war sie zwar nicht, aber er hatte zehn Minuten gebraucht, um sie zu holen, weshalb es ihr unhöflich schien, sie abzulehnen. Während sie geziert an der Milch nippte und eine Suppenperle aß, überlegte sie unbestimmt, was sie sagen sollte. Mr. Whitney löste jedoch dieses Problem für sie, indem er zum zweiten Mal verschwand – dieses Mal über die breite Treppe, vier Stufen pro Hüpfer –, wobei sein kahler Hinterkopf im Halbdunkel einen Augenblick lang merkwürdig aufleuchtete.

Minuten verstrichen. Myra war hin- und hergerissen zwischen Ärger und Verblüffung darüber, wie sie dazu kam, mitten in dieser riesigen Halle auf einem hohen, unbequemen Sessel zu sitzen und auf Suppenperlen herumzukauen. Nach welchen gesellschaftlichen Regeln konnte man wohl die Verlobte seines Sohnes so empfangen!

Ihr Herz machte einen erleichterten Sprung, als sie von der Treppe her ein vertrautes Pfeifen vernahm: Knowleton – endlich. Als er sie sah, schnappte er vor Erstaunen nach Luft.

»Myra!«

Vorsichtig stellte sie die Schüssel und das Glas auf dem Teppich ab und erhob sich. Sie lächelte.

»Na sowas«, rief er, »mir hat niemand gesagt, daß du hier bist!«

»Dein Vater – hat mich begrüßt.«

»Gütiger! Er muß hinaufgegangen sein und es völlig vergessen haben. Hat er etwa darauf bestanden, daß du dieses Zeug ißt? Warum hast du nicht einfach gesagt, du willst nichts davon?«

»Weil – ich weiß nicht.«

»Mach dir wegen Vater keine Gedanken, Schatz. Er ist vergeßlich und in einigen Dingen etwas unkonventionell, aber daran wirst du dich gewöhnen.«

Er drückte auf einen Knopf, und ein Butler erschien.

»Zeigen Sie Miss Harper ihr Zimmer und lassen Sie ihre Reisetasche hinaufbringen – und den Koffer, falls er nicht schon oben ist.« Er wandte sich Myra zu. »Liebes, es tut mir schrecklich leid, daß ich nicht wußte, daß du hier bist. Mußtest du lange warten?«

»Oh, nur ein paar Minuten.«

Es waren mindestens zwanzig gewesen, aber sie versprach sich nichts davon, das sonderlich zu betonen, obwohl sie sich seltsam unbehaglich gefühlt hatte.

Eine halbe Stunde später, als sie gerade die letzte Öse ihres Abendkleides einhakte, klopfte es an die Tür.

»Ich bin's, Myra, Knowleton; wenn du fertig bist, könnten wir vor dem Essen noch kurz zu Mutter hineinschauen.«

Sie warf einen letzten beifälligen Blick auf ihr Spiegelbild, löschte das Licht und ging zu ihm hinaus in den Korridor. Er führte sie einen breiten Gang entlang, der den einen Flügel des Hauses mit dem anderen verband, blieb vor einer geschlossenen Tür stehen, stieß sie auf und winkte Myra in das sonderbarste Zimmer hinein, das ihre jungen Augen je erblickt hatten.

Es war ein großes, luxuriöses Boudoir, getäfelt, genau wie die Eingangshalle, mit dunkler englischer Eiche, und von mehreren Lampen in einen weichen, orangefarbenen Schein getaucht, der alle Konturen zu trübem Bernstein verschwimmen ließ. In einem ausladenden, mit Stapeln von Kissen gepolsterten und einem seltsam gemusterten Seidentuch drapierten Sessel ruhte eine sehr kräftige alte Dame mit schneeweißem Haar und plumpen Gesichtszügen, die den Anschein erweckte, sie hätte sich schon Jahre nicht mehr von der Stelle gerührt. Sie lag schläfrig in den Kissen, die Augen halb geschlossen; ihr gewaltiger Busen hob und senkte sich unter ihrem schwarzen Negligé.

Aber es war etwas anderes, das den Raum bemerkenswert machte, und Myra beachtete die Frau kaum, so gefesselt wurde sie von einem anderen Teil ihrer Umgebung. Auf dem Teppich, auf Sesseln und Sofas, auf dem großem Himmelbett und auf der weichen Angorabrücke vor dem Kamin saß, rekelte sich und schlief ein Heer von weißen Pudeln. Es mußten beinah zwei Dutzend Tiere sein, allesamt mit lockigem Fell, das sich vor ihren schmachtenden Augen kräuselte, und breiten gelben Schleifen, die an ihren Hälsen prangten. Als Myra und

Knowleton eintraten, wurden die Hunde unruhig; sie hoben einundzwanzig kalte schwarze Nasen in die Luft, und aus einundzwanzig kleinen Kehlen erklang lautes, metallisches Stakkato-Gekläff, bis das ganze Zimmer von einem solchen Radau erfüllt war, daß Myra erschrocken zurückwich.

Der Lärm ließ jedoch die Augen der schlafsüchtigen fetten Dame aufflattern. Mit tiefer, heiserer Stimme, die selbst eine eigenartige Ähnlichkeit mit Gebell hatte, schnauzte sie: »Schluß mit dem Krawall!«, und das Gekläff hörte augenblicklich auf. Die zwei oder drei Pudel beim Kamin sahen sich mit ihren seidigen Augen gegenseitig vorwurfsvoll an, legten sich wieder hin und zerflossen mit kleinen Seufzern auf der weißen Angorabrücke; der zerzauste Ball auf dem Schoß der Dame grub seine Nase in ihre Armbeuge und schlief weiter: nur die vielen Knäuel weißer Wolle überall im Raum hinderten Myra daran, alles für einen Traum zu halten.

»Mutter«, sagte Knowleton nach einer kurzen Pause, »das ist Myra.«

Den Lippen der Dame entströmte ein einzelnes heiseres Wort: »Myra?«

»Sie ist zu Besuch hier; ich hatte dir davon erzählt.«

Mrs. Whitney hob einen fleischigen Arm und strich sich müde mit der Hand über die Stirn.

»Kind!« sagte sie – und Myra fuhr zusammen, denn wieder klang ihre Stimme wie ein leises Knurren – »Sie möchten also meinen Sohn Knowleton heiraten?«

Myra war zwar der Ansicht, das hieße die Rücksitze vor den Kühler montieren, aber sie nickte. »Ja, Mrs. Whitney.«

»Wie alt sind Sie?« Diese Frage kam sehr plötzlich.

»Ich bin einundzwanzig, Mrs. Whitney.«

»Ah – und Sie stammen aus Cleveland?« Das klang eindeutig wie artikuliertes Gebell.

»Ja, Mrs. Whitney.«

»Ah – –«

Myra war nicht sicher, ob dieser letzte Laut zur Unterhaltung gehörte oder nur ein Aufstöhnen war, weshalb sie nicht darauf reagierte.

»Sie entschuldigen doch, wenn ich nicht nach unten komme«, fuhr Mrs. Whitney fort, »aber wenn wir hier im Osten sind, verlasse ich selten dieses Zimmer und meine lieben kleinen Hundchen.«

Myra nickte, die konventionelle Frage nach dem Stand der Gesundheit schon fast auf den Lippen, als sie Knowletons warnenden Blick auffing und sich bremste.

»Nun«, Mrs. Whitneys Stimme hatte etwas Endgültiges an sich, »Sie scheinen ein sehr nettes Mädchen zu sein. Besuchen Sie mich wieder einmal.«

»Gute Nacht, Mutter«, sagte Knowleton.

»Nacht!« bellte Mrs. Whitney schläfrig; ihre Augen glitten allmählich zu, während ihr Kopf in die Kissen zurücksank.

Knowleton hielt ihr die Tür auf, und Myra verließ leicht verwirrt das Zimmer. Als sie den Korridor entlanggingen, hörte sie hinter sich wütenden Lärm ausbrechen: Das Geräusch des Türenschließens hatte die Pudel wieder aufgeweckt.

Sie gingen nach unten, wo sie Mr. Whitney bereits am Tisch sitzend erwartete.

»Überaus charmant, absolut entzückend!« rief er aus und strahlte sie nervös an. »Eine große Familie, mit Ihnen als Juwel in ihrer Mitte, meine Liebe.«

Myra lächelte, Knowleton runzelte die Stirn, und Mr. Whitney zappelte herum.

»Es ist einsam hier gewesen«, fuhr er fort, »trostlos, nur mit uns dreien. Wir erwarten, daß Sie Sonne und Wärme in unser Leben bringen, das Strahlende, Blühende, das der Jugend eigen ist. Es wird ganz reizend werden. Singen Sie eigentlich?«

»Wie – ja, früher. Ich meine, ja, etwas.«

Er klatschte entzückt in die Hände.

»Herrlich! Wundervoll! Was singen Sie? Arien? Balladen? Schlager?«

»Also, meistens Schlager.«

»Gut; ich persönlich ziehe Schlager allem anderen vor. Übrigens, heute abend wird hier getanzt.«

»Vater«, fragte Knowleton säuerlich, »hast du etwa eine Gesellschaft eingeladen?«

»Ich habe Monroe beauftragt, einige Leute anzurufen – nur ein paar unserer Nachbarn«, erklärte er, Myra zugewandt. »Wir sind alle sehr gesellig hier, veranstalten dauernd solche informellen Sachen. Oh, es ist ganz entzückend.«

Myra suchte Knowletons Blick und sah ihn mitfühlend an. Es war offensichtlich, daß er an diesem ersten Abend mit ihr hatte allein sein wollen und sehr verstimmt war.

»Ich will, daß sie Myra kennenlernen«, fuhr sein Vater fort. »Ich will, daß sie wissen, was für ein entzückendes Juwel jetzt zu unserer kleinen Familie gehört.«

»Vater«, sagte Knowleton plötzlich, »später wollen Myra und ich natürlich hier mit dir und Mutter leben, aber für die ersten zwei oder drei Jahre, glaube ich, wäre ein Apartment für uns beide in New York doch das Geeignetere.«

Krach! Mr. Whitney hatte mit seinen Fingern quer über das Tischtuch geharkt und sein Silber zu einem mißtönenden Haufen auf den Boden gefegt.

»Dummes Zeug!« brüllte er wütend und zeigte mit einem winzigen Finger auf seinen Sohn. »Red gefälligst nicht solchen Blödsinn daher! Du wirst hier leben, verstehst du mich? Hier! Ein Heim ohne Kinder – was ist das schon?!«

»Aber, Vater – –«

In seiner Erregung erhob sich Mr. Whitney. Eine schwache, unnatürliche Röte überzog langsam sein fahles Gesicht.

»Still!« kreischte er. »Wenn du auch nur die geringste Unterstützung von mir erwartest – unter meinem Dach kannst du sie haben – aber nirgendwo sonst! Ist das klar? Und was Sie betrifft, meine bezaubernde junge Dame«, fuhr er fort und ließ seinen zitternden Finger in Myras Richtung wandern, »Sie merken sich besser ein für allemal, daß es das Beste ist, was Sie tun können, wenn Sie sich dazu entschließen, für immer hier zu wohnen. Das ist mein Heim, und ich werde dafür sorgen, daß es so bleibt!«

Einen Augenblick lang blieb er auf den Zehenspitzen stehen und schoß wütende Blicke auf die beiden ab; dann plötzlich drehte er sich um und verließ mit großen Sprüngen den Raum.

»Also«, keuchte Myra und wandte sich verblüfft zu Knowleton, »was sagt man dazu!«

III

Einige Stunden später kroch sie in einem ausgeprägten Zustand von ruheloser Unzufriedenheit ins Bett. Eines wußte sie genau – sie würde nie in diesem Haus wohnen. Knowleton mußte seinen Vater soweit zur Vernunft bringen, daß er ihnen ein Apartment in der Stadt bewilligte. Der fahle kleine Mann machte sie nervös; sie war sicher, daß Mrs. Whitneys Hunde ihr Alpträume verursachen würden; außerdem war ihr eine allgemeine Nonchalance aufgefallen – bei Chauffeur, Butler, den Hausmädchen und sogar bei den Gästen, die sie an diesem Abend getroffen hatte –, die ihrer Auffassung vom Stil eines großen Anwesens nicht im entferntesten entsprach.

Sie hatte vielleicht eine Stunde so dagelegen, als sie von einem spitzen Schrei, der aus dem Nebenraum zu kommen schien, aus ihrer trägen Träumerei aufgeschreckt wurde. Sie setzte sich im Bett auf und lauschte. Nach einer Minute schrie wieder jemand. Es klang genau wie das klagende Weinen eines müden Kindes, das von einer Hand auf seinem Mund abrupt zum Schweigen gebracht wird. In der dunklen Stille verwandelte sich ihre Verwirrung nach und nach in tiefe Unruhe. Sie wartete, ob der Schrei sich noch einmal wiederholen würde, aber obwohl sie sich angestrengt konzentrierte, hörte sie nichts außer der erdrückenden, dichten Stille von drei Uhr morgens. Sie fragte sich, wo Knowleton schlief, erinnerte sich, daß sein Schlafzimmer drüben im anderen Flügel gleich hinter dem seiner Mutter lag. Sie war allein hier – oder nicht?

Mit einem kleinen Keuchen glitt sie wieder unter die Decke und blieb lauschend liegen. Seit ihrer Kindheit hatte sie sich nicht mehr vor der Dunkelheit gefürchtet, doch die unvorhergesehene Anwesenheit eines Menschen im Zimmer nebenan erschreckte sie, ließ ihre Phantasie durch ein ganzes Arsenal von Kriminalgeschichten rasen, mit denen sie sich dann und wann an langen Nachmittagen die Zeit vertrieben hatte.

Sie hörte, wie die Uhr vier schlug. Sie war entsetzlich müde. Ein Vorhang senkte sich langsam vor ihre Phantasie, und nachdem sie sich auf die andere Seite gerollt hatte, schlief sie plötzlich ein.

Am nächsten Morgen, als sie mit Knowleton zwischen glitzernden, rauhreifbedeckten Büschen in einem der kahlen Gärten spazierenging, fühlte sie sich zunehmend beschwingter und wunderte sich über die Depressionen der vergangenen Nacht. Wahrscheinlich machten alle Familien einen etwas eigenartigen Eindruck, wenn man sie aus einem so persönlichen Grund zum ersten Mal besuchte. Dennoch: ihr Entschluß, mit Knowleton in einem anderen Haus zu leben als die weißen Hunde und der zappelige kleine Mann, blieb unvermindert fest. Und wenn das frostige Völkchen, das sie bei der Party gestern kennengelernt hatte, typisch war für die bessere Gesellschaft von Westchester County – –

»Die Familie«, sagte Knowleton, »muß reichlich ungewöhnlich wirken. Ich bin in einer merkwürdigen Atmosphäre aufgewachsen, nehme ich an, aber abgesehen von ihrer Vorliebe für Pudel in großen Mengen ist Mutter im Grunde ganz normal, und Vater scheint seine Position in der Wall Street trotz seiner exzentrischen Angewohnheiten sicher zu halten.«

»Knowleton«, fragte sie unvermittelt, »wer wohnt im Zimmer neben mir?«

Zuckte er zusammen und errötete leicht – oder bildete sie sich das nur ein?

»Weil«, fuhr sie bedächtig fort, »ich fast sicher bin, daß ich in der Nacht da jemanden weinen gehört habe. Es klang wie ein Kind, Knowleton.«

»Da drin ist niemand«, antwortete er entschieden. »Das lag entweder an deiner Phantasie, oder du hast irgendwas Falsches gegessen. Oder vielleicht war eines der Mädchen krank.«

Scheinbar mühelos ließ er das Thema fallen und wandte sich einem anderen zu.

Der Tag verging rasch. Beim Mittagessen schien Mr. Whitney seinen Wutanfall vom vergangenen Abend vergessen zu haben; er war so nervös enthusiastisch wie immer, und wieder hatte Myra das Gefühl, ihn irgendwo schon einmal gesehen zu haben. Sie und Knowleton statteten Mrs. Whitney einen zweiten Besuch ab; auch diesmal erhoben sich die Pudel unruhig, begannen mit ihrem Radau und wurden von der rauhen, kehligen Stimme energisch zur Ordnung gerufen. Die Unterhaltung war kurz und hatte etwas Inquisitorisches an sich. Beendet wurde sie wie beim ersten Mal von den schweren Augenlidern der Dame des Hauses und dem triumphierenden Abschiedskonzert der Hunde.

Am Abend entdeckte sie, daß Mr. Whitney darauf bestanden hatte, eine private Varietévorstellung für die Nachbarn zu organisieren. Im Ballsaal war eine Bühne aufgebaut worden, vor der Myra neben Knowleton in der ersten Reihe saß und gespannt zusah. Zwei dürre, hochnäsige Damen sangen, ein Mann führte einige uralte Kartentricks vor, ein Mädchen imitierte bekannte Persönlichkeiten, und dann, zu Myras Erstaunen, gab Mr. Whitney einen recht eindrucksvollen Steptanz zum besten. Es war etwas unbeschreiblich Komisches an den Bewegungen des wohlbekannten Financiers, der mit ernster Miene auf seinen winzigen Füßen über die Bühne huschte. Doch er tanzte gut, überraschend geschmeidig, mit spielerischer Leichtigkeit, und erntete einen wahren Beifallssturm.

Im Halbdunkel wurde sie plötzlich von der Dame zu ihrer Linken angesprochen.

»Mr. Whitney läßt ausrichten, daß er Sie hinter der Bühne zu sprechen wünscht.«

Verwirrt erhob sich Myra und stieg die Seitentreppe hoch, die zur erhöhten Plattform führte. Ihr Gastgeber erwartete sie bereits voller Ungeduld.

»Ah«, gluckste er, »prachtvoll!«

Er streckte ihr eine Hand entgegen, die sie verwundert ergriff. Bevor sie seine Absicht erraten konnte, stand sie schon – halb geführt, halb gezogen – draußen auf der Bühne. Der Scheinwerfer tauchte sie in gleißendes Licht, das Gemurmel der Unterhaltung im Publikum versiegte. Die Gesichter vor ihr waren farblose Kleckse auf schwarzem Grund, und sie fühlte, wie ihr die Ohren glühten, während sie darauf wartete, daß Mr. Whitney zu sprechen begann.

»Meine Damen und Herren«, sagte er, »die meisten unter Ihnen kennen ja Miss Myra Harper bereits. Sie hatten die Ehre, sie gestern abend kennenlernen zu dürfen. Sie ist, ich darf Sie dessen versichern, ein bezauberndes Mädchen. Ich weiß, wovon ich spreche: Sie beabsichtigt, die Frau meines Sohnes zu werden.«

Er hielt inne, nickte und fing an zu klatschen. Das Publikum nahm das Klatschen augenblicklich auf, und

Myra stand da, starr vor Angst, so heftig verwirrt wie noch nie zuvor in ihrem Leben.

Die piepsende Stimme fuhr fort: »Miss Harper ist nicht nur schön, sie ist auch begabt. Gestern abend vertraute sie mir an, daß sie singt. Ich fragte sie, ob sie Arien, Balladen oder Schlager vorzöge, und sie gestand mir, sie neige letzterem zu. Miss Harper wird uns nun die Freude machen, einen Schlager für uns zu singen.«

Damit stand Myra allein auf der Bühne, vor Verlegenheit unfähig, sich zu bewegen. Sie bildete sich ein, auf den Gesichtern vor ihr kritische Erwartung zu sehen, Langeweile und ironische Mißbilligung. Ein absolut unmögliches Benehmen – man konnte doch einen Gast nicht einfach unvorbereitet in eine solche Lage bringen.

Nachdem Stille eingekehrt war, erwog sie im ersten Moment noch, mit ein, zwei Worten zu erklären, Mr. Whitney sei einem Mißverständnis zum Opfer gefallen, aber dann kam ihr ihre Empörung zu Hilfe. Sie warf den Kopf zurück, und diejenigen, die nahe genug vor der Bühne saßen, konnten sehen, wie sich ihre Lippen fest zusammenpreßten.

Sie trat an den vorderen Rand der Bühne und wandte sich knapp an den Chef der Kapelle: »Haben Sie ›Wave That Wishbone‹?«

»Mal sehn. Ja, haben wir.«

»Gut. Dann los.«

Eilig ging sie in Gedanken noch einmal den Text durch, den sie ganz zufällig im letzten Sommer auf einer langweiligen Party gelernt hatte. Es war vielleicht nicht gerade das Lied, das sie normalerweise für ihren ersten öffentlichen Auftritt gewählt hätte, aber das war jetzt nicht mehr zu ändern. Sie lächelte strahlend, nickte dem Kapellmeister zu und begann, mit ihrem hellen, klaren Alt die erste Strophe zu singen.

Während sie sang, ergriff allmählich eine leichtsinnig ironische Stimmung von ihr Besitz – sie bekam Lust darauf, denen da unten für ihr Geld etwas zu bieten. Und das tat sie. Sie gab jedem Slangausdruck den passenden näselnden, heiseren Tonfall; sie ließ die Hüften im Rhythmus wackeln und schwingen; sie zeigte einen Revue-Tanzschritt, den sie einmal für die Laienaufführung eines Musicals gelernt hatte; schließlich beendete sie ihre Darbietung aus einer wilden Eingebung heraus in typischer Al-Jolson-Pose: auf den Knien, die Arme ihrem Publikum entgegengestreckt, eine synkopierte Bitte um Beifall.

Dann stand sie auf, verbeugte sich und verließ die Bühne.

Einen Augenblick lang herrschte Stille, kalte Grabesstille, dann schloß sich vielleicht ein halbes Dutzend Hände zu einem schwachen Proforma-Applaus zusammen, der schon nach einer Sekunde wieder erstarb.

»Großer Gott!« dachte Myra, »war es wirklich so schlecht? Oder hab' ich sie schockiert?«

Mr. Whitney indessen schien entzückt. Er erwartete sie hinter den Kulissen, ergriff ihre Hand und schüttelte sie enthusiastisch.

»Ganz wunderbar!« kicherte er. »Sie sind eine hinreißende kleine Schauspielerin – und Sie werden eine wertvolle Bereicherung für unsere kleinen Theaterstücke sein. Möchten Sie eine Zugabe geben?«

»Nein«, antwortete Myra kurz und wandte sich ab.

In einer dunklen Ecke wartete sie, bis die Menge den Saal einer nach dem anderen verlassen hatte, erfüllt von wütendem Unwillen, diesen Leuten jetzt gegenüberzutreten, nachdem sie gerade eben ihre Leistung abgelehnt hatten.

Als der Ballsaal ganz leer war, ging sie langsam die Treppe hinauf. Oben standen Knowleton und Mr. Whitney allein im dunklen Korridor, offensichtlich in ein hitziges Streitgespräch verwickelt.

Bei Myras Erscheinen unterbrachen sie sich und sahen ihr ungeduldig entgegen.

»Myra«, sagte Mr. Whitney, »Knowleton möchte mit Ihnen sprechen.«

»Vater«, sagte Knowleton gepreßt, »ich bitte dich – –«

»Ruhe!« rief sein Vater mit gereizt ansteigender Stimme. »Du wirst deine Pflicht tun – und zwar sofort.«

Knowleton warf ihm noch einen flehenden Blick zu, aber Mr. Whitney schüttelte nur erregt den Kopf, drehte sich um und verschwand wie eine Geistererscheinung die Treppe hinauf.

Knowleton stand einen Moment schweigend da, doch schließlich ergriff er mit einem Ausdruck verbissener Entschlossenheit ihre Hand und führte sie zu einem Raum am Ende des Korridors. Das gelbe Licht fiel hinter ihnen durch die Tür, und sie fand sich in einem dunklen, geräumigen Zimmer wieder, in dem sie gerade noch große quadratische Umrisse an den Wänden ausmachen konnte, die sie für Bilderrahmen hielt. Knowleton drückte einen Knopf, und augenblicklich erwachten vierzig Porträts zum Leben – Galane aus der Kolonialzeit, Damen mit Gainsborough-Schlapphüten, fette Frauen mit Halskrausen und sanften, gefalteten Händen.

Sie sah Knowleton mit fragendem Blick an, aber er führte sie zu einer Reihe von Bildern an der Seitenwand.

»Myra«, sagte er langsam und mühevoll, »da gibt es

etwas, was ich dir sagen muß. Das da« – er wies mit seiner Hand auf die Gemälde – »sind Familienporträts.«

Es waren insgesamt sieben, drei Männer und drei Frauen, allesamt aus der Zeit kurz vor dem Bürgerkrieg. Das in der Mitte jedoch war mit karmesinroten Samtvorhängen verhängt.

»Es mag ironisch klingen«, fuhr er mit fester Stimme fort, »aber dieses Bild stellt meine Urgroßmutter dar.«

Er streckte eine Hand aus, zog an einer kleinen Seidenkordel, die Vorhänge teilten sich und gaben den Blick frei auf das Porträt einer Frau, die zwar europäisch gekleidet war, aber unverkennbar die Züge einer Chinesin besaß.

»Mein Urgroßvater, mußt du wissen, war ein australischer Tee-Importeur. Er traf seine spätere Frau in Hongkong.«

In Myras Kopf drehte sich alles. Plötzlich sah sie Mr. Whitneys gelbliches Gesicht vor sich, seine charakteristischen Augenbrauen, die winzigen Hände und Füße – sie erinnerte sich an grausige Geschichten, die sie über Atavismus gehört hatte – über chinesische Babys –, da durchzuckte sie als letzter Schreckensgedanke die Erinnerung an jenen erstickten Schrei mitten in der Nacht. Sie schnappte nach Luft, ihre Knie schienen unter ihr nachzugeben, und sie sank langsam zu Boden.

Sofort schlossen sich Knowletons Arme um sie.

»Liebstes, Liebstes!« rief er. »Ich hätte es dir nicht sagen dürfen. Ich hätte es dir nicht sagen dürfen!«

Im Augenblick, da sie diese Worte hörte, wußte Myra endgültig, Irrtum ausgeschlossen, daß sie ihn nie würde heiraten können, und als sie das erkannte, warf sie ihm einen wilden, erbarmungswürdigen Blick zu und fiel zum erstenmal in ihrem Leben einfach in Ohnmacht.

IV

Als sie wieder ganz zu sich gekommen war, lag sie im Bett. Offensichtlich hatte eines der Mädchen sie entkleidet; denn nachdem sie die Leselampe eingeschaltet hatte, sah sie, daß ihre Kleider ordentlich weggehängt worden waren. Sie lag eine Weile da, hörte gedankenverloren zu, wie die Uhr in der Halle zwei Uhr schlug. Plötzlich ließen sie ihre überreizten Nerven vor Schreck hochfahren: wieder dieses Kinderweinen aus dem Nebenzimmer. Der Morgen schien mit einem Mal unendlich weit entfernt. In ihrer Nähe verbarg sich irgendein düsteres Geheimnis – ihre fiebrige Phantasie gaukelte ihr das Bild eines chinesischen Kindes vor, das dort drüben im Halbdunkel aufgezogen wurde.

In einem Anfall von Panik schlüpfte sie in ein Negligé, riß die Tür auf und schlich den Flur entlang bis zu Knowletons Zimmer. Es war sehr dunkel im anderen Flügel, aber als sie seine Tür aufstieß, konnte sie beim schwachen Licht der Korridorbeleuchtung sehen, daß sein Bett leer und nicht benutzt worden war. Ihre Angst nahm zu. Warum war er zu dieser Nachtstunde nicht in seinem Zimmer? Sie steuerte auf Mrs. Whitneys Boudoir zu, doch beim Gedanken an die Hunde und ihre nackten Knöchel stieß sie einen leisen, entmutigten Laut aus und ging an der Tür vorbei.

Kurz darauf hörte sie den Klang von Knowletons Stimme, der aus der Richtung eines schmalen Lichtspalts ganz am Ende des Korridors kam, und flüchtete freudig erregt auf ihn zu. Als sie gerade noch knapp einen halben Meter von der Tür entfernt war, entdeckte sie, daß sie durch den Spalt hineinsehen konnte – und nach einem einzigen flüchtigen Blick verlor sie jede Absicht, den Raum zu betreten.

Vor einem offenen Kamin, mit hängendem Kopf, in einer Haltung, die grenzenlose Niedergeschlagenheit ausdrückte, stand Knowleton; in einer Ecke, die Füße auf einen Tisch gelegt, saß Mr. Whitney in Hemdsärmeln, sehr ruhig und gelassen, und sog zufrieden an einer riesigen schwarzen Pfeife. Neben ihm auf dem Tisch saß ein Teil von Mrs. Whitney – das heißt, Mrs. Whitney ohne Haare. Auf dem gewohnten, umfangreichen Oberkörper thronte zwar Mrs. Whitneys Kopf, aber völlig kahl; auf ihren Wangen zeigten sich bereits kurze Bartstoppeln, und in ihrem Mund steckte eine große, schwarze Zigarre, die sie mit offensichtlichem Vergnügen paffte.

»Tausend«, stöhnte Knowleton, als gäbe er Antwort auf eine bestimmte Frage. »Sagen wir zweifünf, und wir kommen den Tatsachen näher. Ich habe heute von den Graham Kennels die Rechnung für diese Pudel bekommen. Die knöpfen mir schon zweihundert ab und sagen auch noch, sie müssen sie morgen wieder zurückhaben.«

»Tja«, sagte Mrs. Whitney mit tiefer Baritonstimme, »dann schick sie halt zurück. Wir brauchen sie nicht mehr.«

»Das ist ja noch das wenigste«, fuhr Knowleton verdrossen fort. »Mit Ihrem Honorar und Ihrem, Appleton, dem Kerl, der den Chauffeur gemacht hat, und den siebzig Statisten für zwei Abende und der Kapelle noch dazu – sind das schon fast zwölfhundert, und dann kommt noch die Miete für die Kostüme und dieses blöde Chinesenporträt dazu und das Schmiergeld fürs Personal. Himmel! Kann gut sein, daß den ganzen nächsten Monat lang irgendwelche Rechnungen hier eintrudeln.«

»Naja, dann«, sagte Appleton, »reißen Sie sich doch um alles in der Welt zusammen und ziehen die Sache bis zum bitteren Ende durch. Ich gebe Ihnen mein Wort drauf, das Mädchen ist bis morgen mittag Schlag zwölf aus dem Haus.«

Knowleton sank in einen Sessel und verbarg sein Gesicht in den Händen. »Oh – –«

»Haltung! Jetzt ist alles vorbei. Da draußen im Flur dachte ich zwar einen Moment lang schon, Sie bringen die Sache mit der Chinesin nicht fertig.«

»Nach diesem Varieté war ich vollkommen erledigt«, stöhnte Knowleton. »Das war so ziemlich der gemeinste Streich, den man einem Mädchen spielen kann, und sie hat so verdammt viel Humor bewiesen!«

»Blieb ihr was anderes übrig?« sagte Mrs. Whitney zynisch.

»Oh, Kelly, wenn Sie gesehen hätten, wie das Mädchen mich angeschaut hat, kurz bevor sie vor diesem Porträt in Ohnmacht fiel. Gott, ich glaube, sie liebt mich! Oh, wenn Sie das gesehen hätten!«

Myra wurde puterrot. Sie lehnte sich dichter an die Tür und biß sich auf die Lippen, bis sie das leicht bittere Aroma von Blut schmeckte.

»Wenn ich irgend etwas tun könnte«, fuhr Knowleton fort – »egal was, womit ich ihr die Sache leichter machen könnte, ich glaube, ich würd's tun.«

Kelly, mit seinem kahl schimmernden Schädel in absurdem Kontrast zu dem betont weiblichen Negligé, ging gewichtig zu Knowleton hinüber und legte ihm eine Hand auf die Schulter.

»Weißt du, mein Junge – du hast einfach keine Nerven, das ist dein Problem. Betrachte das ganze doch mal so: Du hast was unternommen, um aus deinem Schlamassel wieder rauszukommen. Das Mädchen war todsicher nur hinter deinem Geld her – jetzt hast du sie mit ihren eigenen Waffen geschlagen, bist um eine unglückliche Ehe herumgekommen und hast deiner Familie viel Kummer erspart. Stimmt's, Appleton?«

»Absolut!« stimmte Appleton mit Nachdruck zu. »Bringen Sie's zu Ende.«

»Naja«, sagte Knowleton in einem traurigen Versuch, gerecht zu sein, »wenn sie mich wirklich lieben würde, hätte sie sich von alldem nicht so beeindrucken lassen. Sie heiratet schließlich nicht meine Familie.«

Appleton lachte.

»Ich dachte, wir hätten versucht, ihr deutlich klarzumachen, daß sie genau das tun muß.«

»Oh, seien Sie ruhig!« rief Knowleton gequält.

Myra sah, wie Appleton Kelly zuzwinkerte.

»Richtig«, sagte er, »sie hat gezeigt, daß sie hinter Ihrem Geld her ist. Also gibt's überhaupt keinen Grund, die Sache nicht durchzuziehen. Überlegen Sie doch mal: die Angelegenheit kann nur auf zwei Arten ausgehen. Erste Möglichkeit: Sie haben bewiesen, daß sie Sie nicht liebt, Sie sind sie los und frei wie ein Vogel. Sie wird sich wegschleichen und nie auch nur ein Wort darüber verlieren – und Ihre Eltern erfahren nichts davon. Zweite Möglichkeit: Zweitausendfünfhundert zum Fenster rausgeschmissen, unglückliche Ehe, das Mädchen wird Sie bestimmt hassen, sobald sie alles erfahren hat, Ihre Eltern werden außer sich sein und Sie wahrscheinlich wegen dieser Heirat enterben, mit einem Wort: eine einzige Katastrophe.«

»Sie haben recht«, gab Knowleton düster zu. »Sie haben

recht, nehme ich an – aber, Gott, der Ausdruck auf ihrem Gesicht vorhin! Wahrscheinlich liegt sie jetzt wach im Bett und hört nach dem Chinesenbaby – –«

Appleton stand auf und gähnte.

»Also – –«, fing er an.

Aber Myra hatte genug gehört. Sie zog ihren Seidenkimono eng an sich, rannte wie der Blitz über den weichen Flur und stürzte völlig aufgelöst und außer Atem in ihr Zimmer.

»Allmächtiger Gott!« rief sie, die Hände im Dunkeln ineinander verkrampft, »Allmächtiger Gott!«

V

Erst kurz vor Anbruch der Morgendämmerung fiel Myra in einen chaotischen Traum, der endlose Stunden fortzudauern schien. Sie wachte gegen sieben auf und lag wie erschlagen da, ein blaugeäderter Arm hing seitlich aus dem Bett. Sie, die unzählige Nächte durchtanzt hatte, war todmüde.

Das Schlagen einer Uhr vor ihrer Tür ließ sie nervös zusammenfahren, und durch diese Bewegung schien etwas in ihr einzustürzen – sie warf sich herum und begann, hemmungslos in ihr Kissen zu weinen, ihr Kopf umgeben von einem dunklen Nimbus aus zerzaustem Haar. Ausgerechnet ihr, Myra Harper, wurde dieser billige, vulgäre Streich gespielt, und dazu noch von einem Mann, den sie für schüchtern und freundlich gehalten hatte.

Weil er nicht die Courage gehabt hatte, zu ihr zu kommen und ihr die Wahrheit zu sagen, hatte er von der Straße weg Männer angeheuert, um sie zu vergraulen.

Zwischen ihren fiebrigen, krampfartigen Schluchzern versuchte sie vergeblich sich vorzustellen, wie es in einem Gehirn aussah, das sich einen solchen Plan mit dieser Finesse hatte ausdenken können. Ihr Stolz machte es ihr unmöglich, in dem Ganzen einen wohlüberlegten Schachzug Knowletons zu sehen. Wahrscheinlich stammte die Idee von diesem kleinen Schauspieler Appleton, oder vom fetten Kelly mit seinen gräßlichen Pudeln. In jedem Fall war das alles unerhört – unfaßbar. Sie fühlte sich dadurch tief in ihrer Selbstachtung getroffen.

Doch als sie um acht Uhr ihr Zimmer verließ und – das Frühstück hatte sie verschmäht – in den Garten hinausging, war sie eine überaus beherrschte junge Schönheit mit trockenen, kühlen Augen, unter denen nur schwache Schatten lagen. Der Boden, fest und gefroren, kündigte den Winter an, und sie fand grauen Himmel und dumpfe Luft irgendwie tröstlich und zu ihrer Stimmung passend. Es war ein Tag zum Nachdenken, und sie mußte nachdenken.

Und dann, als sie um eine Ecke bog, sah sie plötzlich Knowleton vor sich auf einer Steinbank sitzen, den Kopf in den Händen, in einer Haltung tiefster Niedergeschlagenheit. Er trug noch immer dieselben Kleider wie am vergangenen Abend; ganz offensichtlich war er überhaupt nicht im Bett gewesen.

Er hörte sie erst, als sie ganz nah bei ihm war: ein trockener Zweig, der unter ihrem Fuß knackte, ließ ihn müde aufblicken. Die Nacht hatte verheerende Spuren hinterlassen – sein Gesicht war leichenblaß, seine Augen rotgerändert, geschwollen und müde. Er sprang auf, mit einem Gesichtsausdruck, der sehr nach Furcht aussah.

»Guten Morgen«, sagte Myra leise.

»Setz dich«, begann er fahrig. »Setz dich, ich möchte mit dir reden. Ich muß mit dir reden!«

Myra nickte, nahm neben ihm auf der Bank Platz, umfaßte ihre Knie mit den Händen und schloß halb die Augen.

»Myra, um Himmels willen, hab Mitleid mit mir!«

Sie warf ihm einen fragenden Blick zu.

»Was meinst du?«

Er stöhnte auf.

»Myra, ich habe etwas Entsetzliches getan – dir, mir, uns. Es gibt nichts, was ich zu meiner Verteidigung sagen könnte – ich habe mich ganz einfach erbärmlich benommen. Ich glaube, mich hat eine Art Wahnsinn überkommen.«

»Du mußt mir schon erklären, wovon du da sprichst.«

»Myra – Myra« – wie alle großen, trägen Massen war sein Geständnis scheinbar nur schwer in Bewegung zu bringen. – »Myra, Mr. Whitney ist nicht mein Vater.«

»Du meinst, du wurdest adoptiert?«

»Nein, ich meine – Ludlow Whitney ist natürlich mein Vater, aber der Mann, den du kennengelernt hast, ist nicht Ludlow Whitney.«

»Ich weiß«, sagte Myra kühl. »Das ist Warren Appleton, der Schauspieler.«

Knowleton sprang auf.

»Wie um alles – –«

»Oh«, log Myra elegant, »ich habe ihn schon am ersten Abend erkannt. Ich sah ihn vor fünf Jahren in *The Swiss Grapefruit.*«

Bei diesen Worten schien Knowleton endgültig zusammenzubrechen. Kraftlos sank er auf die Bank zurück.

»Du wußtest?«

»Natürlich! Was kann ich dafür? Ich habe mich nur gefragt, was das alles bedeuten sollte.«

Mit gewaltiger Anstrengung versuchte er sich zu fassen.

»Ich will dir die ganze Geschichte erzählen, Myra.«

»Ich bin ganz Ohr.«

»Also, es fängt mit meiner Mutter an – meiner richtigen, nicht der Frau mit diesen idiotischen Hunden; sie ist körperbehindert, und ich bin ihr einziges Kind. Ihr einziger Lebensinhalt bestand immer nur in dem Wunsch, mich standesgemäß zu verheiraten, und ihre Vorstellung von einer standesgemäßen Heirat ist untrennbar verbunden mit einer angesehenen gesellschaftlichen Stellung in England. Ihre größte Enttäuschung war, daß ich kein Mädchen war und darum keinen Titel heiraten konnte; statt dessen wollte sie mich nach England schleifen – mich mit der Schwester eines Earls oder der Tochter eines Herzogs verheiraten. Bevor sie mich diesen Herbst allein hier wohnen ließ, mußte ich ihr sogar versprechen, mit keinem Mädchen mehr als zweimal auszugehen. Und dann traf ich dich.«

Er hielt eine Sekunde inne und fuhr dann ernst fort: »Du warst das erste Mädchen in meinem Leben, bei dem ich überhaupt ans Heiraten gedacht habe. Du hast mich berauscht, Myra. Es war beinah so, als hättest du mich durch irgendeine unsichtbare Macht dazu gezwungen, dich zu lieben.«

»Habe ich auch«, murmelte Myra.

»Jedenfalls, dieser erste Rausch hielt eine Woche an, da kam eines Tages ein Brief von Mutter, sie würde irgendein wunderbares englisches Mädchen mitbringen, eine Lady Helena Soundso. Und am selben Tag erzählte mir ein Mann, er hätte gehört, ich sei der berühmtesten Heiratswütigen von ganz New York ins Netz gegangen. Weißt du – zwischen diesen zwei Neuigkeiten bin ich fast verrückt geworden. Ich bin in die Stadt gefahren, um dich zu sehen und alles abzublasen – kam gerade bis zum Biltmore-Eingang und traute mich nicht weiter. Ich fing an, wie ein Wahnsinniger auf der Fifth Avenue herumzuirren, und da traf ich Kelly. Ich erzählte ihm die ganze Geschichte – und eine Stunde später hatten wir diesen scheußlichen Plan ausgeklügelt. Es war sein Plan – mit allen Details. Sein Instinkt fürs Dramatische ist wohl mit ihm durchgegangen, und er überzeugte mich, das sei der schonendste Ausweg.«

»Komm zum Ende«, befahl Myra knapp.

»Naja, es lief ganz toll, dachten wir jedenfalls. Alles – das Treffen am Bahnhof, die Szene beim Abendessen, der Schrei in der Nacht, das Varieté – obwohl ich meinte, das sei ein bißchen zu dick aufgetragen – bis – bis – – Oh, Myra, als du unter dem Bild ohnmächtig wurdest und ich dich hilflos wie einen Säugling in den Armen hielt, da wußte ich, daß ich dich liebe. Da tat mir das alles leid, Myra.«

Eine lange Pause trat ein, während der sie reglos dasaß, ihre Hände immer noch ihre Knie umfassend. Plötzlich brach es ungestüm und leidenschaftlich ehrlich aus ihm heraus:

»Myra!« rief er, »wenn es irgendeine Möglichkeit gibt, daß du dich dazu überwinden könntest, mir zu vergeben und alles zu vergessen, dann will ich dich heiraten, wann immer du willst, und dich mein Leben lang lieben, und meine Familie kann sich von mir aus zum Teufel scheren.«

Sie überlegte lange; Knowleton stand auf und begann nervös zwischen den kahlen Büschen auf und ab zu gehen, die Hände in die Taschen vergraben. Jetzt hatten seine müden Augen einen kläglichen, dumpf flehenden Blick. Schließlich kam sie zu einer Entscheidung.

»Bist du dir absolut sicher?« fragte sie ruhig.

»Ja.«

»Sehr gut; dann heirate ich dich heute noch.«

Ihre Worte klärten die Atmosphäre, seine Sorgen schienen von ihm abzufallen wie ein zerlumpter Mantel. Eine Altweibersommersonne glitt hinter den grauen Wolken hervor, und das trockene Buschwerk raschelte leise in der sanften Brise.

»Es war ein schwerer Fehler«, sagte sie weiter, »aber wenn du dir jetzt sicher bist, daß du mich liebst, dann ist das ja die Hauptsache. Wir fahren noch heute morgen in die Stadt, besorgen uns die Eheerlaubnis, und ich rufe meinen Vetter an, der Geistlicher der First Presbyterian Church ist. Wir können heute abend in den Westen abreisen.«

»Myra!« jubelte er lauthals. »Du bist wunderbar, und ich bin es nicht wert, dir die Schuhe zu schnüren. Ich werde alles wiedergutmachen, mein Liebling.«

Damit nahm er ihren geschmeidigen Körper in die Arme und bedeckte ihr Gesicht mit Küssen.

Die nächsten zwei Stunden vergingen wie im Flug. Myra ging zum Telephon, rief ihren Cousin an und eilte dann hinauf, um zu packen. Als sie wieder herunterkam, wartete wie von Zauberhand gesandt ein chromglänzender Sportwagen in der Auffahrt, und gegen zehn rollten sie bereits glücklich auf die Stadt zu.

Sie unterbrachen ihre Fahrt für einige Minuten am Rathaus und noch einmal beim Juwelier, dann waren sie auch schon im Haus von Reverend Walter Gregory an der Sixty-ninth Street, wo ein frömmelnder Gentleman sie mit funkelnden Augen und leichtem Stottern herzlich willkommen hieß und vor der Zeremonie noch zu einem Frühstück mit Eiern und Speck drängte.

Auf dem Weg zum Bahnhof hielten sie nur einmal an, gerade lange genug, um Knowletons Vater zu telegraphieren, womit sie in kürzester Zeit in ihrem Abteil des Broadway Limited saßen.

»So ein Mist!« rief Myra, »ich hab' meine Tasche vergessen. Muß sie in der Aufregung bei Vetter Walter vergessen haben.«

»Das macht doch nichts. Wir können dir in Chicago alles neu besorgen.«

Sie schaute auf ihre Armbanduhr.

»Wir haben doch noch Zeit; ich rufe ihn an, er soll sie mir nachschicken.«

Sie erhob sich.

»Aber mach nicht zu lange, Liebes.«

Sie beugte sich vor und gab ihm einen Kuß auf die Stirn.

»Das könnte ich gar nicht, das weißt du doch. Nur zwei Minuten, Schatz.«

Draußen lief Myra schnell den Bahnsteig entlang und die Stahltreppe zum großen Wartesaal hinauf, wo ein Mann auf sie wartete – ein Mann mit funkelnden Augen, der leicht stotterte.

»Na, w-wie ist es gelaufen, M-Myra?«

»Alles bestens! Oh, Walter, du warst hinreißend. Ich wünsche mir beinahe, du würdest Pfarrer werden, damit du die Trauung übernehmen könntest, wenn ich wirklich mal heirate.«

»Naja – ich ha-hab ja auch 'ne halbe Stunde geübt, nachd-dem du angerufen hattest.«

»Nur schade, daß wir nicht mehr Zeit hatten. Ich hätte

ihn auch noch dazu gebracht, ein Apartment zu mieten und Möbel zu kaufen.«

»H'm«, kicherte Walter. »B-bin ja gespannt, w-wie weit er kommt mit seinen Flitterwochen.«

»Oh, er wird glauben, ich sei im Zug, bis er in Elizabeth ankommt.« Sie schüttelte ihre kleine Faust hinauf zur gewaltigen Wölbung der Marmorkuppel. »Oh, er kommt noch viel zu gut davon – viel zu gut!«

»M-möchte b-bloß wissen, was der Kerl dir angetan hat, M-Myra.«

»Ich hoffe, das wirst du nie erfahren.«

Sie hatten den Seitenausgang erreicht, und er winkte ihr ein Taxi heran.

»Du bist ein Engel!« strahlte Myra, »und ich kann dir gar nicht genug danken.«

»St-tets gern zu Diensten — Übrigens, was m-machst du mit all den Ringen?«

Myra betrachtete lachend ihre Hand.

»Das ist die Frage«, sagte sie. »Ich könnte sie ja an Lady Helena Soundso schicken – und – naja, ich hatte schon immer ein besonderes Faible für Souvenirs. Sag dem Fahrer ›Biltmore‹, Walter.«

Würfel, Schlagring & Gitarre

Bekanntlich stehen gewisse Teile von New Jersey unter Wasser und andere unter ständiger Überwachung der Behörden. Aber hie und da findet man Reste einer parkähnlichen Landschaft, gesprenkelt mit altmodischen Herrenhäusern aus Holz, zu denen schattige Veranden und eine rote Schaukel auf dem Rasen gehören. Und vielleicht ist auf der breitesten und schattigsten Veranda sogar noch eine Hängematte aus den Tagen der Hängematte übriggeblieben, die in einem viktorianischen Wind sanft hin und her schwingt.

Wenn Touristen auf solche Wahrzeichen des letzten Jahrhunderts stoßen, halten sie ihre Autos an, schauen ein Weilchen hinüber und murmeln dann: »Na, gottseidank ist dieses Zeitalter wenigstens mit *irgend*was verbunden geblieben«, oder sie sagen: »Zugegeben, in diesem Haus gibt's praktisch nur Korridore, tausend Ratten und ein Badezimmer, aber es hat so eine Atmosphäre ...«

Der Tourist bleibt nicht lange. Er fährt weiter zu seiner elisabethanischen Villa aus Preßpappe oder seiner frühnormannischen Markthalle oder seinem mittelalterlichen italienischen Taubenschlag – man lebt ja schließlich im zwanzigsten Jahrhundert, und viktorianische Häuser sind so unmodern wie die Bücher einer Mrs. Humphry Ward.

Von der Straße aus kann er die Hängematte nicht sehen – aber manchmal liegt ein Mädchen in dieser Hängematte.

An diesem Nachmittag war das der Fall. Sie schlief, offensichtlich unbeeindruckt von den ästhetischen Greueln, die sie umgaben, wie die steinerne Dianastatue beispielsweise, die idiotisch grinsend im Sonnenlicht auf dem Rasen stand.

Die ganze Szenerie hatte etwas ungemein Gelbes – da war zum Beispiel dieses Sonnenlicht, das war gelb, und die Hängematte war gelb, dieses ausgesprochen scheußliche Gelb, das so typisch ist für Hängematten, und das gelbe Haar des Mädchens lag zu einer Art gehässigem Vergleich ausgebreitet auf der Hängematte.

Sie schlief mit geschlossenen Lippen und hinter dem Kopf gefalteten Händen, wie junge Mädchen zu schlafen haben. Ihre Brust hob und senkte sich sanft, ebenso unauffällig, wie die Fransen am Rand der Hängematte hin und her schwangen.

Ihr Name, Amanthis, war so altmodisch wie das Haus, in dem sie lebte. Ich bedaure sagen zu müssen, daß an diesem Punkt jeder Zusammenhang zwischen ihr und der viktorianischen Epoche schlagartig endete.

Wenn das hier jetzt ein Film wäre (was es, wie ich natürlich hoffe, eines Tages auch sein wird), würde ich soviele Meter von ihr aufnehmen, wie ich könnte – dann würde ich mit der Kamera ganz nah an sie heranfahren, um den zartgelben Flaum auf ihrem Nacken zu zeigen, dort, wo ihr Haar aufhört, und die warme Farbe ihrer Wangen und Arme, weil es mir Freude macht, mir vorzustellen, wie sie dort schläft, so wie viele vielleicht einmal geschlafen haben, als sie noch jung waren. Als nächstes würde ich einen Mann namens Israel Glucose anheuern, damit er zur Überleitung irgendeinen idiotischen Text schreibt, dank dem ich zur nächsten Szene schwenken könnte, die sich weit entfernt an keinem bestimmten Punkt der Straße abspielte.

In einem fahrenden Automobil saß ein Gentleman aus dem Süden in Begleitung seines persönlichen Dieners. Er befand sich, in gewisser Weise, auf dem Weg nach New York, war aber etwas behindert durch die Tatsache, daß die oberen und unteren Bestandteile seines Automobils seit geraumer Zeit dazu neigten, ein gewisses Eigenleben zu entwickeln. Deshalb stiegen die beiden Insassen von Zeit zu Zeit aus, hievten die Karosserie wieder deckungsgleich auf das Chassis und fuhren weiter, wobei sie in unfreiwilliger Harmonie mit dem Motor leicht vibrierten.

Abgesehen davon, daß das Gefährt hinten keine Tür hatte, hätte es aus der frühesten Phase des technischen Zeitalters stammen können. Es war mit dem Matsch von acht Staaten bedeckt und vorne mit einem gewaltigen, aber defekten Motometer, hinten mit einem schmuddligen Wimpel mit dem Schriftzug »Tarleton, Ga.« verziert. In grauer Vorzeit hatte jemand damit begonnen, das Verdeck gelb zu streichen, war aber unglücklicherweise mitten in seiner Arbeit unterbrochen worden.

Als der Gentleman und sein persönlicher Diener an dem Haus vorüberkamen, wo Amanthis so schön in der Hängematte schlief, passierte etwas – die Karosserie fiel vom Wagen. Meine einzige Entschuldigung für eine so plötzliche Feststellung dieser Tatsache ist die, daß es tatsächlich plötzlich geschah. Nachdem der Lärm verebbt und der Staub verflogen war, erhoben sich Herr und Diener und inspizierten die beiden Hälften.

»Sieh dir das an«, sagte der Gentleman angewidert, »das verfluchte Ding ist diesmal ganz auseinandergefallen.«

»In zwei Teile«, stimmte der Diener zu.

»Hugo«, meinte der Gentleman nach einigem Nachdenken, »wir müssen uns Hammer und Nägel besorgen und es zusammen*nageln.*«

Sie blickten zu dem viktorianischen Haus hinauf. Rings herum erstreckten sich nicht ganz regelmäßige Felder bis hin zu einem nicht ganz regelmäßigen, nicht bevölkerten Horizont. Es blieb ihnen keine andere Wahl, also öffnete der Schwarze Hugo das Tor, folgte seinem Herrn einen Kiesweg hinauf und schenkte der roten Schaukel und der steinernen Diana mit dem sturmzerfurchten Gesicht nicht mehr als den blasierten Blick des Weitgereisten.

Genau in dem Augenblick, als sie die Veranda erreichten, erwachte Amanthis, setzte sich hastig auf und musterte die beiden.

Der Gentleman war jung, vielleicht vierundzwanzig, und sein Name war Jim Powell. Er trug einen engsitzenden, staubigen Konfektionsanzug, von dem offensichtlich befürchtet wurde, er könnte jeden Augenblick die Flucht ergreifen, denn er wurde durch eine Reihe von sechs lächerlichen Knöpfen am Körper festgehalten.

Da auch an den Jackettärmeln überzählige Knöpfe hingen, konnte Amanthis der Versuchung nicht widerstehen, die Hosenbeine mit einem kurzen Blick nach weiteren Knopfreihen abzusuchen, aber diese zeichneten sich nur durch ihren unten weit ausgestellten Schnitt aus. Seine Weste war tief ausgeschnitten und hielt eine erstaunliche Krawatte nur mühsam davon ab, im Wind zu flattern.

Er verbeugte sich förmlich, wobei er die Knie mit einem Strohhut abklopfte. Gleichzeitig lächelte er, wodurch sich seine blaßblauen Augen halb schlossen und weiße, wunderschön symmetrische Zähne aufschienen.

»Guten Abend«, sagte er in breitestem Georgia-Dialekt. »Mein Automobil erlitt einen Unfall draußen vor Ihrem Tor. Ich habe mich gefragt, ob es wohl zuviel verlangt wäre, wenn ich Sie bitte, einen Hammer und ein paar Pinnen – Nägel – für kurze Zeit in Anspruch nehmen zu dürfen.«

Amanthis lachte. Einen Moment lang lachte sie völlig unkontrolliert. Mr. Jim Powell lachte, höflich und verständnisvoll, mit. Nur sein persönlicher Diener, geplagt von den Problemen farbiger Pubertät, behielt seine würdevoll ernste Miene bei.

»Ich sollte mich wohl vorstellen, denke ich«, sagte der Besucher. »Mein Name ist Powell. Ich habe meinen Wohnsitz in Tarleton, Georgia. Dieser Nigger hier ist mein Hugo.«

»Ihr *Sohn*?!« Das Mädchen starrte in wilder Faszination vom einen zum andern.

»Nein, er ist mein Boy – Diener würden Sie es hier wohl nennen. Bei uns im Süden nennen wir einen Nigger Boy.«

Bei diesem Verweis auf die subtileren Gepflogenheiten seiner Heimat legte der Boy Hugo die Hände auf den Rücken und blickte finster und verächtlich über den Rasen.

»Ja, 'm«, murmelte er, »ich bin ein Diener.«

»Wo wollen Sie denn mit Ihrem Automobil hin?« erkundigte sich Amanthis.

»Nach Norden, den Sommer über.«

»Und wohin genau?«

Der Tourist machte eine lässige Handbewegung, als dächte er an die Adirondacks, die Thousand Islands, Newport – aber er sagte:

»Wir wollen's in New York versuchen.«

»Waren Sie schon mal dort?«

»Nein, nie. Aber in Atlanta war ich schon oft. Und auf der Fahrt hierher sind wir durch alle möglichen Städte gekommen. Mann!«

Er pfiff, um das enorm Spektakuläre seiner kürzlichen Reisen zum Ausdruck zu bringen.

»Hören Sie«, sagte Amanthis eifrig, »Sie sollten besser etwas essen. Sagen Sie Ihrem – Ihrem Diener, er soll ums Haus herum zum Hintereingang gehen und die Köchin bitten, uns ein paar Sandwiches und Limonade herauszuschicken. Aber vielleicht trinken Sie ja gar keine Limonade? Nur sehr wenige Leute tun das heute noch.«

Mit einer kreisförmigen Bewegung seines Fingers schickte Mr. Powell Hugo knapp auf die ihm zugeteilte Mission. Dann setzte er sich vorsichtig in einen Schaukelstuhl und ließ seinen Strohhut schnell in seinen Händen kreisen.

»Sie sind wirklich furchtbar freundlich«, sagte er ihr. »Und wenn ich was Stärkeres als Limonade wollte, dann hätte ich draußen im Auto immer noch eine Flasche von meinem guten alten Maiswhiskey. Ich hab' sie extra mitgenommen, weil ich dachte, ich könnte vielleicht den Whiskey hier oben nicht trinken.«

»Hören Sie«, sagte sie, »ich heiße auch Powell. Amanthis Powell.«

»Was? Ist das wahr?« Er lachte ekstatisch. »Vielleicht sind wir miteinander verwandt. Meine Familie ist sehr angesehen«, fuhr er fort, »aber arm. Ich hab' ein bißchen Geld, meine Tante hat gespart, um in einem Sanatorium bleiben zu können, und dann ist sie gestorben.« Er hielt inne, vermutlich aus Achtung vor seiner verstorbenen Tante. Dann schloß er mit munterer Nonchalance: »Das Kapital hab' ich nicht angegriffen, aber ich habe viel von den Zinsen auf einmal bekommen, und da dachte ich mir, ich komme im Sommer nach Norden.«

In diesem Augenblick erschien Hugo wieder auf der Treppe zur Veranda und machte sich bemerkbar.

»Weiße Lady dahinten hat mich gefragt, will ich auch was essen. Was sage ich?«

»Du sagst ihr, ja, Mamm, wenn sie so freundlich sein möchte«, wies ihn sein Herr an. Und während Hugo sich zurückzog, vertraute er Amanthis an: »Der Junge hat einfach keinen Verstand. Er will überhaupt gar nichts machen, wenn ich es ihm nicht ausdrücklich erlaube. Ich habe ihn großgezogen«, fügte er nicht ohne Stolz hinzu.

Als die Sandwiches kamen, erhob sich Mr. Powell. Weiße Bedienstete war er nicht gewöhnt; er erwartete offensichtlich, vorgestellt zu werden.

»Sind Sie eine verheiratete Lady?« erkundigte er sich bei Amanthis, nachdem der Diener gegangen war.

»Nein«, erwiderte sie und fügte von der Sicherheit ihrer achtzehn Jahre aus hinzu: »Ich bin eine alte Jungfer.«

Wieder lachte er höflich.

»Sie meinen, Sie sind eine junge Dame der Gesellschaft?«

Sie schüttelte den Kopf. Mr. Powell registrierte mit verlegener Begeisterung das besondere Gelb ihrer gelben Haare.

»Sieht dieses alte Haus hier etwa danach aus?« fragte sie heiter. »Nein, vor Ihnen sitzt ein Mädchen vom Lande. Make-up: keine Spur – zumindest tagsüber. Verehrer: vielversprechende junge Friseure aus dem Nachbardorf, denen immer die ehemaligen Haare von irgend jemand an den Ärmeln kleben.«

»Ihr Herr Papa sollte Sie nicht mit einem Friseur vom

Land gehen lassen«, erklärte der Tourist mißbilligend. Er überlegte — »Sie müßten zur New Yorker Gesellschaft gehören.«

»Nein.« Amanthis schüttelte traurig den Kopf. »Ich sehe zu gut aus. Um als junges Mädchen zur New Yorker Gesellschaft gehören zu können, muß man eine lange Nase und vorstehende Zähne haben und sich anziehen wie die Schauspielerinnen vor drei Jahren.«

Jim begann mit seinem Fuß rhythmisch auf die Veranda zu klopfen; nach einem Augenblick ertappte sich Amanthis dabei, daß sie unbewußt das gleiche tat.

»Stop!« befahl sie. »Ich will das nicht.«

Er schaute auf seinen Fuß hinab.

»Entschuldigen Sie«, sagte er zerknirscht, »ich weiß auch nicht – ich mach' das einfach.«

Diese angeregte Unterhaltung wurde jetzt von Hugo unterbrochen, der mit einem Hammer und einer Handvoll Nägel auf der Treppe erschien.

Widerstrebend erhob sich Mr. Powell und blickte auf seine Uhr.

»Zu dumm, aber wir müssen«, sagte er mit heftig gerunzelter Stirn. »Schaun Sie. Würden Sie nicht *gern* zur New Yorker Gesellschaft gehören und zu all den Partys gehen, wo Sie sonst immer nur drüber lesen, wo alle mit Goldstücken um sich werfen?«

Sie sah ihn mit einem seltsamen Gesichtsausdruck an.

»Kennt denn Ihre Familie niemanden aus der Gesellschaft?« fuhr er fort.

»Ich hab' ja nur meinen Papa – und, wissen Sie, er ist Richter.«

»Zu dumm«, stimmte er zu.

Nachdem sie sich irgendwie aus der Hängematte befreit

hatte, gingen sie gemeinsam, Seite an Seite, zur Straße hinunter.

»Also, ich werde die Augen für Sie offenhalten und Sie auf dem laufenden halten«, beharrte er. »Ein so hübsches Mädchen wie Sie müßte sich in besseren Kreisen bewegen. Wir könnten ja schließlich verwandt sein, nicht wahr, und wir Powells sollten zusammenhalten.«

»Was wollen Sie eigentlich in New York machen?«

Inzwischen hatten sie fast das Tor erreicht, und der Tourist zeigte auf die deprimierenden zwei Teile seines Automobils.

»Ich werde ein Taxi fahren. Das hier. Es fällt nur dauernd auseinander.«

»Sie wollen in New York mit *dem da* fahren?«

Jim sah sie verunsichert an. Ein so hübsches Mädchen sollte es sich wirklich abgewöhnen, ohne den geringsten Anlaß in Lachkrämpfe zu verfallen.

»Jawohl, Mamm«, antwortete er würdevoll.

Amanthis schaute den beiden zu, wie sie die obere Hälfte des Wagens auf die untere Hälfte setzten und sie energisch festnagelten. Dann setzte sich Mr. Powell ans Steuer, und sein persönlicher Diener kletterte auf den Platz neben ihm.

»Ich bin Ihnen aufrichtig dankbar für Ihre Gastfreundschaft. Empfehlen Sie mich Ihrem Herrn Vater.«

»Tu ich«, versicherte sie ihm. »Kommen Sie mich doch auf der Rückreise besuchen, das heißt, wenn Sie Friseure im Zimmer nicht stören.«

Er schob diesen unerfreulichen Gedanken mit einer Handbewegung beiseite.

»Ihre Gesellschaft wäre mir immer ein Vergnügen.« Er legte den Gang ein, gleichsam um die Verwegenheit seiner

Abschiedsworte zu übertönen. »Sie sind das hübscheste Mädchen, das ich bisher im Norden gesehen habe – mit Abstand.«

Nach diesem Satz fuhr Mr. Powell aus Süd-Georgia unter Ächzen und Rattern mit seinem eigenen Wagen, seinem eigenen Diener, seinen eigenen Ambitionen und seiner eigenen privaten Staubwolke weiter nach Norden, um dort den Sommer zu verbringen.

Sie glaubte, sie würde ihn nie wiedersehen. Sie lag in ihrer Hängematte, schlank und schön, öffnete ihr linkes Auge ein wenig, um die Ankunft des Junis zu beobachten, schloß es wieder und zog sich zufrieden in ihre Träume zurück.

Eines schönen Tages aber, als die mittsommerlichen Weinreben die unsicheren Seitenstreben der roten Schaukel auf der Wiese emporgeklettert waren, vibrierte Mr. Jim Powell aus Tarleton, Georgia, zum zweiten Mal in ihr Leben hinein. Sie saßen wie damals auf der großen Veranda.

»Ich hab' einen tollen Plan«, erzählte er ihr.

»Haben Sie Ihr Taxi gefahren, wie Sie es wollten?«

»Ja, Mamm, aber das Geschäft lief ziemlich schlecht. Ich habe immerzu vor all diesen Hotels und Theatern gestanden und gewartet, aber niemand ist eingestiegen.«

»Niemand?«

»Naja, eines Abends sind ein paar Betrunkene eingestiegen, aber gerade als ich wegfahren wollte, fiel mein Automobil auseinander. Und an einem anderen Abend, da hat es geregnet, und kein anderes Taxi war da, und eine Lady stieg ein, weil sie, hat sie gesagt, sonst zu weit laufen müßte. Aber bevor wir ankamen, ließ sie mich anhalten und stieg aus. Schien ein bißchen wütend zu sein und marschierte im Regen davon. Mächtig stolz, die Leute in New York.«

»Also wollen Sie jetzt zurück nach Hause?« fragte Amanthis voller Anteilnahme.

»Nein, *Mamm.* Ich habe eine Idee.« Seine blauen Augen wurden schmal. »War dieser Friseur da – der mit den Haaren am Ärmel?«

»Nein. Er – er ist fort.«

»Gut. Also. Zuerst mal möchte ich meinen Wagen hier bei Ihnen lassen, wenn Sie nichts dagegen haben. Er hat nicht die richtige Farbe für ein Taxi. Als Bezahlung dafür dürfen Sie ihn so oft fahren, wie Sie wollen. Solange Sie Hammer und Nägel bei sich haben, kann nicht viel passieren – –«

»Ich werde mich darum kümmern«, unterbrach ihn Amanthis, »aber wo gehen *Sie* hin?«

»Southampton. Das ist so ziemlich der aristokratischste Spielplatz – Badeort in dieser Gegend, und darum will ich hin.«

Erstaunt setzte sie sich auf.

»Aber was wollen Sie da machen?«

»Hören Sie zu.« Er beugte sich vertraulich zu ihr hinüber. »Haben Sie das ernst gemeint, daß Sie zur New Yorker Gesellschaft gehören möchten?«

»Todernst.«

»Das wollte ich nur wissen«, erklärte er geheimnisvoll. »Sie werden einfach hier auf dieser Veranda ein paar Wochen warten – und schlafen. Und wenn irgendwelche Friseure mit Haaren auf den Ärmeln kommen, um Sie zu besuchen, dann sagen Sie ihnen, Sie seien zu müde, um sie zu empfangen.«

»Ja, und?«

»Dann hören Sie von mir. Sagen Sie Ihrem Papa einfach, er kann soviel richten wie er will, aber Sie gehen *tanzen*, Mamm«, fuhr er entschieden fort, »wir sprachen von der Gesellschaft. Gesellschaft! In weniger als einem Monat hab' ich Sie in mehr Gesellschaft, als Sie je gesehen haben.«

Mehr wollte er nicht verraten. Seine Art gab ihr das Gefühl, er werde sie über einen perfekten Pool voll guter Laune halten, mit Schwung hineinwerfen und dabei fragen: »Ist es lustig genug für Sie, Mamm? Soll ich ein bißchen mehr Ausgelassenheit einlaufen lassen, Mamm?«

»Also«, überlegte Amanthis träge, »es gibt wenig Dinge, für die ich auf den Luxus verzichten würde, Juli und August hier zu verschlafen – aber wenn Sie mir einen Brief schreiben, dann – dann komme ich nach Southampton, so schnell ich kann.«

Jim schnipste ekstatisch mit den Fingern.

»Mehr Gesellschaft«, versicherte er mit aller ihm zur Verfügung stehenden Zuversicht, »als irgend jemand je gesehen hat.«

Drei Tage später betätigte ein junger Mann mit einem Strohhut, der aus dem Dach eines englischen Cottage hätte geschnitten sein können, die Türglocke des gewaltigen, beeindruckenden Madison-Harlan-Hauses in Southampton. Er fragte den Butler, ob einer oder mehrere der Hausbewohner zwischen sechzehn und zwanzig Jahren alt wären. Er wurde davon in Kenntnis gesetzt, daß diese Beschreibung auf Miss Genevieve Harlan und Mr. Ronald Harlan zutreffe, worauf er eine ausgesprochen merkwürdige Karte überreichte und in seinem gewinnendsten Südstaaten-Singsang darum bat, die beiden von seiner Anwesenheit in Kenntnis zu setzen.

Das Resultat war eine fast einstündige Unterredung mit

Mr. Ronald Harlan (ein Schüler der Hillkiss School) und Miss Genevieve Harlan (nicht selten der Mittelpunkt von Southamptons Partys). Als er ging, trug er einen kurzen Brief in Miss Harlans Handschrift bei sich, den er zusammen mit seiner merkwürdigen Karte in der nächsten Villa vorwies. Zufällig handelte es sich um diejenige der Clifton Garneaus. Wie durch Zauberei wurde ihm auch hier die gleiche Audienz gewährt.

So machte er weiter – der Tag war heiß, und Männer, die sich das eigentlich nicht leisten konnten, gingen hemdsärmelig, das Jackett überm Arm, über die Hauptstraße, aber Jim, ein Sohn des allersüdlichsten Georgia, wirkte bei seinem letzten Haus noch immer so frisch und kühl wie beim ersten. An diesem Tag suchte er zehn Häuser auf. Wer ihm auf seiner Tour gefolgt wäre, hätte ihn für einen ungewöhnlich begabten Verlagsvertreter gehalten, der eine heiß begehrte Rarität anzubieten hatte.

Es war etwas an seiner unerwarteten Nachfrage nach jungen Familienmitgliedern, das unnahbare Butler ihren kritischen Scharfblick verlieren ließ. Jedesmal, wenn er ein Haus wieder verließ, hätte ein aufmerksamer Beobachter feststellen können, daß faszinierte Augenpaare ihm bis zur Tür folgten und aufgeregte Stimmen irgend etwas flüsterten, was auf ein erneutes Treffen in nächster Zukunft hindeutete.

Am zweiten Tag sprach er in zwölf Häusern vor. Southampton ist unglaublich gewachsen – er hätte seine Besuche mit Leichtigkeit eine Woche lang fortsetzen können, ohne einem einzigen Butler zweimal zu begegnen – aber für ihn kamen nur die luxuriösesten, die eindrucksvollsten Familiensitze in Frage.

Am dritten Tag tat er etwas, was schon vielen Leuten

geraten wurde, aber nur wenige auch getan haben: er mietete einen Saal. Möglicherweise hatten ihn die Sechzehn- bis Zwanzigjährigen in den riesigen Häusern dazu ermutigt. Jedenfalls, der Saal, den er gemietet hatte, war früher einmal ›Mr. Snorkeys Privatturnhalle für Herren‹ gewesen. Er lag über einer Garage am südlichen Ende von Southampton und war in seiner Blütezeit, ich bedaure, das sagen zu müssen, ein Ort, an dem Herren unter Mr. Snorkeys Anleitung die Spuren der Nacht davor wegtrainieren konnten. Nun stand er leer – Mr. Snorkey hatte aufgegeben, war fortgezogen und gestorben.

Wir überspringen jetzt drei Wochen, während denen, wie wir annehmen können, das Projekt ins Rollen kam, das mit dem Anmieten eines Saales und dem Vorsprechen in zwei Dutzend der vornehmsten Häuser von Southampton zu tun hatte.

Der Tag, auf den wir springen, war jener Julitag, an dem Mr. James Powell ein Telegramm an Miss Amanthis Powell schickte, in dem stand, daß sie, falls sie noch immer nach den Freuden der besten Gesellschaft strebe, mit dem frühestmöglichen Zug nach Southampton fahren sollte. Er würde sie persönlich vom Bahnhof abholen.

Jim war längst kein Mann des Müßiggangs mehr, und so wurde er unruhig, als sie nicht zu der in ihrem Telegramm angegebenen Zeit eintraf. Er nahm an, sie würde mit einem späteren Zug ankommen, befand sich schon auf dem Rückweg zu seinem – seinem Projekt, da lief er ihr geradewegs in die Arme, als sie den Bahnhof von der Straßenseite her betreten wollte.

»Aber, wie sind Sie – –«

»Ach«, sagte Amanthis, »ich bin schon heute morgen angekommen, und ich wollte Sie nicht stören, deshalb habe ich mir ein Zimmer in einer anständigen, um nicht zu sagen öden Pension in der Ocean Road genommen.«

Sie hatte nicht mehr viel von der verschlafenen Amanthis aus der Verandahängematte, dachte er. Sie trug ein drosseleiblaues Kostüm und einen flotten, jugendlichen Hut mit einer sich ringelnden Feder – damit war sie ganz ähnlich gekleidet wie die jungen Damen zwischen sechzehn und zwanzig, die seine Aufmerksamkeit in letzter Zeit so restlos beanspruchten. Ja, sie würde sich gut machen.

Mit einer tiefen Verbeugung half er ihr in ein Taxi und stieg neben ihr ein.

»Wird es nicht allmählich Zeit, daß Sie mir Ihren Plan erklären?« schlug sie vor.

»Also, es geht um die jungen Damen der Gesellschaft hier.« Er machte eine wegwerfende Handbewegung. »Ich kenn' sie alle.«

»Und wo sind sie?«

»Jetzt sind sie gerade bei Hugo. Sie erinnern sich doch? – mein Diener?«

»Bei Hugo?!« Ihre Augen weiteten sich. »Wie das denn? Was bedeutet das alles?«

»Naja, ich hab' – ich hab' so eine Art Schule hier; so nennt man das wohl, denke ich.«

»Eine Schule?«

»Es ist eine Art Akademie. Und ich bin der Direktor. Ich hab' sie erfunden.«

Er schnipste eine Visitenkarte aus seiner Brieftasche, als schüttle er ein Fieberthermometer herunter.

»Hier.«

Sie nahm die Karte. In großen Lettern stand da zu lesen:

James Powell, J. M.
Würfel, Schlagring und Gitarre

Ihr Blick wurde starr vor Staunen.

»Würfel, Schlagring und Gitarre?« wiederholte sie ehrfürchtig.

»Ja, Mamm.«

»Was bedeutet das? Ich meine — ver*kaufen* Sie das?«

»Aber nein, Mamm. Ich unterrichte das. Das ist ein Beruf.«

»Würfel, Schlagring und Gitarre? Und was heißt das J. M.?«

»Das heißt Jazz-Magister.«

»Aber was *soll* das? Was hat das zu bedeuten?«

»Also, sehen Sie, das ist so. Eines Nachts in New York hab' ich mich mit einem jungen Kerl unterhalten, der betrunken war. Er war einer meiner Fahrgäste. Und er hatte ein Mädchen aus der Gesellschaft irgendwohin mitgenommen und sie verloren.«

»Ver*loren*?«

»Ja, Mamm. Hat sie vergessen, schätze ich. Er war ganz schön besorgt. Naja, und das hat mich darauf gebracht, daß diese Mädchen heutzutage – diese Mädchen der besseren Gesellschaft – eigentlich ein ganz schön gefährliches Leben führen, und in meinem Kursus lernen sie eben, sich gegen diese Gefahren zu schützen.«

»Sie lernen, wie man einen Schlagring benutzt?«

»Ja, Mamm, für alle Fälle. Zum Beispiel, wenn ein Mädchen in irgend so ein Lokal geht, wo sie eigentlich nichts verloren hat. Dann trinkt ihr Begleiter ein bißchen zuviel, schläft ein, und schon macht sich einer an sie heran und sagt ›Hallo, Süße‹ oder was so ein Wüstling hier dann eben so sagt. Was soll sie machen? Schreien kann sie nicht, weil heutzutage eine echte Lady eben nicht mehr schreit – nein – sie greift einfach in ihre Tasche, steckt ihre Finger in ein Paar von Powells Selbstverteidigungs-Schlagringen, Anfängergröße, führt kurz mal aus, was ich den Society-Haken nenne, und *Rrrumms*! ist der große Lümmel auf dem Weg ins Parterre.«

»Ja – wo- wozu ist dann aber die Gitarre gut?« flüsterte Amanthis ehrfürchtig. »Müssen sie jemandem mit der Gitarre eins überziehen?«

»Aber, *Mamm*!« rief Jim entsetzt, »nein, Mamm. In meinem Kurs wird keiner Dame beigebracht, die Gitarre gegen jemanden zu erheben. Ich bringe ihnen das Gitarrespielen bei. Wirklich, Sie müssen sie gehört haben! Nach zwei Stunden bei mir könnte man glauben, es seien Farbige unter ihnen.«

»Und die Würfel?«

»Würfel? Ich bin mit einem Würfel verwandt. Mein Großvater war ein Würfel. Ich bringe ihnen bei, wie man mit Würfeln umgeht. Ich schütze Brieftasche und Person in einem.«

»Wurden Sie – – haben Sie denn überhaupt Schüler?«

»Mamm, ich habe alle wirklich netten, wirklich reichen Leute von Southampton. Was ich Ihnen erzählt habe, ist nämlich noch nicht alles. Ich unterrichte eine Menge Dinge – Jazz auch; Jellyroll, Mississippi Sunrise... Oder zum Beispiel: Da kam ein Mädchen zu mir und sagte, sie wollte endlich lernen, wie man mit den Fingern schnippt. Ich meine *richtig* Fingerschnippen – wie sich's gehört. Sie sagte, sie hätte noch nie richtig mit den Fingern schnippen können, seit sie klein war. Ich gab ihr zwei Stunden, und *Rrumms*! Ihr Papa sagt, er werde nächstens ausziehen.«

»Wann findet das denn statt?« fragte die etwas mitgenommen wirkende Amanthis schwach.

»Dreimal die Woche. Wir sind jetzt auf dem Weg dahin.«

»Und wie passe ich da hinein?«

»Naja, Sie sind einfach eine von den Schülerinnen. Ich habe dafür gesorgt, daß alle glauben, sie kämen aus einer ungeheuer vornehmen Familie unten in New Jersey. Ich hab' nicht gesagt, daß Ihr Papa Richter ist – – hab' erzählt, er sei der Mann, der das Patent auf Würfelzucker hat.«

Sie schnappte nach Luft.

»Also ist alles, was Sie zu tun haben«, fuhr er fort, »so zu tun, als hätten Sie noch nie einen Friseur gesehen.«

Mittlerweile waren sie am Südende des Städtchens angelangt, und Amanthis sah eine Reihe von Autos, die vor einem zweistöckigen Gebäude geparkt waren. Die Wagen waren allesamt flach, lang, schnittig und auf Hochglanz poliert; die Art, die nur produziert wird, damit der Millionär beim achtzehnten Geburtstag seines Sohnes keine Probleme hat.

Dann stieg Amanthis die schmale Treppe zum zweiten Stockwerk hinauf. Auf eine Tür, durch die das Geräusch von Musik und Gelächter drang, war folgendes gemalt worden:

JAMES POWELL, J. M.
Würfel, Schlagring und Gitarre
Mo. – Mi. – Fr.
15–17 Uhr

»Wenn Sie bitte hier entlangkommen wollen – –«, sagte der Direktor und stieß die Tür auf.

Amanthis fand sich in einem langen, hellen Raum wieder, der ganz von jungen Damen und Herren in ungefähr ihrem Alter bevölkert wurde. Im ersten Moment erinnerte sie der Anblick irgendwie an eine einzige lebhafte Teegesellschaft, doch schon sehr bald konnte sie bei all den Aktivitäten hier und da einzelne Motive und Verhaltensmuster unterscheiden.

Die Schüler verteilten sich auf verschiedene Gruppen, sitzend, kniend oder stehend, aber alle waren von ihrer jeweiligen Beschäftigung vollständig in Anspruch genommen, geradezu entrückt. Aus einer Gruppe von sechs jungen Damen, die sich in einem Kreis um nicht genau auszumachende Objekte geschart hatten, drang ein Potpourri von Schreien und Ausrufen herüber – klagende, bittende, beschwörende, anfeuernde, flehende und jammernde – ihre Stimmen sangen gleichsam den Solopart zu einer Begleitmelodie von mysteriösem Geklapper.

Dieser Gruppe am nächsten standen vier junge Männer um einen halbwüchsigen Schwarzen herum, der sich als niemand anders entpuppte als Mr. Powells ehemaliger Diener. Die jungen Männer brüllten Hugo Sätze zu, die scheinbar nichts miteinander zu tun hatten, aber ein breites Spektrum von Gefühlen abdeckten. Mal schwollen ihre Stimmen bedrohlich an, dann wieder sprachen sie leise und sanft, ließen eine angeheiterte Note mitschwingen. Hin und wieder antwortete ihnen Hugo mit Worten der Zustimmung, der Korrektur oder der Mißbilligung.

»Was tun die da?« wisperte Amanthis Jim zu.

»Das ist ein Kurs für Südstaaten-Akzent. Viele der jungen Männer hier oben wollen einen Südstaaten-Akzent lernen – also unterrichten wir das – Georgia, Florida, Alabama, Ostküste, Altes Virginia. Ein paar von ihnen wollen sogar reinen Niggerslang – für Jazz-Songs.«

Sie spazierten zwischen den Gruppen umher. Einige Mädchen mit eisernen Schlagringen bearbeiteten verbissen zwei Sandsäcke, auf die das lüstern grinsende, zuzwinkernde Gesicht eines »Wüstlings« gemalt war. Eine gemischte Gruppe, angeführt vom monotonen Schlagen eines Banjos, spielte auf ihren Gitarren Akkorde ab. In einer Ecke tanzten Paare plattfüßig nach einer Schallplatte von Rastus Muldoons Savannah Band; andere Pärchen wieder stelzten im langsamen Chicago samt Memphis Sideswoop würdevoll durch den Raum.

»Gibt es irgendwelche Regeln?« fragte Amanthis.

Jim dachte nach.

»Naja«, antwortete er schließlich, »sie dürfen nicht rauchen, wenn sie noch keine sechzehn sind, die Jungs dürfen keine gezinkten Würfel benutzen, und ich paß' auf, daß sie keinen Schnaps in die Akademie mitbringen.«

»Ah, ja.«

»Und jetzt, Miss Powell, wenn Sie soweit wären, möchte ich Sie bitten, Ihren Hut abzulegen und Miss Genevieve Harlan dort drüben am Sandsack in der Ecke Gesellschaft zu leisten.« Er hob die Stimme. »Hugo«, rief er, »wir haben eine neue Schülerin. Sorg dafür, daß sie ein Paar von Powells Selbstverteidigungs-Schlagringen bekommt – Anfängergröße.«

Ich bedaure sagen zu müssen, daß ich Jim Powells berühmte Jazz-Schule nie selbst in voller Aktion gesehen habe – auch an seinen von ihm persönlich geleiteten Einführungen in die Geheimnisse von Würfel, Schlagring und Gitarre nahm ich leider nie teil. Deshalb kann ich nur jene Einzelheiten weitergeben, die mir später von einem seiner bewundernden Schüler berichtet wurden. In allen späteren Diskussionen um dieses Thema gab es niemanden, der den gewaltigen Erfolg der Akademie in Frage gestellt hätte, und kein einziger Schüler hat es je bedauert, ihren einzigen Titel erhalten zu haben – den Bakkalaureus des Jazz.

Die Eltern nahmen arglos an, es handle sich um eine Art Musik- und Tanzschule, aber dank diesem Untergrundinformationsnetz, über das die sogenannte jüngere Generation ständig in Verbindung miteinander bleibt, kannte zwischen Santa Barbara und Biddeford Pool jeder unter zwanzig ihr wahres Curriculum ganz genau. Einladungen nach Southampton waren plötzlich heißbegehrt – und dabei ist Southampton gewöhnlich für junge Leute etwa so attraktiv wie Newport.

Als Ableger der Akademie entstand ein kleines, aber feines Jazzorchester.

»Wenn ich es geheimhalten könnte«, vertraute Jim Amanthis an, »würde ich Rastus Muldoons Band aus Savannah kommen lassen. Diese Band wollte ich schon immer mal leiten.«

Er verdiente gut. Seine Gebühren waren nicht übertrieben – in der Regel konnten seine Schüler keine allzu großen Sprünge machen –, aber er siedelte von seiner Pension ins Casino Hotel über, wo er eine Suite mietete und sich von Hugo das Frühstück ans Bett bringen ließ.

Amanthis als ein Mitglied der jüngeren Garde von Southampton zu etablieren, war einfacher, als er gedacht hatte. Binnen einer Woche nannte sie jeder in der Schule beim Vornamen. Miss Genevieve Harlan entwickelte eine solche Zuneigung zu ihr, daß sie zu einem inoffiziellen

Ball im Haus der Harlans eingeladen wurde – wo sie sich offensichtlich sehr taktvoll benahm, denn fortan bat man sie zu beinahe jeder Vergnügung dieser Art in Southampton.

Jim bekam sie weniger zu Gesicht, als ihm lieb gewesen wäre. Nicht, daß ihr Verhalten ihm gegenüber sich geändert hätte – sie ging morgens oft mit ihm spazieren, sie hatte stets ein offenes Ohr für seine Pläne –, doch nachdem die Haute Volée sie einmal akzeptiert hatte, schienen ihre Abende mit Beschlag belegt. Verschiedene Male traf Jim sie in ihrer Pension noch ganz außer Atem an, als sei sie eben erst ins Haus gestürzt, vermutlich von irgendeiner Festivität, von der er ausgeschlossen geblieben war.

Deshalb wurde ihm gegen Ende des Sommers immer stärker bewußt, daß ihm zu einem vollständigen Triumph seiner Unternehmung etwas fehlte. Trotz der Gastfreundschaft, die Amanthis erwiesen wurde, blieben ihm Southamptons Türen verschlossen. Wenn seine Schüler zwischen drei und fünf zu ihm auch höflich, oder eher, von ihm fasziniert waren – danach verschwanden sie in eine andere Welt.

Seine Situation ähnelte der eines Golfprofis, der, obwohl er die oberen Zehntausend auf dem Kurs duzen und ihnen sogar Befehle erteilen kann, bei Sonnenuntergang alle seine Privilegien verliert. Er kann zwar durchs Fenster in den Club hineinschauen, aber mittanzen kann er nicht. Genauso bekam Jim keine Gelegenheit zu erleben, wie sein Programm in die Praxis umgesetzt wurde. Er durfte zuhören, wie am Morgen danach darüber geklatscht wurde – aber nicht mehr.

Doch während der Golfprofi als echter Brite die gesellschaftliche Stellung unter der seiner Kunden mit Stolz innehält, lag Jim Powell, dessen »Familie im Süden wirklich angesehene Leute waren – wenn auch arm«, manche Nacht schlaflos in seinem Hotelbett, hörte die Musik vom Haus der Katzbys oder dem Beach Club durchs Fenster zu ihm herüberklingen, wälzte sich ruhelos hin und her und fragte sich, was eigentlich los war. In den Kindertagen seines Erfolgs hatte er sich einen Frack gekauft, in der festen Meinung, ihn schon bald tragen zu können – aber er lag noch immer unberührt in der Schachtel, in der er vom Schneider geliefert worden war.

Womöglich, grübelte er, gab es tatsächlich eine Kluft zwischen ihm und den anderen. Das machte ihm zu schaffen. Besonders ein Junge, Martin Van Vleck, der Sohn des Mülltonnen-Königs Van Vleck, machte ihm diese Kluft bewußt. Van Vleck war einundzwanzig, ein Privatschulprodukt, das immer noch auf einen Studienplatz in Yale hoffte. Verschiedene Male hatte Jim Bemerkungen aus seinem Mund aufgeschnappt, die nicht für Jims Ohren gedacht waren – einmal bezogen auf den Anzug mit den vielen Knöpfen; einmal auf Jims lange, spitze Schuhe. Jim war nicht darauf eingegangen.

Er wußte, daß Van Vleck seine Schule vor allem besuchte, um die Zeit der kleinen Martha Katzby in Beschlag zu nehmen; sie war gerade sechzehn und noch viel zu jung für die Aufmerksamkeiten eines Jungen von einundzwanzig – insbesondere die Aufmerksamkeiten von Van Vleck, der durch seine schulischen Schiffbrüche geistig dermaßen erschöpft war, daß er die ziemlich erschöpfliche Unschuld von sechzehn dringend brauchte.

Es war Ende September, ein Tag vor dem Harlan-Ball, dem letzten und größten von allen, soweit es die jungen Mitglieder der Gesellschaft betraf. Wie üblich war Jim nicht eingeladen worden. Er hatte gehofft, man würde es tun. Die zwei jungen Harlans, Ronald und Genevieve, waren nach seiner Ankunft in Southampton seine ersten Kunden gewesen – und es war Genevieve, die sich so sehr für Amanthis begeistert hatte. An ihrem Ball teilnehmen zu können – dem glanzvollsten Ereignis der Saison –, hätte den Erfolg des jetzt zu Ende gehenden Sommers gekrönt und gerechtfertigt.

Als seine Klasse an diesem Nachmittag zusammenkam, diskutierte sie ebenso aufgeregt wie geräuschvoll die Amüsements des kommenden Tages, ohne mehr Gedanken an ihn zu verschwenden als an den Familienbutler. Hugo, der neben Jim stand, kicherte plötzlich und bemerkte:

»Sehn Sie ma' den Van Vleck da drühm. Tota' blau. Hat jede Menge Whisky intus heute.«

Jim drehte sich um und starrte Van Vleck an, der Arm in Arm mit der kleinen Martha Katzby dastand und ihr irgend etwas zuflüsterte. Jim sah, daß sie sich ihm zu entwinden versuchte.

Er steckte seine Trillerpfeife zwischen die Lippen und blies hinein.

»Also gut«, rief er. »Fangen wir an! Gruppe eins an die Trommelstöcke, werft hoch und Zickzack, Gruppe zwei an die Mundharmonikas, übt den Riverfront Shuffle. Los, volles Rohr! Plattfüße hier lang! Kapelle – den Florida Drag-Out als Trauermarsch!«

In seiner Stimme lag eine ungewöhnliche Schärfe, und die Übungen begannen unter scherzenden Protesten.

Seine schwelende Wut ganz auf Van Vleck konzentriert, wanderte Jim zwischen den Gruppen hin und her, als ihn plötzlich Hugo am Arm faßte. Er schaute sich um. Zwei

Teilnehmer hatten sich aus dem Mundharmonika-Kurs zurückgezogen – einer der beiden war Van Vleck; er ließ den fünfzehnjährigen Ronald Harlan einen Schluck aus seiner Taschenflasche nehmen.

Mit langen Schritten durchmaß Jim den Raum. Van Vleck drehte sich trotzig um, als er näherkam.

»In Ordnung«, sagte Jim, bebend vor Zorn, »du kennst unsere Regeln. Verschwinde!«

Die Musik erstarb nach und nach; mit einem Mal zog es alle in Richtung des Konfliktherdes. Irgend jemand kicherte unterdrückt. Sofort entstand eine erwartungsvolle Stille. Trotzdem sie Jim alle mochten, waren die Sympathien geteilt – Van Vleck war schließlich einer von ihnen.

»Verschwinde!« wiederholte Jim, jetzt etwas leiser.

»Sprechen Sie mit mir?« erkundigte sich Van Vleck kalt.

»Ja.«

»Dann sagen Sie wohl besser ›Sir‹.«

»Ich nenne keinen ›Sir‹, der einem kleinen Jungen Whisky gibt! Verschwinde!«

»Hören Sie mal!« rief Van Vleck wutentbrannt. »Jetzt sind Sie zu weit gegangen. Ich kenne Ronald, seit er zwei Jahre alt war. Fragen Sie *ihn* doch, ob er Wert darauf legt, daß *Sie* ihm sagen, was er tun oder lassen soll.«

Ronald Harlan, in seiner Würde verletzt, wurde ein paar Jahre älter und blickte Jim hochmütig an.

»Kümmern Sie sich um Ihre eigenen Angelegenheiten!« sagte er trotzig, wenn auch etwas schuldbewußt.

»Haben Sie gehört?« fragte Van Vleck. »Mein Gott, kapieren Sie denn nicht, daß Sie nicht besser sind als ein Domestike? Ronald würde eher auf die Idee kommen, seinen Schnapslieferanten zu seiner Party einzuladen als Sie.«

»Verschwindeaberschnell!« schrie Jim unartikuliert.

Van Vleck rührte sich nicht. Jim griff blitzschnell zu, packte sein Handgelenk, drehte es ihm mit einem Ruck auf den Rücken und zwang seinen Arm hoch, bis sich Van Vleck gequält nach vorn beugte. Jim bückte sich und hob mit seiner freien Hand die Taschenflasche vom Boden auf. Dann bedeutete er Hugo, die Saaltür zu öffnen, stieß ein schroffes »Los, *Marsch*!« aus und bugsierte seinen hilflosen Gefangenen in den Flur hinaus, wo er ihn buchstäblich die Treppe hinunter*warf* – Van Vleck kam kopfüber via Wand und Geländer unten an – und ihm seine Flasche hinterherschleuderte.

Danach kehrte er in seine Akademie zurück, schloß die Tür hinter sich und blieb mit dem Rücken gegen sie gelehnt stehen.

»Es – es ist nun mal eine feste Regel, daß hier in der Akademie nicht getrunken wird.« Er brach ab, schaute von einem Gesicht zum anderen, fand Sympathie, Furcht, Mißfallen, widerstreitende Gefühle. Sie traten unruhig von einem Bein aufs andere. Er fing Amanthis' Blick auf, meinte, ein leichtes, aufmunterndes Nicken zu erkennen und fuhr beinahe nur mit Mühe fort:

»Ich *mußte* diesen Kerl rauswerfen, das wißt ihr alle.« Sein anschließender Versuch, den Vorfall wie eine belanglose Angelegenheit vom Tisch zu wischen, war leicht als Komödie zu durchschauen — »Also dann, machen wir weiter! Musik – –!«

Allerdings war niemand so recht zum Weitermachen aufgelegt. Der spontane Ablauf der Dinge war gewaltsam unterbrochen worden. Jemand spielte auf einer Slidegitarre ein, zwei Läufe, und einige der Mädchen fingen an, das lüsterne Grinsen auf den Sandsäcken zu bearbeiten, aber

Ronald Harlan, gefolgt von zwei anderen Jungen, nahm seinen Hut und ging wortlos hinaus.

Jim und Hugo bewegten sich wie gewohnt zwischen den Gruppen, bis ein gewisses Maß an routinemäßiger Aktivität wiederhergestellt war, doch der alte Enthusiasmus ließ sich nicht mehr herbeizaubern, weshalb Jim bestürzt und entmutigt erwog, den Unterricht für diesen Tag zu beenden. Aber er wagte es nicht. Wenn sie in dieser Stimmung nach Hause gingen, kamen sie vielleicht nie mehr zurück. Die ganze Sache hing von einer Stimmung ab. Er mußte sie wieder erzeugen, dachte er verzweifelt – jetzt, sofort!

Aber was er auch versuchte, es schlug kaum an. Er selbst war nicht glücklich – er konnte auf seine Schüler keine Fröhlichkeit ausstrahlen. Sie begegneten seinen Anstrengungen mit Teilnahmslosigkeit und, so schien es ihm, mit etwas Geringschätzung.

Da, mit einem Schlag, löste sich die Spannung, als plötzlich die Tür aufflog und ein Paar mittelalterlicher, aufgebrachter Frauen hereinstürzte. Keine Person über einundzwanzig hatte je die Akademie betreten – aber Van Vleck hatte sich direkt ans Hauptquartier gewandt. Bei den beiden Frauen handelte es sich um Mrs. Clifton Garneau und Mrs. Poindexter Katzby, zwei der elegantesten und, in diesem Moment, empörtesten Frauen von ganz Southampton. Sie waren auf der Suche nach ihren Töchtern: eine Situation, in der sich viele Frauen heutzutage ununterbrochen befinden.

Nach etwa drei Minuten war alles vorbei.

»Und was Sie betrifft!« schrie Mrs. Clifton Garneau mit schrecklicher Stimme, »Sie wollen also eine Bar unterhalten und – und eine *Opium*höhle für Kinder! Sie schlimmer, entsetzlicher, grauenhafter Mensch, Sie! Ich rieche Morphiumdämpfe! Erzählen Sie mir nicht, ich könnte keine Morphiumdämpfe riechen! Ich *rieche* Morphiumdämpfe!«

»Und«, zeterte Mrs. Poindexter Katzby, »Sie haben hier farbige Männer! Sie haben farbige Mädchen versteckt! Ich gehe zur Polizei!«

Nicht zufrieden damit, ihre eigenen Töchter aus dem Raum zu treiben, bestanden sie auch auf dem Exodus der Töchter ihrer Freunde. Jim war nicht wenig gerührt darüber, daß einige unter ihnen – sogar die kleine Martha Katzby, bevor sie grob von ihrer Mutter fortgezerrt wurde – zu ihm kamen, um ihm die Hand zu geben. Aber sie gingen alle, hochmütig, voll Bedauern oder mit beschämt gemurmelten Entschuldigungen.

»Lebt wohl«, sagte er wehmütig zu ihnen. »Morgen früh schicke ich euch das Geld, das ihr noch zurückbekommt.«

Und, schließlich und endlich, wirklich leid tat ihnen der Abschied nicht. Draußen zerschnitten das Geräusch ihrer anspringenden Motoren, das triumphierende Puttputt ihrer Cabriolets die warme Septemberluft: ein jubelnder Klang – ein Klang von Jugend und himmelhohen Hoffnungen. Hinunter zum Ozean, sich von den Wellen schaukeln lassen und vergessen – ihn vergessen und das Unbehagen über seine Erniedrigung.

Sie waren fort – er war mit Hugo allein im Raum. Plötzlich setzte er sich, das Gesicht in den Händen.

»Hugo«, sagte er heiser. »Die wollen uns nicht hier im Norden.«

»Machen Sie sich nichts draus«, sagte eine Stimme.

Er blickte auf und sah Amanthis neben sich stehen.

»Sie sollten besser mit denen mitgehen«, riet er ihr. »Lassen Sie sich lieber nicht hier mit mir sehen.«

»Warum?«

»Weil Sie jetzt zur Gesellschaft gehören und ich für diese Leute nicht besser bin als ein Domestike. Sie gehören zur Gesellschaft – dafür habe ich gesorgt. Sie gehen jetzt besser, sonst laden die Sie zu keinem ihrer Bälle mehr ein.«

»Das werden sie sowieso nicht, Jim«, erwiderte sie sanft. »Zu dem morgen haben sie mich auch nicht eingeladen.«

Entrüstet blickte er auf.

»Sie haben *nicht*?«

Sie schüttelte den Kopf.

»Ich werde sie dazu *zwingen*!« rief er heftig. »Ich sage ihnen, daß sie es tun müssen. Ich – ich – –«

Mit leuchtenden Augen trat sie dicht zu ihm heran.

»Mach dir nichts draus, Jim«, beschwichtigte sie ihn. »Mach dir nichts draus. Sie sind nicht wichtig. Wir veranstalten morgen unsere eigene Party – nur du und ich.«

»Meine Familie ist sehr angesehen«, sagte er trotzig, »wenn auch arm.«

Sie legte ihm zart ihre Hand auf die Schulter.

»Ich verstehe. Du bist mehr wert als die alle zusammen, Jim.«

Er erhob sich, ging zum Fenster und starrte traurig in den späten Nachmittag hinaus.

»Ich schätze, ich hätte Sie – – dich in der Hängematte schlafen lassen sollen.«

Sie lachte.

»Ich bin schrecklich glücklich, daß du's nicht getan hast.«

Er drehte sich um und überblickte den Raum; sein Gesicht war düster.

»Mach sauber und schließ dann ab, Hugo«, sagte er mit zitternder Stimme. »Der Sommer ist vorbei, wir gehen wieder heim.«

Der Herbst begann früh. Am nächsten Morgen erwachte Jim Powell in einem kalten Zimmer, und für kurze Zeit beschäftigte ihn das Phänomen von gefrorenem Atem im September so sehr, daß er die Ereignisse des vergangenen Tages vollkommen vergaß. Doch dann vertieften sich die Falten in seinem Gesicht, zeigte sein unglücklicher Ausdruck, daß er sich an die Erniedrigung erinnerte, die diesem Sommer sein fröhliches Glitzern genommen hatte. Für ihn gab es nichts mehr außer dorthin zurückzukehren, wo man ihn kannte, wo man unter keinen Umständen zu einem Weißen solche Dinge sagte, wie er sie hier hatte hören müssen.

Nach dem Frühstück kehrte ein Teil der ihm eigenen Heiterkeit zurück. Letzten Endes war er ein Kind des Südens – schwermütiges Brüten hatte in seinem Wesen keinen Platz. Ein an ihm begangenes Unrecht konnte er nur eine gewisse Zeit lang im Geist heraufbeschwören, bevor es in der großen Leere der Vergangenheit unterging.

Aber als er gewohnheitsmäßig zu seinem gewaltsam geschlossenen Unternehmen hinüberschlenderte, das bereits ebensosehr der Vergangenheit angehörte wie Snorkeys ehemaliges Sanatorium, breitete sich doch wieder Melancholie in seinem Herzen aus. Hugo wartete schon dort, eine tragische Erscheinung, tief deprimiert versunken zwischen den zerschlagenen Hoffnungen seines Herrn.

Normalerweise genügten einige wenige Worte von Jim,

um ihn in grenzenlose Verzückung zu versetzen, doch an diesem Morgen gab es nichts zu sagen. Zwei Monate lang hatte Hugo auf einem Gipfel gelebt, von dem er nie zu träumen gewagt hätte. Er hatte seine Arbeit geliebt, einfach und leidenschaftlich, war lange vor Beginn der Unterrichtsstunden in der Akademie und verließ sie erst lange, nachdem Mr. Powells Schüler gegangen waren.

Der Tag schleppte sich einem nicht allzu vielversprechenden Abend entgegen. Amanthis erschien nicht, und Jim fragte sich unglücklich, ob sie ihre Meinung über das Dinner mit ihm vielleicht geändert hatte. Wahrscheinlich war es auch besser, wenn sie nicht mit ihm gesehen würde. Andererseits, überlegte er düster, würde ihnen ja ohnehin niemand über den Weg laufen, weil alle zum großen Ball bei den Harlans eingeladen waren.

Als die Dämmerung unerträgliche Schatten in den Schulsaal warf, schloß er ihn ein letztes Mal ab, nahm das Schild JAMES POWELL, J. M., WÜRFEL, SCHLAGRING UND GITARRE herunter und ging zu seinem Hotel zurück. Während er seine vollgekritzelten Bücher durchsah, entdeckte er, daß er für seine Schule noch eine Monatsmiete bezahlen mußte, dazu einige Rechnungen für zerbrochene Fensterscheiben und neue Geräte, die kaum benutzt worden waren. Jim hatte mit Stil gelebt; er mußte feststellen, daß ihm der Sommer nach allem finanziell nichts einbrachte.

Nachdem er das erledigt hatte, nahm er seinen neuen Frack aus seiner Schachtel und inspizierte ihn, ließ seine Hand über den Satin der Aufschläge und des Futters gleiten. Zumindest der gehörte ihm, und vielleicht würde ihn in Tarleton jemand zu einer Party einladen, zu der er ihn tragen konnte.

»Ach was!« sagte er verächtlich. »Das ganze war nur eine blödsinnige, alte Akademie. Ein paar von den Jungs aus der Garage zuhause könnten es leicht mit denen allen zusammen aufnehmen.«

›Jeannie Of Jelly-Bean Town‹ in einem nicht unbedingt niedergeschlagenen Tempo pfeifend, hüllte Jim sich in seinen ersten Frack und ging in die Stadt.

»Orchideen«, sagte er zur Verkäuferin. Er betrachtete seinen Einkauf nicht ohne einen gewissen Stolz, da er wußte, kein Mädchen am Ball der Harlans würde etwas Schöneres tragen als diese exotischen Blüten, die sich lasziv gegen grünen Farn zurücklehnten.

Mit einem Taxi, bewußt ausgewählt, weil es wie ein Privatwagen aussah, fuhr er zu Amanthis' Pension. Sie trug ein rosa Abendkleid, mit dem die Orchideen verschmolzen wie Farben mit einem Sonnenuntergang.

»Ich denke, wir fahren zum Casino Hotel«, schlug er vor, »es sei denn, du hast etwas anderes – –«

An ihrem Tisch mit Blick hinaus auf den dunklen Ozean verwandelte sich seine Stimmung in eine Mischung aus Zufriedenheit und Traurigkeit. Die Fenster waren der Kälte wegen geschlossen, aber das Orchester spielte ›Kalula‹ und ›South Sea Moon‹, und eine Zeitlang, mit ihrer bezaubernden Schönheit ihm gegenüber, erfüllte ihn die romantische Illusion, er sei ein Teil des Lebens um ihn her. Sie tanzten nicht, worüber er froh war – es hätte ihn nur an den strahlenden, glanzvollen Ball erinnert, zu dem sie nicht gehen konnten.

Nach dem Essen nahmen sie ein Taxi, folgten eine Stunde lang den sandigen Straßen, blickten zwischen vereinzelten Bäumen hindurch auf den jetzt sternenfunkelnden Ozean.

»Ich möchte dir danken«, sagte sie, »für alles, was du für mich getan hast, Jim.«

»Ist schon gut – wir Powells müssen zusammenhalten.«

»Was wirst du nun tun?«

»Ich fahre morgen nach Tarleton zurück.«

»Das tut mir leid«, sagte sie leise. »Nimmst du den Wagen?«

»Ich muß. Ich muß den Wagen nach Süden mitnehmen, weil ich ihn hier nur unter seinem Wert verkaufen könnte. Du glaubst doch nicht, daß irgendwer mein Auto aus deiner Scheune gestohlen hat?« fragte er plötzlich erschrocken.

Sie unterdrückte ein Lächeln.

»Aber nein.«

»Mir tut das alles so leid – deinetwegen«, fuhr er heiser fort, »und – und ich wäre so gern wenigstens einmal auf eine ihrer Partys gegangen. Du hättest gestern nicht bei mir bleiben sollen. Vielleicht haben sie dich deswegen nicht eingeladen.«

»Jim«, schlug sie eifrig vor, »laß uns hinfahren; wir stellen uns draußen hin und hören uns von da aus ihre Musik an. Uns ist alles egal.«

»Aber sie werden rauskommen«, wandte er ein.

»Nein, dafür ist es zu kalt. Und außerdem – was können sie dir denn jetzt noch mehr antun als das, was sie schon getan *haben*?«

Sie nannte dem Fahrer das neue Ziel. Wenige Minuten später hielten sie vor der plumpen, georgianischen Schönheit des Madison-Harlan-Hauses, aus dessen Fenstern Fröhlichkeit in hellen Flecken auf den Rasen fiel. Man hörte Gelächter nach draußen dringen, den klagenden Ton gedämpfter Trompeten und manchmal das langsame, geheimnisvolle Scharren tanzender Füße.

»Komm, wir gehen ganz nahe heran«, flüsterte Amanthis in ekstatischer Trance. »Ich möcht's hören.«

Immer im Schatten der mächtigen Bäume gingen sie auf das Haus zu, Jim voller Furcht. Plötzlich blieb er stehen und ergriff Amanthis' Arm.

»Mann!« stieß er in erregtem Flüsterton hervor. »Weißt du, was das ist?«

»Ein Nachtwächter?« Amanthis schaute überrascht um sich.

»Das ist Rastus Muldoons Band aus Savannah! Ich hab' sie einmal gehört, und ich *weiß* es. Das ist Rastus Muldoons Band!«

Sie schlichen noch näher heran, bis sie zuerst Pompadourfrisuren, dann pomadisierte Männerköpfe, dann hohe Coiffuren, schließlich sogar Bubiköpfe unter schwarzen Bändern erkennen konnten. Jetzt hörten sie außer dem unaufhörlichen Lachen auch einzelne Gespräche. Zwei Gestalten erschienen auf der Veranda, schluckten schnell irgend etwas aus Taschenflaschen und kehrten wieder ins Haus zurück. Doch die Musik hatte Jim Powell verhext. Seine Augen blickten starr, seine Füße bewegten sich wie die eines Blinden.

Ganz nah beim Haus, hinter ein paar dunklen Büschen, hörten sie aneinandergedrängt zu. Die Nummer war zu Ende. Vom Ozean her wehte eine Brise über sie hinweg, und Jim fröstelte ein wenig. Dann wisperte er sehnsüchtig:

»Diese Band wollte ich schon immer einmal leiten. Nur ein einziges Mal.« Seine Stimme wurde teilnahmslos. »Komm, gehen wir. Ich schätze, ich gehöre nicht hierher.«

Er streckte seinen Arm nach ihr aus, aber statt ihn zu ergreifen, trat sie plötzlich hinter dem Gebüsch hervor, direkt in einen hellen Lichtfleck.

»Los, Jim«, sagte sie völlig überraschend. »Gehen wir hinein.«

»Was –?«

Sie packte seinen Arm, und obwohl er sich aus einer Art verblüfftem Entsetzen über ihre Vermessenheit dagegen wehrte, drängte sie ihn beharrlich in Richtung der großen Vordertür.

»Paß auf!« keuchte er, »gleich kommt einer aus dem Haus und sieht uns.«

»Nein, Jim«, erklärte sie energisch, »nicht einer kommt aus dem Haus heraus, sondern zwei gehen jetzt da hinein.«

»Warum?« fragte er verstört; er stand jetzt voll im grellen Licht der Lampe am Eingang. »Warum?«

»Warum?« äffte sie ihn nach. »Einfach weil dieses Fest zufällig für mich gegeben wird.«

Er dachte, sie sei verrückt geworden.

»Komm mit nach Hause, bevor sie uns hier sehen«, flehte er.

Die großen Türen schwangen auf, ein Gentleman trat hinaus auf die Veranda. Entsetzt erkannte Jim Mr. Madison Harlan. Er machte eine Bewegung, als wollte er sich losreißen und weglaufen. Aber der Mann kam die Treppenstufen herunter und streckte Amanthis beide Hände entgegen.

»Na endlich«, rief er. »Wo um Himmels willen habt ihr zwei denn bloß gesteckt? Cousine Amanthis –« Er gab ihr einen Kuß und wandte sich dann herzlich Jim zu. »Und was Sie betrifft, Mr. Powell«, fuhr er fort, »weil Sie zu spät gekommen sind, müssen Sie mir versprechen, daß Sie zur Strafe eine Nummer lang die Band leiten.«

New Jersey war warm, abgesehen von dem Teil, der unter Wasser stand, und der kümmerte nur die Fische. Alle Touristen, die durch diese langen grünen Meilen kamen, hielten ihre Wagen vor einem weitläufigen, altmodischen Landhaus an, schauten zu der roten Schaukel auf dem Rasen und der breiten, schattigen Veranda hinauf, seufzten und fuhren weiter – mit einem kleinen Ausweichmanöver, um einen pechschwarzen Diener auf der Straße nicht zu überfahren. Der Diener bearbeitete mit Hammer und Nägeln eine heruntergekommene Nuckelpinne, auf deren Heckwimpel der Schriftzug TARLETON, GA. prangte.

Ein Mädchen mit gelbem Haar und warmer Gesichtsfarbe lag in einer Hängematte und sah aus, als könnte sie jeden Moment einschlafen. Bei ihr saß ein Gentleman in einem ungewöhnlich engsitzenden Anzug. Einen Tag zuvor waren sie gemeinsam aus dem vornehmen Badeort Southampton zurückgekommen.

»Als du das erstemal hier aufgetaucht bist«, erklärte sie gerade, »hätte ich nie geglaubt, dich wiederzusehen, deshalb habe ich dir das mit dem Friseur und all dem vorgeschwindelt. In Wirklichkeit bin ich schon ganz schön herumgekommen – mit oder ohne Schlagring. In diesem Herbst werde ich offiziell in die Gesellschaft eingeführt.«

»Ich schätze, ich hatte 'ne Menge zu lernen«, sagte Jim.

»Und, verstehst du«, fuhr Amanthis fort und schaute ihn ziemlich nervös an, »ich wurde eingeladen, meine Verwandten in Southampton zu besuchen – und als du dann gesagt hast, daß du auch dorthin fahren würdest, wollte ich doch gern sehen, was du vorhattest. Ich hab' immer bei den Harlans geschlafen, aber ich habe das Zimmer in der Pension behalten, damit du es nicht merkst. Der Grund, daß ich nicht mit dem richtigen Zug kam damals, war der, daß ich zuerst eine Menge Leute vorbereiten mußte, so zu tun, als würden sie mich nicht kennen.«

Jim erhob sich und nickte verständnisvoll.

»Ich schätze, ich und Hugo sollten uns besser auf den Weg machen. Wir müssen bis zum Abend noch bis Baltimore.«

»Das ist eine lange Strecke.«

»Ich möchte heute nacht gern im Süden schlafen«, sagte er schlicht.

Gemeinsam gingen sie den Weg hinunter, vorbei an der idiotischen Dianastatue auf dem Rasen.

»Verstehst du«, fügte Amanthis sanft hinzu, »hier oben brauchst du auch nicht unbedingt reich zu sein, um – um herumzukommen, genausowenig wie in Georgia –« Sie brach jäh ab. »Willst du nicht nächstes Jahr wiederkommen und eine neue Akademie eröffnen?«

»Nein, Mamm, ohne mich. Dieser Mr. Harlan hat zwar zu mir gesagt, ich könnte mit der weitermachen, die ich hatte, aber ich habe nein gesagt.«

»Hast du nicht – hast du kein Geld verdient?«

»Nein, Mamm«, antwortete er. »Ich habe gerade noch soviel von meinem eigenen Geld, daß ich nach Hause komme. Ich hab' ja mein Kapital nicht dabeigehabt. Es gab eine Zeit, in der ich gut dran war, aber ich habe auch sehr gut gelebt, und dann war da meine Miete, die ganzen Geräte, die Musiker. Außerdem mußte ich am Schluß noch all das zurückzahlen, was sie mir für die Stunden schon vorgeschossen hatten.«

»Das hättest du nicht tun sollen!« rief Amanthis entrüstet.

»Sie wollten auch nicht, aber ich habe ihnen gesagt, sie müßten es nehmen.«

Er hielt es nicht für nötig zu erwähnen, daß Mr. Harlan versucht hatte, ihm einen Scheck aufzudrängen.

Sie erreichten das Automobil genau in dem Augenblick, als Hugo den letzten Nagel hineinhämmerte. Jim öffnete ein Innenfach an der Tür und entnahm ihm eine unetikettierte Flasche mit einer weißlichgelben Flüssigkeit.

»Ich wollte dir eigentlich ein Geschenk kaufen«, erklärte er ihr verlegen, »aber bevor ich dazu kam, war mein Geld schon futsch, und darum habe ich mir dann gedacht, ich kann dir ja auch etwas aus Georgia schicken. Das hier ist nur ein persönliches Andenken. Mein Whiskey hier ist natürlich nichts für dich, aber vielleicht möchtest du, wenn du in die Gesellschaft eingeführt bist, ein paar von diesen jungen Burschen einmal zeigen, wie richtiger alter Maiswhiskey schmeckt.«

Sie nahm die Flasche.

»Danke, Jim.«

»Schon gut.« Er wandte sich Hugo zu. »Schätze, wir sollten jetzt losfahren. Gib der Dame den Hammer.«

»Oh, ihr könnt den Hammer behalten«, sagte Amanthis unter Tränen. »Willst du mir nicht wenigstens versprechen, daß du wiederkommst?«

»Irgendwann mal – vielleicht.«

Er sah sie noch einmal an, ihr gelbes Haar, ihre blauen, von Schlaf und Tränen verschleierten Augen. Dann stieg er in seinen Wagen ein, und als sein Fuß die Kupplung fand, veränderte sich sein gesamtes Wesen vollkommen.

»Leben Sie wohl, Mamm«, verkündete er mit beeindruckender Würde, »wir gehen den Winter über nach Süden.«

Die Geste seines Strohhutes ließ an Palm Beach denken, an St. Augustine, an Miami. Sein persönlicher Diener drehte die Kurbel, nahm seinen Platz ein und wurde augenblicklich Teil der heftigen Vibrationen, in die er das Automobil versetzt hatte.

»Den Winter über nach Süden«, wiederholte Jim, und dann fügte er leise hinzu: »Sie sind das hübscheste Mädchen, das ich je gesehen habe. Gehen Sie wieder da hinauf, legen Sie sich in die Hängematte und schlafen Sie – schlaaaafen Sie –«

Wie er das sagte, klang es fast wie ein Wiegenlied. Er verneigte sich vor ihr, vollendet, tief, und schloß in die Grandezza seiner Verbeugung den gesamten Norden mit ein.

Dann entschwanden sie in einer ziemlich lächerlichen Staubwolke die Straße hinunter. Kurz bevor sie die erste Kurve erreichten, sah Amanthis sie anhalten, aussteigen und den oberen Teil des Wagens auf den unteren schieben. Ohne sich umzusehen, setzten sie sich wieder auf ihre Plätze. Sie bogen um die Kurve – und außer Sicht. Nur ein durchsichtiger, brauner Nebelschleier hing noch in der Luft, als Beweis dafür, daß sie hier vorbeigekommen waren.

Einer meiner ältesten Freunde

Den ganzen Nachmittag über war Marion bester Dinge gewesen. Sie schlenderte in ihrem kleinen Apartment von Raum zu Raum, schaute kurz im Kinderzimmer vorbei, um dem Mädchen dabei zu helfen, mit triefenden Löffeln die Kinder zu füttern, und las dann ein wenig auf dem neuen Sofa, der größten Extravaganz, die sie sich in den fünf Jahren ihrer Ehe geleistet hatten.

Als sie Michaels Schritte im Hausflur hörte, drehte sie den Kopf und lauschte; sie hörte ihn gern gehen, immer so behutsam, als vermutete er ganz in der Nähe schlafende Kinder.

»Michael.«

»Oh – hallo.« Er trat ins Zimmer, ein großer, breitschultriger, schlanker Mann von dreißig Jahren mit hoher Stirn und freundlichen dunklen Augen.

»Weißt du schon das Neueste?« sagte er gleich, »Charley Hart will heiraten.«

»Nein!«

Er nickte.

»Aber wen denn?«

»Eines der Lawrence-Mädchen von zuhaus.« Er zögerte. »Sie kommt morgen in New York an, und ich meine, wir sollten irgendwas für die beiden arrangieren, solange sie hier ist. Charley ist immerhin so ziemlich mein ältester Freund.«

»Dann laden wir sie doch zum Abendessen ein –«

»Ich hätte doch gern ein bißchen mehr als das«, unterbrach er. »Vielleicht eine Party mit ein paar Freunden. Verstehst du –« Wieder zögerte er. »Um Charley zu zeigen, daß wir ihn schätzen.«

»Na gut«, stimmte Marion zu, »aber wir sollten nicht zu viel dafür ausgeben – und ich glaube auch nicht, daß wir dazu verpflichtet sind.«

Er sah sie überrascht an.

»Ich meine nur«, fuhr Marion fort, »wir – wir sehen Charley ja kaum noch. Wir sehen ihn doch so gut wie überhaupt nicht mehr.«

»Naja, aber du weißt doch selbst, wie das ist in New York«, erklärte Michael entschuldigend. »Er ist genauso eingespannt wie ich. Er hat sich einen guten Namen gemacht, und ich nehme an, er ist immer sehr gefragt.«

Sie sprachen von Charley Hart stets als von ihrem ältesten Freund. Vor fünf Jahren, als Michael und Marion jung verheiratet waren, kamen sie zu dritt aus derselben Stadt im Westen nach New York. Ein Jahr lang hatten sie Charley fast täglich gesehen: Kein häusliches Abenteuer, keine Hoffnung, kein Traum aus heiterem Himmel war zu unbedeutend für seine Ohren. In schwierigen Zeiten gelang es ihm immer, ihrem Problem eine angenehme, heitere Note abzugewinnen.

Natürlich hatte sich die Situation durch Marions Babys verändert, und es war nun auch schon einige Jahre her, daß sie Charley um Mitternacht angerufen hatten, um ihm zu sagen, sie hätten einen Rohrbruch oder die Decke falle ihnen auf den Kopf, aber sie hatten sich so unmerklich aus den Augen verloren, daß Michael von Charley noch immer so stolz sprach, als würde er ihn tagtäglich sehen.

Eine Zeitlang aßen sie noch einmal pro Monat gemeinsam zu Abend, und alle drei hatten sich eine Menge zu erzählen; doch die Treffen endeten nie mehr mit »Ich ruf' dich morgen an«. Statt dessen hieß es: »Du müßtest öfter zu uns zum Essen kommen«, oder sogar, nach drei oder vier Jahren: »Bis dann«.

»Oh, ich bin absolut bereit, eine kleine Party zu geben«, sagte Marion jetzt, mit einem skeptischen Blick auf das Zimmer. »Hast du schon ein bestimmtes Datum festgelegt?«

»Samstag in acht Tagen.« Seine dunklen Augen irrten ziellos über den Boden. »Wir können ja die Teppiche aufrollen oder sowas.«

»Nein.« Sie schüttelte den Kopf. »Zuerst Dinner für acht Personen, richtig schön formell und alles, und nachher spielen wir Karten.«

Sie überlegte bereits, wen sie noch einladen sollte. Schließlich traf Charley als Künstler vermutlich jeden Tag irgendwelche interessanten Leute.

»Wir könnten die Willoughbys dazunehmen«, schlug sie unsicher vor. »Sie ist doch irgendwie beim Theater oder so – und er schreibt Drehbücher.«

»Nein, lieber nicht«, wandte Michael ein. »Wahrscheinlich trifft er solche Typen jeden Mittag und Abend, tagaus tagein, bis er sie nicht mehr sehen kann. Abgesehen davon – außer den Willoughbys kennen wir doch gar niemanden aus dem Milieu. Ich hab' eine bessere Idee. Wir sollten ein paar Leute zusammentrommeln, die es auch von zuhause hierher verschlagen hat. Die haben Charleys Karriere alle verfolgt und würden sich bestimmt freuen, ihn mal wiederzusehen. Sie sollen sehen, wie natürlich und unverdorben er geblieben ist.«

Nach einigem Hin und Her einigten sie sich auf diesen Plan, und binnen einer Stunde rief Marion ihren ersten Gast an:

»Es ist für Charley Harts Verlobte«, erklärte sie. »Charley Hart, der Künstler. Wißt ihr, er ist einer unserer ältesten Freunde.«

Mit den Vorbereitungen wuchs ihre Vorfreude. Sie stellte für diesen Tag eine Aushilfe ein, um einen einwandfreien Service zu garantieren, und überredete den Blumenhändler um die Ecke, persönlich zu erscheinen und die Arrangements zusammenzustellen. Alle »Leute von zuhause« hatten begeistert zugesagt, womit die Gesamtzahl der Gäste auf zehn anwuchs.

»Über was wollen wir uns denn unterhalten, Michael?« fragte sie am Vorabend der Party nervös. »Wenn jetzt alles schiefgeht, und sie verkrachen sich alle miteinander und gehen wieder nach Hause?«

Er lachte.

»Nichts geht schief. Diese Leute kennen sich doch alle –«

Das Telefon auf dem Tisch machte sich bemerkbar, und Michael nahm den Hörer ab.

»Hallo ... Ach, du bist's, Charley.«

Marion setzte sich alarmiert in ihrem Stuhl auf.

»Tatsächlich? Also, das tut mir sehr leid. Tut mir sehr, sehr leid ... Hoffentlich ist es nichts Ernstes.«

»Kann er nicht kommen?« platzte Marion heraus.

»Scht!« Wieder ins Telefon: »Tja, das ist wirklich furchtbar schade, Charley. Ach was, kein Problem, absolut nicht. Es tut uns nur leid, daß du krank bist.«

Mit einer niedergeschlagenen Bewegung legte Michael den Hörer auf die Gabel zurück.

»Die kleine Lawrence mußte letzte Nacht nach Hause zurück, und Charley liegt mit Grippe im Bett.«

»Willst du damit sagen, er kann nicht kommen?«

»Genau das. Er kann nicht kommen.«

Plötzlich zog sich Marions Gesicht zusammen, und ihre Augen füllten sich mit Tränen.

»Er sagt, der Doktor sei den ganzen Tag bei ihm gewesen«, erklärte Michael betrübt. »Er hat Fieber, und sie wollten ihm noch nicht mal erlauben, ans Telefon zu gehen.«

»Das ist mir doch egal«, schluchzte Marion. »Ich finde es schrecklich – nachdem wir all die Leute nur seinetwegen eingeladen haben.«

»Aber man kann doch nichts dafür, wenn man krank wird.«

»Doch, man *kann*«, jammerte sie ohne jedes Gefühl für Logik, »irgendwie kann man was dafür. Und wenn die kleine Lawrence schon letzte Nacht fahren mußte, warum hat er uns das nicht *vorher* gesagt?«

»Er sagte, das sei ganz plötzlich gekommen. Noch bis gestern nachmittag hätten sie fest vorgehabt zu kommen.«

»Ich g-glaube nicht, daß es ihm was ausmacht. Ich wette sogar, er ist heilfroh, daß er krank ist. Wenn ihm etwas daran liegen würde, hätte er sie uns schon längst vorgestellt.«

Sie stand plötzlich auf.

»Ich will dir nur eins sagen«, versicherte sie ihm mit Nachdruck, »ich geh' jetzt ans Telefon, rufe alle an und blase die ganze Sache ab.«

»Aber, Marion –«

Doch trotz seines halbherzigen Protests nahm sie das

Telefonbuch und begann, die erste Nummer herauszusuchen.

Am nächsten Tag besorgten sie sich Theaterkarten, in der Hoffnung, damit die Leere ausfüllen zu können, die der Abend um sich verbreiten würde. Marion hatte geweint, als der nicht benachrichtigte Blumenhändler um fünf mit Kartons voller Blumen erschien; sie hatte das Gefühl, sie müßte aus dem Haus, um den Geistern aus dem Weg zu gehen, die jeden Moment hereinströmen würden. Schweigend verzehrten sie ein üppiges Dinner, zusammengestellt aus all den Köstlichkeiten, die sie für die Party eingekauft hatte.

»Es ist erst acht«, sagte Michael danach, »ich denke, es wäre ganz nett, wenn wir auf einen Sprung bei Charley vorbeischauen würden, meinst du nicht auch?«

»Aber nein«, antwortete Marion verdutzt, »das würde mir nicht im Traum einfallen.«

»Warum denn nicht? Wenn er wirklich ernsthaft krank ist, möchte ich gern sicher sein, daß man sich auch richtig um ihn kümmert.«

Da ihr klar wurde, daß sein Entschluß feststand, unterdrückte sie ihre instinktive Abneigung gegen die Idee, worauf beide per Taxi zu einem hohen Häuserblock mit lauter Studio-Apartments an der Madison Avenue fuhren.

»Geh du ruhig rein«, drängte Marion nervös, »ich warte lieber hier draußen.«

»Bitte, komm mit.«

»Warum? Er wird im Bett sein und keine Frauen um sich haben wollen.«

»Aber er würde dich doch gerne sehen – es würde ihn aufmuntern. Und dann wüßte er, daß wir das mit heute abend verstehen. Er klang schrecklich deprimiert am Telefon.«

Er zog sie halb aus dem Taxi.

»Bitte, aber nur eine Minute«, flüsterte sie angespannt, als sie mit dem Fahrstuhl hinauffuhren. »Das Theater fängt um halb neun an.«

»Das Apartment rechts«, sagte der Fahrstuhlführer.

Sie klingelten und warteten. Die Tür wurde geöffnet, und sie betraten direkt Charley Harts großes Studio.

Es war voller Menschen; vom einen Ende zum anderen erstreckte sich eine lange, von Lampen erhellte Tafel, mit Farn und Rosenknospen dekoriert, von der ein lebhaftes Gewirr aus Lachen und Gesprächsfetzen in die leicht rauchige Luft aufstieg. Zwanzig Frauen im Abendkleid saßen nebeneinander auf der einen Seite und plauderten über die Blumen hinweg mit zwanzig Männern in jener gehobenen Stimmung, wie sie durch prickelnden Champagner entsteht, der aus vielen Flaschen in dünnes, geeistes Glas fließt. Über ihnen, auf der hohen, schmalen Galerie, die um den ganzen Raum lief, spielte ein Streichquartett etwas von Strawinsky in einer Tonart, die knapp unterhalb der Stimmlage der Frauen lag und die Luft erfüllte wie hörbarer Wein.

Die Tür war von einem der Kellner geöffnet worden, der den beiden vermeintlich verspäteten Gästen respektvoll den Weg freimachte – und augenblicklich sprang am Kopfende des Tisches ein gutaussehender Mann auf, blieb regungslos mit der Serviette in der Hand stehen und starrte die Neuankömmlinge an. Die Lautstärke der allgemeinen Unterhaltung verminderte sich um die Hälfte; aller Augen folgten Charley Harts Blick zu dem Paar an der Tür. Dann, als sei der Zauber gebrochen, wurden die Gespräche wieder aufgenommen, gewannen mit jedem Wort mehr Schwung – der Augenblick war vorüber.

»Bloß raus hier!« Marions leises, fassungsloses Flüstern erreichte Michael aus dem Nichts, und einen Moment lang glaubte er, er falle einer Sinnestäuschung zum Opfer, es befinde sich trotz allem niemand außer Charley im Raum. Als er wieder klar sehen konnte, erkannte er, daß es hier von Menschen wimmelte – er hatte noch nie so viele Menschen auf einmal gesehen! Plötzlich schwoll die Musik zum Getöse eines großen Blasorchesters an, und die grellen Trompeten schienen einen Sturm gegen sie zu entfesseln; ohne sich umzusehen, traten er und Marion blindlings einen Schritt in den Hausflur zurück und zogen die Tür hinter sich zu.

»Marion –!«

Sie war zum Fahrstuhl gerannt, stand da, einen Finger fest auf den Knopf gepreßt, dessen Klingel im Flur widerhallte wie ein letzter hoher Ton der Musik im Studio. Plötzlich öffnete sich die Tür des Apartments, und Charley Hart trat auf den Gang hinaus.

»Michael!« rief er, »Michael und Marion! Laßt mich doch erklären! Kommt doch rein. Ich will's euch *erklären*, hört doch.«

Er sprach erregt – sein Gesicht war gerötet, sein Mund formte ein Wort oder zwei, die keinerlei Schallwellen erzeugten.

»Beeil dich doch, Michael«, erklang Marions gepreßte Stimme von der Fahrstuhltür her.

»Laßt mich doch erklären«, rief Charlie verzweifelt. »Ich will –«

Michael wandte sich von ihm weg – der Fahrstuhl kam, und die Tür öffnete sich scheppernd.

»Ihr benehmt euch ja, als hätte ich irgendein Verbrechen begangen.« Charley folgte Michael durch den Flur. »Könnt ihr denn nicht verstehen, daß das alles nur ein dummer Zufall ist?«

»Schon gut«, murmelte Michael, »ich hab' schon verstanden.«

»Nein, das hast du nicht.« Charley wurde laut; er drohte die Beherrschung zu verlieren. Bewußt steigerte er sich in eine Wut auf die beiden hinein, um damit seine eigene völlig unakzeptable Position zu rechtfertigen. »Ihr geht hier einfach wütend raus, wo ich euch doch hereingebeten habe, damit ihr mitfeiert. Warum seid ihr überhaupt gekommen, wenn ihr nicht reinkommen wollt? Habt ihr –?«

Michael betrat den Fahrstuhl.

»Nach unten, bitte!« schrie Marion. »Oh, ich möchte nach unten. *Bitte!*«

Die Tür schepperte zu.

Sie wiesen den Taxifahrer an, sie auf kürzestem Wege nach Hause zu bringen – keiner von beiden hätte jetzt noch das Theater durchgestanden. Während der Fahrt zu ihrer Wohnung barg Michael sein Gesicht in den Händen und versuchte zu realisieren, daß ihre Freundschaft, die ihm so viel bedeutet hatte, zu Ende war. Erst jetzt erkannte er, daß sie schon seit geraumer Zeit zu Ende war, daß Charley das ganze letzte Jahr über nicht ein einziges Mal versucht hatte, sich mit ihnen zu treffen, und der Schock dieser Entdekkung wog weit schwerer als der eben erlittene Affront.

Nachdem sie zu Hause angekommen waren, ging Marion, die im Taxi nicht ein Wort gesprochen hatte, ihrem Mann voran ins Wohnzimmer und bedeutete ihm, sich zu setzen.

»Ich muß dir etwas sagen, was du wissen solltest«, sagte sie. »Wenn das heute abend nicht passiert wäre, hätte ich es dir wahrscheinlich nie erzählt – aber jetzt denke ich doch, daß du die ganze Geschichte hören solltest.« Sie zögerte. »Zuerst mal – Charley Hart war alles andere als dein Freund.«

»Was?« Er schaute sie verständnislos an.

»Er war nicht dein Freund«, wiederholte sie. »Seit Jahren nicht mehr. Er war mein Freund.«

»Aber Charley Hart war –«

»Ich weiß, was du sagen willst – daß Charley unser beider Freund war. Aber das ist nicht wahr. Ich weiß nicht, als was er dich am Anfang angesehen hat, aber dein Freund ist er schon seit drei oder vier Jahren nicht mehr.«

»Aber –« Michaels Augen leuchteten erstaunt auf. »Aber wenn das stimmt, was du sagst, warum war er dann immer hier?«

»Meinetwegen«, antwortete Marion mit fester Stimme. »Er war in mich verliebt.«

»Was?!« Michael lachte ungläubig. »Das bildest du dir ein. Ich weiß, daß er immer so tat, als ob, aber das war doch nur herumgealbert –«

»Nein, das war es nicht«, unterbrach sie ihn, »nicht wirklich. Mit Herumalbern hat es angefangen – und geendet hat es damit, daß er mich bat, mit ihm durchzubrennen.«

Michael runzelte die Stirn.

»Nur weiter«, sagte er ruhig. »Ich schätze, es ist wahr, sonst würdest du es mir nicht erzählen – aber es hat einfach etwas Unwirkliches an sich. Hat er denn plötzlich angefangen, dich zu – zu –«

Er schloß abrupt den Mund, unfähig, die Worte auszusprechen.

»Es fing an einem Abend an, als wir drei zum Tanzen aus waren.« Marion zögerte. »Und zuerst hab' ich es durch und durch genossen. Er hatte so eine Art, Dinge zu bemerken – Kleider, Hüte, neue Frisuren. Es machte einfach Spaß, mit ihm zusammenzusein. Er verstand es immer, mir das Gefühl zu geben, ich sei irgendwie wichtig und attraktiv. Denk bitte nicht, ich hätte seine Gesellschaft deiner vorgezogen – das habe ich nicht. Ich wußte, wie furchtbar egoistisch er war und wie unbeständig. Aber ich habe ihn sogar noch ermutigt, nehme ich an – ich fand es interessant. Es zeigte Charley von einer ganz neuen Seite, und er ging das ebenso amüsant an wie alles andere, was er tat.«

»Ja –«, stimmte Michael mit einiger Überwindung zu. »Ich vermute, es war – zum Totlachen amüsant.«

»Am Anfang mochte er dich trotzdem. Er kam nie auf den Gedanken, daß er dich mit dem, was er tat, hintergehen könnte. Er gab einfach einem natürlichen Impuls nach – das war alles. Aber nach ein paar Wochen fingst du an, ihm im Weg zu sein. Er wollte mit mir essen gehen und dich nicht dabeihaben – und das ging ja schlecht. Naja, und dieser Zustand dauerte so ungefähr ein Jahr.«

»Was geschah dann?«

»Gar nichts geschah. Deshalb kam er ja nicht mehr zu uns.«

Michael kam langsam auf die Füße.

»Willst du damit sagen –«

»Moment. Wenn du ein bißchen überlegst, wirst du einsehen, daß es so kommen mußte. Als er merkte, daß ich versuchte, ihm möglichst schmerzlos einen Korb zu geben, damit er wieder einer unserer ältesten Freunde sein konnte und nichts weiter, hat er sich abgesetzt. Er wollte nicht einer unserer ältesten Freunde sein – das war vorbei.«

»Verstehe.«

»Also –« Marion stand auf und kaute nervös auf ihrer Unterlippe herum, »das war alles. Ich dachte mir, das mit heute abend würde dich weniger treffen, wenn du verstehst, was passiert ist.«

»Ja«, erwiderte Michael mit matter Stimme, »ich schätze, das ist wahr.«

Michaels Karriere nahm einen positiven Verlauf, weshalb sie es sich leisten konnten, für den Sommer ein altes Bauernhaus auf dem Land zu mieten, zu dem ein halber Morgen verwildertes Wiesland mit Bäumen gehörte, wo die Kinder den ganzen Tag spielten. Das Thema Charley wurde zwischen ihnen mit keiner Silbe mehr erwähnt, und nach ein paar Monaten hatte er sich in ihrer Erinnerung zu den Schatten ganz im Hintergrund gesellt. Manchmal, kurz vor dem Einschlafen, ertappte sich Michael dabei, wie er an die glücklichen Zeiten dachte, die sie vor fünf Jahren zu dritt erlebt hatten – doch dann verdrängte jeweils die Wirklichkeit die Illusion, und er empfand beim Gedanken an dieses Thema beinahe physischen Widerwillen.

Eines schönen Juliabends lag er dösend in der Dämmerung auf der Veranda. Er hatte im Büro einen schweren Tag gehabt, und es war angenehm, sich auszuruhen, während das sommerliche Licht langsam über dem Land erlosch.

Das Geräusch eines Wagens ließ ihn träge den Kopf heben. Am Ende des Weges hatte ein Taxi aus dem Ort gehalten, dem jetzt ein junger Mann entstieg. Mit einem Ausruf setzte Michael sich auf. Sogar im Dämmerlicht erkannte er diese Schultern, diesen ungeduldigen Gang –

»Der Teufel soll mich holen«, sagte er leise.

Als Charley Hart den Kiesweg heraufkam, bemerkte Michael auf den ersten Blick, daß er sich in einem ungewöhnlich mitgenommenen Zustand befand. Sein gutaussehendes Gesicht war angespannt und müde, seine Kleidung zerknittert, und er machte eindeutig den Eindruck eines Menschen, der dringend Schlaf braucht.

Er betrat die Veranda, erblickte Michael und lächelte ein schwaches, verlegenes Lächeln.

»Hallo, Michael.«

Keiner von beiden machte irgendwelche Anstalten, dem anderen die Hand zu reichen, aber nach einem kurzen Moment ließ sich Charley unvermittelt in einen Sessel fallen.

»Ich möchte ein Glas Wasser«, sagte er rauh, »es ist höllisch heiß.«

Wortlos ging Michael ins Haus und kam mit einem Glas Wasser zurück, das Charley mit großen, geräuschvollen Zügen leerte.

»Danke«, sagte er keuchend. »Ich dachte schon, es wär' endgültig aus mit mir.«

Er schaute sich mit Augen um, die nur vorgaben, die Umgebung zu registrieren.

»Ein hübsches Plätzchen habt ihr hier«, bemerkte er; sein Blick kehrte zu Michael zurück. »Willst du, daß ich gehe?«

»Aber nein. Bleib sitzen und ruh dich aus, wenn du möchtest. Du siehst total erledigt aus.«

»Bin ich auch. Willst du hören, warum?«

»Nicht im geringsten.«

»Nun, dann erzähl ich's dir trotzdem«, sagte Charley trotzig. »Darum bin ich ja hier. Ich habe Probleme, Michael, und ich habe niemanden außer dir, wo ich hin kann.«

»Hast du's schon bei all deinen Freunden versucht?« fragte Michael kühl.

»Ich hab's überall versucht – überall, soweit mir die Zeit das erlaubt hat. Gott!« Er wischte sich mit der Hand den Schweiß von der Stirn. »Ich hätte nie geglaubt, daß es so schwer ist, lumpige zweitausend Dollar aufzutreiben.«

»Bist du wegen zweitausend Dollar zu mir gekommen?«

»Warte doch, Michael. Warte, bis du alles gehört hast. Das zeigt ja nur, in was für einen Schlamassel ein Mann geraten kann, der überhaupt keine schlechten Absichten hat. Weißt du, ich bin Schatzmeister einer Organisation, die sich Verein zur Unterstützung Unabhängiger Künstler nennt – eine Einrichtung, die bedürftigen Studenten helfen soll. Wir hatten einen Fonds, dreitausendfünfhundert Dollar, und die lagen über ein Jahr auf meiner Bank. Naja, und wie du weißt, lebe ich auf ziemlich großem Fuß – wenn ich viel verdiene, gebe ich auch viel aus –, und ungefähr vor einem Monat fing ich über einen Freund an, ein bißchen zu spekulieren –«

»Ich weiß nur nicht, warum du mir das alles erzählst«, unterbrach Michael ihn ungeduldig, »ich –«

»Moment noch, bitte – ich bin gleich fertig.« Er schaute Michael verängstigt an. »Und dann habe ich hin und wieder dieses Geld eingesetzt, ohne mir bewußt zu werden, daß es mir ja überhaupt nicht gehörte. Ich hatte doch immer soviel eigenes Geld, verstehst du. Bis diese Woche.« Er zögerte. »Diese Woche hatten wir eine Sitzung, in der sie mich beauftragten, ihnen das Geld zu übergeben. Also ging ich zu ein paar Leuten, um zu versuchen, es mir zu borgen, aber kaum hatte ich einem von denen den Rücken zugedreht, da plauderte er auch schon. Gestern abend gab es einen fürchterlichen Auftritt. Sie sagten mir, wenn ich die zweitausend nicht bis heute morgen vorweisen kann, dann bringen sie mich hinter Gitter –« Seine Stimme wurde lauter, und er blickte gehetzt um sich. »Jetzt werde ich steckbrieflich gesucht – und wenn ich das Geld nicht auftreibe, dann bring' ich mich um, Michael; ich schwöre bei Gott, daß ich's tun werde; ich gehe nicht ins Gefängnis. Ich bin Künstler und kein Geschäftsmann. Ich –«

Er strengte sich an, seine Stimme unter Kontrolle zu halten. »Michael«, flüsterte er, »du bist mein ältester Freund. Ich hab' doch außer dir niemanden auf der Welt, zu dem ich gehen könnte.«

»Das fällt dir ein bißchen spät ein«, sagte Michael unbehaglich. »Vor vier Jahren hast du nicht an mich gedacht, als du meine Frau aufgefordert hast, mich wegen dir zu verlassen.«

Ein Ausdruck ungespielter Überraschung glitt über Charleys Gesicht.

»Bist du deshalb so wütend auf mich?« fragte er erstaunt. »Ich dachte, du bist wütend, weil ich nicht zu deiner Party gekommen bin.«

Michael gab keine Antwort.

»Ich hatte angenommen, sie hätte dir das schon vor langer Zeit erzählt«, fuhr Charley fort. »Ich konnte nicht gegen meine Gefühle für Marion an. Ich war allein, und ihr beide hattet euch. Jedesmal, wenn ich zu euch kam, hast du mir erzählt, was für eine wundervolle Frau Marion wäre, und schließlich fing – fing ich an, das auch zu finden. Wie hätte ich mich denn nicht in sie verlieben sollen, wo sie doch anderthalb Jahre lang das einzige anständige Mädchen war, das ich kannte?« Er sah Michael herausfordernd an. »Und wenn schon, du hast sie doch, nicht wahr? Ich hab' sie dir nicht weggenommen. Ich hab' sie ja noch nicht einmal geküßt – also, mußt du so darauf herumreiten?«

»Erklär mir eins«, sagte Michael scharf, »warum sollte ich dir eigentlich dieses Geld leihen?«

»Naja –«. Charley zögerte, lachte beklommen, »ich weiß eigentlich keinen richtigen Grund. Ich dachte einfach, du würdest es tun.«

»Und warum sollte ich?«

»Es gibt nicht den geringsten Grund dafür – jedenfalls nicht aus deiner Sicht der Dinge.«

»Da liegt das Problem. Wenn ich es dir geben würde, würde ich es nur tun, weil ich ein sentimentaler Schwächling wäre. Ich würde etwas tun, was ich gar nicht will.«

»Na gut«, Charley lächelte unangenehm, »das hat etwas für sich. Wenn ich es mir recht überlege, gibt es wirklich keinen Grund, warum du mir das Geld leihen solltest. Na dann –« Er steckte die Hände tief in die Taschen seines Jacketts und warf den Kopf leicht zurück, als wollte er das Thema abschütteln wie eine Mütze. »Ich gehe jedenfalls nicht ins Gefängnis – und vielleicht denkst du ja morgen anders darüber.«

»Rechne lieber nicht damit.«

»Oh, ich denke nicht daran, dich noch mal zu bitten. Ich meine etwas – ganz anderes.«

Er nickte ihm kurz zu, drehte sich schnell um, ging den

Kiesweg hinunter und wurde von der Dunkelheit verschluckt. Wo der Weg in die Straße mündete, hörte Michael seine Schritte kurz aussetzen, als zögerte er. Dann wandten sie sich die Straße hinunter in Richtung des eine Meile entfernten Bahnhofs.

Michael sank in seinen Sessel und vergrub das Gesicht in den Händen. Er hörte Marion aus der Tür kommen.

»Ich hab' zugehört«, flüsterte sie, »ich konnte nicht anders. Ich bin froh, daß du ihm nichts geborgt hast.«

Sie trat nahe zu ihm heran, hätte sich auf seinen Schoß gesetzt, aber er fühlte sich mit einem Mal beinah körperlich von ihr abgestoßen und stand hastig auf.

»Ich hatte schon Angst, er würde dich weichkriegen und einen Narren aus dir machen«, fuhr Marion fort. Sie zögerte. »Er hat dich gehaßt, weißt du. Er wünschte sich immer, du würdest sterben. Ich sagte ihm, wenn er das noch einmal zu mir sagte, würde er mich nie wiedersehen.«

Michael sah sie finster an.

»Du warst ja richtig edel.«

»Aber Michael –«

»Erst läßt du ihn solche Dinge zu dir sagen – und dann, wenn er hierherkommt, fix und fertig, ohne einen einzigen Freund auf der ganzen Welt, dann sagst du, du bist froh, daß ich ihn weggeschickt habe.«

»Weil ich dich liebe, Schatz –«

»Ach was!« unterbrach er sie grob. »Weil Haß in dieser Welt billig zu haben ist. Man kriegt ihn überall. Mein Gott! Was glaubst du denn, was ich jetzt von mir selber halte?«

»Er ist es nicht wert, daß du so für ihn fühlst.«

»Bitte, geh!« rief Michael leidenschaftlich. »Laß mich allein.«

Gehorsam zog sie sich zurück, worauf er sich in der

Dunkelheit der Veranda wieder hinsetzte. Langsam beschlich ihn ein Gefühl des Grauens. Mehrere Male machte er eine Bewegung, als wollte er aufstehen, aber dann runzelte er jedesmal die Stirn und rührte sich nicht von der Stelle. Als er schließlich nach längerer Zeit plötzlich auf die Füße sprang, brach ihm der kalte Schweiß aus. Die letzte Stunde, die Monate, die hinter ihm lagen – alles wurde von einer Flut fortgerissen, die ihn Jahre in die Vergangenheit zurücktrug: Aber die waren ja hinter Charley Hart her, seinem alten Freund Charley Hart, der zu ihm gekommen war, weil er sonst keinen Ausweg mehr wußte. Michael hastete wie benommen auf der Terrasse hin und her, suchte nach Hut und Jackett.

»Aber Charley!« rief er laut.

Endlich fand er sein Jackett, zwängte sich hinein und rannte unkontrolliert die Stufen hinunter. Es schien ihm, als sei Charley erst vor ein paar Minuten weggegangen.

»Charley!« rief er, als er die Straße erreichte, »Charley, komm zurück. Es war alles ein Irrtum!«

Er blieb stehen, lauschte. Keine Antwort. Leicht keuchend begann er verbissen durch die schwüle Nacht die Straße entlang zu laufen.

Obwohl es erst halb neun war, hatte sich bereits eine tiefe Stille über die ganze Gegend gesenkt, was die quakenden Frösche in dem morastigen Streifen Land neben der Straße doppelt laut erscheinen ließ. Der Himmel war dünn mit Sternen gesprenkelt, und bald würde der Mond aufgehen, aber die Straße lag im Dunkel der Bäume, so daß Michael kaum weiter als drei Meter sehen konnte. Nach einer Weile wurde er mit einem

Blick auf das Leuchtzifferblatt seiner Armbanduhr langsamer, bis er nicht mehr lief, sondern ging – der Zug nach New York kam erst in einer Stunde. Er hatte also noch viel Zeit.

Trotzdem verfiel er wieder in einen holprigen Laufschritt und legte die eine Meile zwischen seinem Haus und dem Bahnhof in fünfzehn Minuten zurück. Es war eine kleine Bahnstation, die sich in der Dunkelheit bescheiden neben die glänzenden Gleise duckte. Daneben sah Michael die Scheinwerfer eines einsamen Taxis, das auf den nächsten Zug wartete.

Der Bahnsteig lag verlassen da, weshalb Michael die Tür öffnete und in den halbdunklen Wartesaal hineinspähte. Er war leer.

»Eigenartig«, murmelte er.

Nachdem er den halb eingeschlafenen Taxifahrer geweckt hatte, fragte er ihn, ob er jemanden auf den Zug habe warten sehen. Der Taxifahrer dachte nach – ja, da sei ein junger Mann gewesen, vielleicht so vor zwanzig Minuten. Er sei eine Weile wartend auf und ab gegangen, habe eine Zigarette geraucht und sei dann in der Dunkelheit verschwunden.

»Eigenartig«, wiederholte Michael. Er formte mit seinen Händen einen Trichter, drehte sich gegen den Wald auf der anderen Seite der Gleise und rief laut.

»Charley!«

Keine Antwort. Er versuchte es noch einmal. Dann wandte er sich wieder dem Fahrer zu.

»Haben Sie eine Ahnung, in welche Richtung er gegangen sein könnte?«

Der Mann zeigte unbestimmt auf die Straße nach New York, die parallel zur Bahnstrecke verlief.

»Irgendwo da entlang.«

Mit wachsendem Unbehagen bedankte sich Michael und machte sich eilig auf den Weg, die Straße entlang, die jetzt im Mondlicht weiß leuchtete. Mit einem Schlag wußte er, so genau er nur irgend etwas wußte, daß Charley allein weggegangen war, um zu sterben. Er erinnerte sich an seinen Gesichtsausdruck, als er sich abgewandt hatte, an die Hand, die er tief in der Tasche seines Jacketts an sich gepreßt hielt, als umklammerte sie einen bedrohlichen Gegenstand.

»Charley!« schrie er mit fürchterlicher Stimme.

Die dunklen Bäume warfen keinen Laut zurück. Er ging weiter, vorbei an einem Dutzend Felder, die im Mondschein silbern schimmerten, blieb alle paar Minuten stehen, um zu rufen und angespannt auf Antwort zu warten.

Ihm kam der Gedanke, daß es töricht war, in dieser Richtung weiterzusuchen – wahrscheinlich steckte Charley irgendwo im Wald hinten am Bahnhof. Vielleicht war alles nur Einbildung, vielleicht spazierte Charley genau in diesem Augenblick auf dem Bahnsteig auf und ab, während er auf den Zug aus der Stadt wartete. Doch ein Impuls jenseits aller Logik veranlaßte ihn, die Suche fortzusetzen. Und nicht nur das – mehrere Male hatte er das bestimmte Gefühl, irgend jemand ginge vor ihm, jemand, der immer gerade um eine Kurve gebogen war, immer gerade außer Sicht- und Hörweite blieb, jedoch eine schwach wahrnehmbare, tragische Aura zurückließ, die bewies, daß er diesen Weg gewählt hatte. Einmal glaubte er, im Laub am Wegrand Schritte rascheln zu hören, aber es war nur eine abgerissene Zeitungsseite, die der schwache, heiße Wind aufgewirbelt hatte.

Die Nacht war ausgesprochen schwül – der Mond

schien brennende Strahlen auf die dampfende Erde prallen zu lassen. Michael zog sein Jackett aus und warf es sich im Gehen über den Arm. Kurz vor ihm befand sich jetzt eine Steinbrücke, die über die Geleise führte; dahinter erstreckte sich eine endlose Reihe von Telefonmasten in sich verjüngender Perspektive bis an einen grenzenlosen Horizont. Gut, bis zur Brücke würde er noch gehen und dann aufgeben. Er hätte schon früher aufgegeben, wäre da nicht das Gefühl gewesen, jemand ginge sehr leicht, sehr schnell vor ihm her.

An der Steinbrücke angekommen, setzte er sich auf einen Felsblock; sein Herz schlug laut und erschöpft unter seinem schweißnassen Hemd. Es war hoffnungslos – Charley war fort, hatte die Reichweite seiner Hilfe womöglich für immer verlassen. Weit weg hinter der Bahnstation hörte er das näherkommende Signal des Neun-Uhr-dreißig-Zuges.

Mit einem Mal fragte sich Michael, warum er überhaupt hier war. Er verachtete sich selbst für sein Hiersein. Welche schwache Saite in seinem Innern hatte Charley in diesen wenigen Minuten zum Klingen gebracht, daß er sich gezwungen fühlte, sinnlos und vollkommen verängstigt durch die Nacht zu rennen? Sie hatten doch alles ausdiskutiert, und Charley war unfähig gewesen, einen Grund dafür anzugeben, weshalb er ihm helfen sollte.

Er kam auf die Füße, wollte eigentlich denselben Weg wieder zurückgehen, doch bevor er umkehrte, blieb er einen Moment lang im Mondschein stehen und blickte die Straße hinunter. Jenseits der Gleise verlief die Reihe der Telefonmasten, und während seine Augen ihnen folgten, so weit er sehen konnte, hörte er wieder, lauter jetzt und nicht mehr weit weg, das Signal des Zuges nach New

York, das in der Stille der Nacht mit melodischer Klarheit an- und abschwoll. Plötzlich blieb sein Blick, der an den Gleisen entlanggeglitten war, an einem bestimmten Punkt der Mastenreihe vielleicht vierhundert Meter von ihm hängen, worauf er ihn genauer betrachtete. Es war ein Mast wie all die anderen, und doch war er anders – es war etwas an ihm, das auf nicht zu beschreibende Weise anders war.

Und während er auf ihn starrte, wie man sich zum Beispiel auf ein bestimmtes Ornament im Muster eines Teppichs konzentrieren kann, geschah etwas Seltsames mit ihm, das ihm augenblicklich alles in einem völlig anderen Licht erscheinen ließ. Irgend etwas war ihm vom Flüstern des Windes zugetragen worden, etwas, das alle Aspekte der Situation veränderte: Er erinnerte sich, irgendwo gelesen zu haben, daß irgendwann einmal im tiefsten Mittelalter ein einziger Mann, ein Franzose namens Gerbert, alle Errungenschaften der europäischen Zivilisation in sich vereinigt hatte. Unvermittelt wurde Michael klar, daß er sich selbst gerade in einer ähnlichen Situation befunden hatte. Für eine Minute, einen winzigen Moment in Raum und Zeit, war ihm die Barmherzigkeit der ganzen Welt übertragen worden.

All das wurde ihm innerhalb des Zeitraums einer einzigen Sekunde schockartig klar, womit er gleichzeitig erkannte, weshalb er Charley Hart hätte helfen müssen: Weil es unerträglich sein würde, in einer Welt zu existieren, in der es nirgendwo Hilfe gab – in der ein Mensch so allein sein konnte wie Charley es an diesem Nachmittag gewesen war.

Ja, natürlich, das war es – ihm war diese Chance

anvertraut worden. Da war jemand zu ihm gekommen, der niemand anderen mehr hatte – und er hatte versagt.

Die ganze Zeit, diesen Augenblick lang, hatte er vollkommen reglos dagestanden und den Telefonmast neben den Schienen angestarrt, den Mast, bei dem sein Blick gezögert hatte, weil er anders war als die anderen. Der Mond schien mittlerweile so hell, daß er einen weißen Querbalken nahe der Mastspitze erkennen konnte, und während er hinsah, schienen die anderen Masten zurückzuweichen, zu verschwinden, so daß nur der Mast mit dem Querbalken übrigblieb.

Plötzlich hörte er noch etwa eine Meile hinter sich das Rattern und Dröhnen eines elektrischen Zuges, der gerade den Bahnhof verließ. Als hätte dieses Geräusch ihn aus einer Totenstarre aufgeschreckt, stieß er einen kurzen Schrei aus und rannte schwankend die Straße hinunter, auf den Telefonmast mit dem waagrechten Balken zu.

Wieder pfiff die Lok. Tack-tack-tack – sie war schon näher jetzt, sechshundert, fünfhundert Meter entfernt; als sie die Brücke passierte, wurde er in seinem Lauf vom grellen Strahl ihres Scheinwerfers erfaßt. Er empfand nichts mehr außer purem Entsetzen – wußte nur, er mußte den Mast vor dem Zug erreichen, der jetzt noch fünfzig Meter von ihm entfernt war und sich so messerscharf von seinem Hintergrund abhob wie ein Stern vom Himmel.

Unter den Masten auf der anderen Seite der Schienen gab es keinen Weg, aber der Zug war schon so nahe, daß er nicht mehr wagte, noch länger zu warten, weil er sonst überhaupt nicht mehr hinübergekommen wäre. Er schlug einen Haken, überquerte die Trasse mit zwei langen Sätzen und hetzte mit dem Donnern der Lok auf den Fersen über den unebenen Boden. Zehn Meter, acht

Meter, der Lärm der E-Lok erfüllte seine Ohren mit tosendem Brüllen – da erreichte er den Mast und warf sich mit seinem ganzen Körper auf einen Mann, der dort dicht bei den Gleisen stand, schleuderte ihn durch den Aufprall seines Körpers mit Wucht zu Boden.

Herandonnernder Stahl, das dröhnende Poltern von Rädern auf Schienen, ein heftiger, brausender Windstoß, und der Neun-Uhr-dreißig-Zug war vorbei.

»Charley«, keuchte er stoßweise, »Charley.«

Ein weißes Gesicht blickte benommen zu ihm auf. Michael rollte sich auf den Rücken und blieb nach Atem ringend liegen. In der Hitze der Nacht war kein Geräusch mehr zu hören – außer aus weiter Ferne das Murmeln des dahinrasenden Zuges.

»Oh, Gott!«

Michael öffnete die Augen. Charley hatte sich aufgesetzt und das Gesicht in den Händen vergraben.

»'st schon gut«, keuchte Michael, »'st schon gut, Charley. Du kannst das Geld haben. Ich weiß nicht, was in mich gefahren war. Ich – ich – du bist doch einer meiner ältesten Freunde.«

Charley schüttelte den Kopf.

»Ich versteh' überhaupt nichts«, sagte er gebrochen. »Wo kommst du her – wie hast du mich gefunden?«

»Ich bin dir nachgegangen. Ich war direkt hinter dir.«

»Aber ich bin schon seit einer halben Stunde hier.«

»Tja, zum Glück hast du dir diesen Mast ausgesucht, um darunter zu – zu warten. Er ist mir da unten von der Brücke aus aufgefallen. Weil er einen Querbalken hat.«

Charley kam etwas wacklig auf die Beine, ging ein paar Schritte und blickte im hellen Mondschein zur Mastspitze hinauf.

»Was hast du gesagt?« fragte er nach einer Weile verwirrt. »Hast du gesagt, der Mast hier hätte einen Querbalken?«

»Aber ja. Ich habe ihn mir lange angesehen. Deshalb –«

Charley schaute noch einmal nach oben, zögerte eigenartig, bevor er sprach:

»Da gibt's keinen Querbalken«, sagte er.

Die unmögliche Figur

I

Als Fifi ihre Tanten auf Long Island das erste Mal besuchte, war sie erst zehn Jahre alt, aber nach ihrer Rückkehr nach New York meinte der Mann, der sich dort um Haus und Garten kümmerte, die Sanddünen würden nie mehr so sein wie früher. Sie hatte sie ruiniert. Nachdem sie abgereist war, wirkte alles am Montauk Point traurig, sinnlos, heruntergekommen und alt. Sogar die Möwen drehten ihre Kreise mit merklich weniger Enthusiasmus, als vermißten sie das braungebrannte, zähe kleine Mädchen mit den großen Augen, das immer barfuß im Sand gespielt hatte.

Die Jahre bleichten Fifis Sonnenbräune und verwandelten sie in einen blaßrosa Teint, aber noch immer gelang es ihr, viele Plätze und viele Pläne für viele hoffnungsvolle Männer zu ruinieren. Deshalb war man allgemein eher erfreut, als endlich in den besten Zeitungen verkündet wurde, sie konzentriere sich jetzt ausschließlich auf einen Gentleman namens Van Tyne, erfreut, daß all die Traurigkeit und Sehnsucht, die ihr stets auf dem Fuß folgten, in die Verantwortung eines einzigen, selbstaufopfernden Individuums übergehen sollte; nicht unbedingt zum Besten des besagten Individuums zwar, aber entschieden zum Besten von Fifis kleiner Welt.

Die Verlobung wurde weder auf der Sportseite angezeigt, noch etwa in der Spalte mit den Kleinanzeigen, denn Fifis Familie gehörte der Gesellschaft zur Erhaltung Großer Vermögen an; und unter Mr. Van Tynes Vorfahren fand sich der Mann, der diese Gesellschaft durch Zufall damals vor dem Sezessionskrieg gegründet hatte. Nein, sie erschien auf der Seite, die großen Namen vorbehalten bleibt, illustriert mit dem Bild einer schielenden jungen Dame an der Hand eines abstoßenden Herrn mit doppeltem Gebiß. So jedenfalls kamen ihre Bilder heraus; die Öffentlichkeit freute sich über die Entdeckung, daß sie trotz ihres vielen Geldes so scheußliche Monster waren, und man war allerorten rundum zufrieden. Der Redakteur der Gesellschaftsspalte verfaßte einen Artikel, in dem er mitteilte, Mrs. Van Tyne habe auf der Überfahrt mit der *Aquitania* ein Reisekostüm aus blauem Loden getragen, dazu einen passenden steifen runden Hut, womit Fifi, soweit sich zwischenmenschliche Ereignisse prophezeien lassen, so gut wie verheiratet war – oder, wie nicht wenige junge Männer meinten, so schlecht wie verheiratet.

»Eine außergewöhnlich brillante Partie«, bemerkte Tante Cal am Vorabend der Hochzeit, als sie in ihrem Haus am Montauk Point saß und die entsprechende Meldung für ihre Cousinen in Schottland ausschnitt. Dem fügte sie allerdings nebulös hinzu: »Damit ist alles vergeben und vergessen.«

»Aber Cal!« rief Tante Josephine, »was meinst du mit: alles ist vergeben und vergessen? Fifi hat dir doch nie etwas getan.«

»In den ganzen letzten neun Jahren hat sie es nicht einmal für nötig gehalten, uns hier am Montauk Point zu besuchen, obwohl wir sie immer und immer wieder eingeladen haben.«

»Aber ich finde, man kann ihr daraus keinen Vorwurf machen«, sagte Tante Josephine, die selbst erst einunddreißig war. »Was soll so ein junges hübsches Mädchen hier schon anfangen mit all dem Sand?«

»Wir mögen den Sand, Jo.«

»Aber wir sind alte Jungfern, Cal, und haben keine Laster außer Zigarettenrauchen und zu zweit für vier Mah-Jongg spielen. Aber Fifi, wo sie doch noch so jung ist, liebt natürlich aufregende, lasterhafte Dinge – halbe Nächte durchmachen, um Geld würfeln, eben die Art Zeitvertreib, die wir nur aus diesen Büchern kennen.«

Sie machte eine vieldeutige Handbewegung.

»Ich mache ihr keinen Vorwurf, daß sie nicht hierherkommt. Wenn ich sie wäre –«

Welche abartigen Ambitionen in Tante Jos Kopf auf ihre Chance lauerten, blieb unenthüllt, denn der Satz wurde nie zu Ende gesprochen. Die Vordertür des Hauses öffnete sich mit einem aufgeschreckten Ruck, und eine junge Dame, deren Kleid die unverwechselbare Aura ›Paris‹ umgab, betrat das Zimmer.

»Guten Abend, meine Damen«, sie lächelte strahlend von der einen zur anderen. »Ich bin für unbestimmte Zeit hergekommen, um im Sand zu spielen.«

»Fifi!«

»Fifi!«

»Tanten!«

»Aber liebes Kind«, rief Tante Jo, »ich dachte, heute wäre dein Polterabend.«

»Das stimmt ja auch«, gab Fifi fröhlich zu. »Aber ich bin nicht hingegangen. Ich gehe auch nicht zur Hochzeit. Ich habe sie heute mit tiefstem Bedauern abgesagt.«

Es war alles reichlich unklar, aber soweit ihre Tanten ihr

folgen konnten, schien der junge Van Tyne zu vollkommen zu sein – was immer das bedeuten sollte. Nachdem sie sich ausgiebig hatte bitten lassen, erklärte Fifi schließlich, er erinnere sie an eine Reklame für ein neues Auto.

»Ein neues Auto?« Tante Cal riß die Augen auf. »Was für ein neues Auto?«

»Irgendeines.«

»Willst du damit sagen –«

Tante Cal wurde rot.

»Ich verstehe diesen neumodischen Slang nicht, aber gibt's beim Auto nicht etwas, was – was ›Chassis‹ heißt?«

»Oh, körperlich mag ich ihn schon«, bemerkte Fifi kühl. Ihre Tanten zuckten unisono zusammen. »Er war eben einfach – Oh, einfach zu vollkommen, zu neu; als wenn man in der Fabrik die längste Zeit an ihm herumgefeilt und ihm dann auch noch extra Vorhänge verpaßt hätte –«

Tante Jo hatte Visionen von einem Salonlöwen in schwarzem Leder.

»– und Ballonreifen und eine Dauerrasur. Er war einfach zu zivilisiert für mich, Tante Cal.« Sie seufzte. »Ich bin wohl doch weniger kultiviert, als ich gedacht habe.«

Dabei saß sie da, makellos, graziös, das Bild einer jungen Lady, fertig zum Rahmen und An-die-Wand-hängen. Ihre Tanten bemerkten jedoch die hysterische Nervosität unter Fifis oberflächlicher Fröhlichkeit und gaben ihren Verdacht nicht auf, es ginge bei der ganzen Sache um etwas eher Bestimmtes, eher Schändliches.

»Aber nein«, beharrte Fifi. »Unsere Verlobung wurde vor drei Monaten bekanntgegeben, und seither hat noch keine einzige Revuetänzerin George wegen gebrochenem Heiratsversprechen verklagt. Nicht eine! Er vermeidet jeden Kontakt mit Alkohol, außer in Form von Haarwasser. Meine Güte, wir haben uns bis heute nicht ein einziges Mal gestritten!«

»Du hast einen schweren Fehler gemacht«, sagte Tante Cal.

Fifi nickte.

»Ich fürchte, ich habe das Herz des reizendsten Mannes gebrochen, dem ich je in meinem Leben begegnet bin, aber es hilft alles nichts. Makellos! Himmel, was nützt es schon, makellos zu sein, wenn man, ganz egal, wie sehr man sich anstrengt, nicht mal halb so makellos sein kann wie der eigene Ehemann? Und taktvoll? George würde es fertigbringen, Trotzki mit Rockefeller bekanntzumachen, ohne daß sich die beiden dabei in die Haare kriegen würden. Aber ab einem bestimmten Punkt bestimme ich den Takt in meiner Familie, und das hab' ich ihm auch gesagt. Ich habe noch nie einen Mann praktisch an der Kirchentür stehenlassen, also werde ich hierbleiben, bis alle genügend Gelegenheit hatten, die ganze Sache zu vergessen.«

Und sie blieb tatsächlich – was ihre Tanten nicht wenig überraschte, denn sie hatten erwartet, sie werde gleich am nächsten Morgen zerknirscht Hals über Kopf nach New York zurückstürmen. Sie erschien zum Frühstück sehr ruhig, frisch und beherrscht, als ob sie die ganze Nacht durchgeschlafen hätte, verbrachte dann den Tag liegend unter einem roten Sonnenschirm nahe bei den sonnigen Dünen und betrachtete den Atlantik, der von Osten heranrollte. Ihre Tanten fingen die Abendzeitung ab und verbrannten sie ungelesen im Kamin, der festen Meinung, Fifis Flucht müßte in roten Schlagzeilen die Titelseite zieren. Sie akzeptierten Fifis Anwesenheit als unabänderliche Tatsache, und außer, daß Tante Jo beim Mah-Jongg zu empfindlichen Konzentrationsschwächen neigte, wenn sie über den zu perfekten Mann nachgrübelte, verlief ihr Leben eigentlich fast im üblichen Rahmen. Aber eben doch nur fast.

»Was ist denn mit dieser Nichte von Ihnen los?« erkundigte sich der Gärtner finster bei Tante Josephine. »Warum kommt ein so hübsches junges Mädchen hierher und vergräbt sich?«

»Meine Nichte ruht sich aus«, erklärte Tante Josephine steif.

»Die Dünen, die sind aber gar nicht gut für Leute, die Erholung brauchen«, wandte der Gärtner ein und massierte sich mit den Fingern den Schädel. »Die haben sowas Monotones. Gestern, da hat sie ihren Sonnenschirm genommen und wollte eine damit kaputthauen, so ist sie ihr auf die Nerven gegangen. Eines Tages merkt sie, wieviele es überhaupt davon gibt, und dann dreht sie bestimmt durch.« Er schniefte. »Und dann haben wir was Schönes am Hals.«

»Das genügt, Percy«, unterbrach ihn Tante Jo scharf. »Geh wieder an deine Arbeit. Ich möchte, daß zehn Pfund Muschelscherben in den Gartenweg eingewalzt werden.«

»Und was soll ich jetzt mit dem Sonnenschirm machen?« verlangte Percy zu wissen. »Ich hab' die Reste aufgehoben.«

»Es ist nicht mein Sonnenschirm«, antwortete Tante Jo sarkastisch. »Von mir aus kannst du die Reste auch in den Gartenweg walzen.«

Und so verstrich der Juni von Fifis annullierten Flitterwochen; Morgen für Morgen hinterließen ihre Gummischuhe nasse Abdrücke an einem verlassenen Strand am einen Ende von Nirgendwo. Eine Zeitlang schien die Abgeschiedenheit ihr gutzutun, und die frische Meeresluft blies ein gesundes Rot auf ihre Wangen, doch nach einer Woche stellten ihre Tanten fest, daß sie auffällig ruhelos und sogar noch deprimierter war als bei ihrer Ankunft.

»Ich fürchte, du wirst langsam schwermütig hier, mein Liebes«, sagte Tante Cal an einem besonders rauhen, stürmischen Nachmittag. »Wir haben dich furchtbar gerne bei uns, aber wir machen uns Sorgen, weil du so traurig dreinschaust. Warum fragst du nicht deine Mutter, ob sie dich den Sommer über mit nach Europa nimmt?«

»Europa ist viel zu geschniegelt«, wandte Fifi müde ein. »Mir gefällt es hier, wo alles primitiv, hart und ungeschliffen ist, wie am Ende der Welt. Wenn es euch nichts ausmacht, würde ich gern noch länger bleiben.«

Sie blieb länger und schien mit jedem Tag, der unter dem heiseren Geschrei der Möwen und dem tosenden Tumult der Brandung zerrann, melancholischer zu werden. Dann, eines Nachmittags, kehrte sie in der Abenddämmerung vom längsten ihrer langen Spaziergänge mit einem extrem abgerissen aussehenden Exemplar des männlichen Geschlechts zurück. Ein Blick auf ihn genügte, um ihre Tanten zu überzeugen, die Prophezeiung des Gärtners habe sich bewahrheitet und Fifi sei vor Einsamkeit verrückt geworden.

II

Ein ausgesprochen verwahrlostes Wrack von einem Mann stand da an diesem Sommerabend im Eingang und blinzelte Tante Cal in die Augen; er machte den Eindruck eines

Strandräubers, den es durch Zufall aus einem Film über die Südsee nach Long Island verschlagen hatte. In seinen Händen hielt er einen knorrigen Knüppel von brutalen, verräterischen Dimensionen, ein wirklich mörderisch aussehendes Stück Holz, dessen Anblick Tante Cal ein wenig ins Zimmer zurückschrecken ließ.

Fifi schloß die Tür hinter ihnen und wandte sich ihren Tanten zu, als sei das Ganze die normalste Angelegenheit der Welt.

»Das ist Mr. Hopkins«, gab sie bekannt, drehte sich aber dann zu ihrem Begleiter nach Bestätigung um. »Oder war es Hopwood?«

»Hopkins«, antwortete der Mann heiser. »Hopkins.«

Fifi nickte vergnügt.

»Ich hab' Mr. Hopkins zum Abendessen eingeladen«, sagte sie.

Das Leben neben der stolzen See hatte Tante Cal und Tante Josephine eine Art Würde verliehen, die es ihnen nicht gestattete, sich Überraschung anmerken zu lassen. Jetzt war dieser Mann ein Gast ihres Hauses, das genügte. Doch in ihrem Innern herrschte Aufruhr und Verwirrung. Sie wären nicht überraschter gewesen, wenn Fifi ein mehrköpfiges Meeresungeheuer mit nach Hause gebracht hätte.

»Wollen Sie – möchten Sie sich nicht setzen, Mr. Hopkins?« fragte Tante Cal nervös.

Mr. Hopkins schaute sie einen Moment lang ausdruckslos an, dann produzierte er hinten in seinem Mund ein lautes, schnalzendes Geräusch. Er machte einen Schritt auf einen Stuhl zu und sank auf dessen vergoldete Zerbrechlichkeit herab, als habe er die Absicht, ihn augenblicklich zu zertrümmern. Tante Cal und Tante Josephine ließen sich etwas erschöpft aufs Sofa fallen.

»Mr. Hopkins und ich haben uns am Strand kennengelernt«, erklärte Fifi. »Er verbringt den Sommer hier unten, um sich zu erholen.«

Mr. Hopkins heftete seine Augen glasig auf die zwei Tanten.

»Ich bin hier, um mich zu erholen«, sagte er.

Tante Cal gab ein kaum hörbares Geräusch von sich, hatte sich aber schnell wieder in der Gewalt und nickte gemeinsam mit Tante Jo dem Besucher eifrig zu, als ob er ihr tiefstes Mitgefühl erntete.

»Jahaa«, wiederholte er munter.

»Er dachte, die Meeresluft würde ihm guttun und ihn wieder zu Kräften kommen lassen«, fuhr Fifi lebhaft fort. »Das ist es doch, warum Sie hier sind, nicht wahr, Mr. Hopkins?«

»Sie sagen es, Schwester«, stimmte Mr. Hopkins nikkend zu.

»Siehst du, Tante Cal«, lächelte Fifi, »also sind Tante Jo und du nicht die einzigen, die an die medizinischen Qualitäten dieser Gegend glauben.«

»Nein«, stimmte Tante Cal schwach zu. »Jetzt sind – jetzt sind wir schon drei.«

Der Diener meldete, das Dinner sei serviert.

»Möchten Sie – wollen Sie« – Tante Cal nahm allen Mut zusammen und sah Mr. Hopkins in die Augen – »wollen Sie sich vor dem Essen noch die Hände waschen?«

»Ach, nicht der Rede wert.« Mr. Hopkins wedelte nachlässig mit seinen Fingern vor ihrem Gesicht herum.

Man ging zu Tisch, und nach einigem verstohlenen Schieben und Stoßen (die beiden Tanten versuchten, sich

Mr. Hopkins so weit wie möglich vom Leibe zu halten) nahm man Platz.

»Mr. Hopkins lebt im Wald«, sagte Fifi. »Er hat ein kleines Haus ganz für sich allein, da kocht er sich Woche für Woche seine eigenen Mahlzeiten und wäscht seine Wäsche.«

»Wie faszinierend!« Tante Jos Augen suchten ihren Gast sorgfältig nach irgendwelchen Merkmalen des gelehrten Eremiten ab. »Leben Sie schon länger hier in der Nähe?«

»Nein, noch nicht«, antwortete er mit einem verschlagenen Seitenblick. »Aber ich halt's hier gut aus, verstehn Sie? Kann sein, ich bleib' hier, bis ich verfaule.«

»Sind Sie – leben Sie weit weg von hier?« Tante Cal fragte sich, was sie wohl für das Haus bekommen würde, wenn sie es verkaufen müßte und ob sie und ihre Schwester es überhaupt ertragen könnten, von Montauk Point wegzuziehen.

»Nur eine Meile von hier... Das ist ein hübsches Mädchen da«, fügte er hinzu und zeigte mit dem Löffel auf ihre Nichte.

»Wie? – ja.« Die beiden Damen blickten beklommen zu Fifi hinüber.

»Irgendwann hol' ich sie mir und brenne mit ihr durch«, erklärte er in angenehmem Konversationston.

Mit heroischem Einsatz lenkte Tante Cal das Gespräch von ihrer Nichte auf ein anderes Thema. Man sprach über Mr. Hopkins' Waldhütte. Mr. Hopkins gefiel es dort ganz gut, gestand er, sähe man über die Präsenz von mikroskopisch kleinem tierischen Leben hinweg, einen minimen Nachteil dieser ansonsten exzellenten Wohnstatt.

Nach dem Abendessen gingen Fifi und Mr. Hopkins auf die Veranda hinaus, während ihre Tanten Seite an Seite auf dem Sofa Zeitschriften durchblätterten und sich von Zeit zu Zeit waidwunde Blicke zuwarfen. Daß ein Wilder noch vor wenigen Minuten an ihrem Tisch gesessen hatte, daß er sich jetzt allein mit ihrer Nichte auf der dunklen Veranda befand – ein so entsetzliches Erlebnis war in ihrem altjüngferlichen, zurückgezogenen Leben niemals vorgesehen gewesen.

Tante Cal beschloß, sie werde Fifi ungeachtet der Konsequenzen um neun hereinrufen, eine Notmaßnahme, die ihr allerdings erspart blieb, denn nach einer halben Stunde kam die junge Dame gelassen hereinspaziert und verkündete, Mr. Hopkins sei heimgegangen. Sie sahen sie an, sprachlos.

»Fifi!« stöhnte Tante Cal. »Mein armes Kind! Kummer und Einsamkeit haben deinen Geist verwirrt!«

»Wir verstehen ja, mein Liebes«, sagte Tante Jo und betupfte ihre Augen mit dem Taschentuch. »Es war unser Fehler, dich so lange bleiben zu lassen. Ein paar Wochen in einem dieser Erholungsheime oder vielleicht sogar ein gutes Cabaret, das wird –«

»Wovon sprecht ihr überhaupt?« Fifi sah überrascht von der einen zur anderen. »Wollt ihr damit sagen, ihr habt etwas dagegen einzuwenden, daß ich Mr. Hopkins mitgebracht habe?«

Tante Cal lief puterrot an, und ihre Lippen preßten sich fest aufeinander.

»›Einzuwenden‹ ist wohl nicht der richtige Ausdruck. Du triffst irgendeinen gräßlichen, brutalen Herumtreiber am Strand –«

Sie brach ab und stieß einen spitzen Schrei aus. Die Tür

war plötzlich aufgeschwungen, und ein behaartes Gesicht äugte ins Zimmer hinein.

»Ich hab' meinen Stock vergessen.«

Mr. Hopkins entdeckte die unappetitliche Waffe angelehnt in einer Ecke, worauf er sich auf die gleiche formlose Weise zurückzog, auf die er auch erschienen war, die Tür hinter sich zuknallend. Fifis Tante blieb reglos sitzen, bis seine Schritte die Veranda verlassen hatten. Dann eilte Tante Cal zur Tür und schob den Riegel vor.

»Ich nehme an, er wird kaum versuchen, uns heute nacht zu berauben«, sagte sie grimmig, »weil er wissen muß, daß wir vorbereitet sind. Aber ich werde Percy warnen und ihm sagen, er soll in der Nacht ein paar Runden durch den Garten machen.«

»Euch berauben!« rief Fifi ungläubig.

»Reg dich nicht auf, Fifi«, befahl Tante Cal. »Setz dich still in den Sessel da; ich rufe deine Mutter an.«

»Ich möchte aber nicht, daß du meine Mutter anrufst.«

»Setz dich still hin, schließ die Augen und versuch – versuch, Schäfchen zu zählen.«

»Darf ich denn nie einen Mann ansehen, der keinen Cut trägt?« protestierte Fifi mit blitzenden Augen. »Ist das hier finsterstes Mittelalter oder das Jahrhundert der – der Aufklärung? Mr. Hopkins ist eine der attraktivsten Figuren, die ich je in meinem Leben kennengelernt habe.«

»Mr. Hopkins ist ein Wilder!« sagte Tante Cal knapp.

»Mr. Hopkins ist eine sehr attraktive Figur.«

»Eine sehr attraktive was?«

»Eine sehr attraktive Figur.«

»Mr. Hopkins ist eine – eine – eine unmögliche Figur«, verkündete Tante Cal in Übernahme von Fifis Ausdrucksweise.

»Nur weil er ganz natürlich ist«, rief Fifi ungeduldig. »Na gut, ist mir auch egal; für mich ist er jedenfalls gut genug.«

Die Situation war, so schien es, sogar noch schlimmer als sie dachten. Es handelte sich keineswegs nur um eine momentane geistige Verwirrung: Offensichtlich interessierte sich Fifi für diesen abscheulichen Menschen, weil er das genaue Gegenteil ihres kürzlichen Verlobten darstellte. Sie hatte ihn, beichtete sie, schon vor einigen Tagen kennengelernt, und sie beabsichtigte auch, ihn morgen wiederzusehen. Man hatte sich zum Spazierengehen verabredet.

Das Schlimmste aber war, daß Tante Cal, nachdem Fifi voller Verachtung zu Bett gegangen war, ihre Mutter anrief – und entdecken mußte, daß sie ihre Mutter gar nicht erreichen konnte; ihre Mutter war nach White Sulphur Springs gefahren und würde vor Ablauf einer Woche nicht zurück sein. Damit fiel die Verantwortung für die Angelegenheit endgültig Tante Cal und Tante Jo zu, eine Angelegenheit, die am nächsten Nachmittag zur Teestunde auf die Spitze getrieben wurde, als Percy aufgebracht durch die Küchentür auf sie zustürzte.

»Miss Marsden«, stieß er mit schockierter, tief verletzter Stimme hervor, »ich kündige!«

»Aber Percy!«

»Es geht nicht anders. Ich habe hier am Point über fünfundvierzig Jahre meines Lebens verbracht, aber sowas wie eben ist mir noch nicht unter die Augen gekommen.«

»Was ist denn passiert?« riefen die zwei Damen und sprangen von wilder Panik gepackt auf.

»Gehen Sie ans Fenster und sehn Sie's sich selber an.

Miss Fifi steht da unten am Strand und küßt am hellichten Tage einen Gammler!«

III

Fünf Minuten später stapften zwei unverheiratete Damen durch den Sand auf ein Paar zu, das dicht beieinander am Ufer stand, deutlich abgehoben vom hellen Nachmittagshimmel. Als sie näherkamen, unterbrachen Fifi und Mr. Hopkins ihre intensive gegenseitige Betrachtung und lösten sich zögernd voneinander. Tante Cal begann schon aus dreißig Metern Entfernung zu sprechen.

»Geh ins Haus, Fifi!« rief sie.

Fifi sah Mr. Hopkins an, der beruhigend ihre Hand berührte und ihr zunickte. Wie unter dem Einfluß eines Zaubers wandte sich Fifi von ihm ab, um mit gesenktem Kopf, aber vollendeter Grazie aufs Haus zuzugehen.

»Nun, guter Mann«, Tante Cal kreuzte die Arme, »was haben Sie eigentlich für Absichten?«

Mr. Hopkins erwiderte ihren durchdringenden Blick herausfordernd. Dann gab er ein tiefes, heiseres Lachen von sich.

»Was geht Sie das an?« wollte er wissen.

»Sehr viel. Miss Marsden ist unsere Nichte, und Ihre Aufmerksamkeiten sind unerwünscht – um nicht zu sagen widerwärtig.«

Mr. Hopkins drehte sich halb weg.

»Ouh, quatschen Sie sich ruhig aus!« riet er ihr.

Tante Cal versuchte, die Sache von einer anderen Seite anzupacken.

»Und was, wenn ich Ihnen sagen würde, daß Miss Marsden geistig zerrüttet ist?«

»Was ist denn das?«

»Sie – sie ist ein bißchen verrückt.«

Er lächelte geringschätzig.

»Und wieso ist sie verrückt? Weil sie mich mag?«

»Das beweist es höchstens«, antwortete Tante Cal mutig. »Sie hat eine unglückliche Liebesgeschichte hinter sich, und davon ist ihr Verstand angegriffen. Schauen Sie!« Sie öffnete das Täschchen, das an ihrer Hüfte baumelte. »Wenn ich Ihnen fünfzig – hundert Dollar gebe, hier, jetzt und in bar, versprechen Sie dann, daß Sie mindestens zehn Meilen strandaufwärts ziehen?«

»Ah-h-h-h!« zischte er so gehässig, daß sich die beiden Damen schwankend aneinander festhielten.

»Zweihundert!« rief Tante Cal mit stockender Stimme.

Er schüttelte einen Finger in ihre Richtung.

»Sie können mich nicht kaufen!« knurrte er. »Ich bin so viel wert wie jeder andere auch. Jeden Tag heiratet irgendein Chauffeur oder sowas ähnliches eine Millionärstochter. Das hier ist Amärika, ein freies Land, kapiert?«

»Sie wollen sie also nicht aufgeben?« Tante Cal schluckte schwer bei ihren eigenen Worten. »Sie hören also nicht auf, sie zu belästigen, und Sie gehen nicht?«

Plötzlich bückte er sich und schaufelte eine große doppelte Handvoll Sand auf, den er in einer langgezogenen Parabel hochwarf, worauf er auf die entsetzten Damen herunterrieselte und sie für kurze Zeit in einen dichten Nebel hüllte. Dann lachte er noch einmal sein heiseres, primitives Lachen, drehte sich um und verschwand im lockeren Laufschritt den Strand hinunter.

Benommen wischten sich die beiden Frauen den nicht

eingeplanten Sand von den Schultern und stelzten zum Haus zurück.

»Ich bin jünger als du«, sagte Tante Jo mit fester Stimme, als sie das Wohnzimmer erreicht hatten. »Ich will jetzt eine Chance zu zeigen, was ich tun kann.«

Sie ging zum Telefon und wählte eine New Yorker Nummer.

»Das Büro von Dr. Roswell Gallup? Ist Doktor Gallup zu sprechen?« Tante Cal nahm auf dem Sofa Platz und starrte tragisch zur Decke empor. »Doktor Gallup? Hier spricht Josephine Marsden, Montauk Point... Doktor Gallup, wir haben ein äußerst heikles Problem hier im Zusammenhang mit meiner Nichte. Sie hat sich da mit jemandem eingelassen, einer – einer – einer unmöglichen Figur.« Sie keuchte bei dem Wort, sprach dann aber weiter, um mit wenigen Worten die unheimlichen Symptome der Angelegenheit zu erläutern.

»Und ich dachte, vielleicht kann eine Psychoanalyse klären, womit meine Schwester und ich nicht fertig werden.«

Doktor Gallup zeigte sich interessiert. Es schien sich genau um seine Spezialität zu handeln.

»In einer halben Stunde fährt ein Zug, mit dem Sie um neun Uhr hier sein könnten«, sagte Tante Jo. »Sie können bei uns zu Abend essen und hier übernachten.«

Sie hängte den Hörer ein.

»So! Außer unserem Wechsel von Bridge auf Mah-Jongg dürfte das hier der erste wirklich moderne Schritt sein, den wir je in unserem Leben gemacht haben.«

Die Stunden vergingen schleppend. Um sieben kam Fifi zum Dinner herunter, so gelassen, als ob nicht das geringste geschehen wäre; ihre Tanten unterstützten sie tapfer in ihrer ruhigen Haltung, fest entschlossen, bis zur Ankunft des Doktors nichts von ihrem Plan zu erwähnen. Nach dem Essen schlug Tante Jo eine Runde Mah-Jongg vor, aber Fifi erklärte, sie wolle lieber lesen und machte es sich mit einem Band der Enzyklopädie auf dem Sofa bequem. Mit einem Blick über ihre Schulter stellte Tante Cal alarmiert fest, daß sie sich den Abschnitt über den australischen Busch vorgenommen hatte.

Im Zimmer herrschte absolute Stille. Mehrere Male hob Fifi den Kopf, als lauschte sie; einmal stand sie auf, ging zur Tür und starrte lange in die Nacht hinaus. Ihre Tanten warteten angespannt in ihren Sesseln, bereit, beim ersten Anzeichen von Flucht sofort hinter ihr herzustürmen, doch nach einer Weile schloß sie mit einem Seufzer die Tür und kehrte zum Sofa zurück. Erleichtert hörten sie kurz nach neun das Geräusch von Autoreifen auf dem Muschelweg, das ihnen anzeigte, daß Doktor Gallup endlich eingetroffen war.

Er war ein kleiner, dicklicher Mann mit flinken schwarzen Augen und nervösem Gehabe. Er trat ein, schaute ungeduldig um sich, und als seine Augen Fifi erfaßten, leuchteten sie auf wie die eines hungrigen Mannes, der ein mögliches Nahrungsmittel erspäht. Fifi erwiderte seinen Blick neugierig, offensichtlich nicht ahnend, daß sein Kommen etwas mit ihr zu tun hatte.

»Ist das die Dame?« rief er, indem er ihre Tanten mit einem flüchtigen Händeschütteln abfertigte und sich Fifi in lebhaft hopsendem Gang näherte.

»Dieser Gentleman ist Doktor Gallup, Liebes«, strahlte Tante Jo zuversichtlich. »Er ist ein alter Freund von mir, der dir helfen wird.«

»Natürlich werde ich das!« beteuerte Doktor Gallup,

der Herzlichkeit ausstrahlend um sie herumhüpfte. »Ich werde Sie wieder tipptopp hinkriegen.«

»Er weiß alles über die menschliche Seele«, sagte Tante Jo.

»Nicht alles«, gab Doktor Gallup bescheiden lächelnd zu. »Aber wir bringen die normalen Ärzte schon manchmal zum Staunen.« Er wandte sich schelmisch an Fifi. »Jawoll, junges Fräulein, wir bringen die normalen Ärzte schon manchmal zum Staunen.«

Entschlossen klatschte er in die Hände, zog sich einen Sessel heran und setzte sich Fifi direkt gegenüber.

»Kommen Sie«, forderte er sie auf, »wollen doch gleich mal sehn, was uns fehlen könnte. Wir beginnen damit, daß Sie mir die ganze Geschichte in Ihren eigenen Worten erzählen. Fangen Sie an.«

»Die Geschichte«, bemerkte Fifi unterdrückt gähnend, »geht Sie zufälligerweise gar nichts an.«

»Geht mich nichts an!« stieß er ungläubig hervor. »Aber mein liebes Kind, ich versuche Ihnen zu helfen! Nun kommen Sie, erzählen Sie mal dem alten Doktor Gallup schön brav die ganze Geschichte.«

»Das können meine Tanten wohl besser«, sagte Fifi kalt. »Sie scheinen ja mehr darüber zu wissen als ich.«

Doktor Gallup legte die Stirn in Falten.

»Sie haben mir die Situation in groben Zügen geschildert, ja. Vielleicht fange ich besser damit an, daß ich Ihnen einige Fragen stelle.«

»Du wirst doch dem Doktor antworten, nicht wahr, Liebstes?« redete Tante Jo ihr zu. »Doktor Gallup ist einer der modernsten Ärzte in ganz New York.«

»Ich bin ein altmodisches Mädchen«, wandte Fifi boshaft ein. »Und ich finde es unmoralisch, seine Nase in die

Angelegenheiten anderer Leute zu stecken. Aber fragen Sie ruhig, ich werd' sehen, was ich Ihnen so alles an originellen Antworten bieten kann.«

Doktor Gallup überhörte die unnötige Rohheit dieser Bemerkung und rang sich ein professionelles Lächeln ab.

»Nun, Miss Marsden, soweit ich weiß, sind Sie vor einem Monat hierhergekommen, um sich auszuruhen.«

»Nein, ich bin hergekommen, um mein Gesicht zu verstecken.«

»Sie haben sich geschämt, weil Sie Ihre Verlobung aufgelöst haben?«

»Schrecklich. Wenn Sie einen Mann am Altar stehenlassen, brandmarken Sie ihn doch für den Rest seines Lebens.«

»Warum?« fragte er scharf.

»Warum nicht?«

»Hier stellen nicht Sie die Fragen, sondern ich... Naja, lassen wir das. Also, als Sie dann hier waren, wie haben Sie sich da die Zeit vertrieben?«

»Meistens bin ich spazierengegangen – am Strand.«

»Und auf einem dieser Spaziergänge haben Sie die – ähm – Person getroffen, von der mir Ihre Tante am Telefon erzählt hat?«

Fifis Gesicht nahm eine leichte Rosafärbung an.

»Ja.«

»Was tat er denn, als Sie ihn das erstemal sahen?«

»Er saß auf einem Baum und hat mich angeschaut.«

Das löste einen gemeinsamen Kommentar ihrer Tanten aus, in dem das Wort Affe figurierte.

»Fanden Sie ihn sofort attraktiv?« wollte Doktor Gallup wissen.

»Nein, nicht besonders. Zuerst habe ich nur gelacht.«

»Ich verstehe. Nun, soviel ich weiß, war dieser Mann sehr – ähm – sehr originell gekleidet?«

»Ja«, bestätigte Fifi.

»Er war unrasiert?«

»Ja.«

»Ah!« Doktor Gallup schien von einer Art Krampf geschüttelt zu werden, wie ein Medium, das aus seiner Trance erwacht. »Miss Fifi«, schrie er triumphierend, »haben Sie je *Der Scheich* gelesen?«

»Noch nie gehört.«

»Haben Sie sonst irgendein Buch gelesen, in dem ein Mädchen von einem romantischen, wild-verwegenen Naturmenschen verführt wird?«

»Nicht daß ich wüßte.«

»Was war denn Ihr Lieblingsbuch, als Sie klein waren?«

»Der kleine Lord.«

Doktor Gallup war merklich enttäuscht. Er beschloß, den Fall unter einer neuen Perspektive anzugehen.

»Miss Fifi, geben Sie zu, daß hinter dem ganzen nicht mehr steckt als irgendeine Phantasterei in Ihrem Kopf?«

»Im Gegenteil«, antwortete Fifi zur allgemeinen Verblüffung, »es steckt eine ganze Menge mehr dahinter, als ihr alle ahnt. Er hat meine gesamte Einstellung zum Leben verändert.«

»Wie meinen Sie das?«

Sie schien nahe daran, eine Erklärung abzugeben, doch nach einer kurzen Denkpause verengten sich ihre schönen Augen störrisch, und sie blieb still.

»Miss Fifi« – Doktor Gallup hob seine Stimme scharf an – »die Tochter von C. T. J. Calhoun, dem Kekskönig, ist mit einem Taxifahrer durchgebrannt. Wissen Sie, was sie jetzt macht?«

»Nein.«

»Sie arbeitet in einer Wäscherei auf der East Side und versucht, Leib und Seele ihres Kindes zusammenzuhalten.«

Er sah sie prüfend an; in ihrem Gesicht waren Anzeichen von Erregung zu erkennen.

»Estelle Holliday ging 1920 mit dem Sekundanten ihres Vaters durch!« schrie er. »Soll ich Ihnen sagen, was ich als letztes von ihr gehört habe? Sie stolperte in ein Armenhospital, am ganzen Körper grün und blau geschlagen, weil ihr betrunkener Mann sie um ein Haar totgeprügelt hätte!«

Fifi atmete heftig. Ihre Tanten beugten sich vor. Doktor Gallup sprang abrupt auf die Füße.

»Aber verglichen mit Ihnen haben die beiden ja noch auf Nummer sicher gesetzt!« brüllte er. »Die haben wenigstens keinen Ex-Sträfling angehimmelt, an dessen Händen Blut klebt.«

Jetzt stand auch Fifi auf den Beinen, und ihre Augen sprühten Funken.

»Sehen Sie sich vor!« schrie sie. »Gehen Sie nicht zu weit!«

»Das kann ich gar nicht!« Er griff in seine Tasche, zog eine zusammengefaltete Abendzeitung heraus und knallte sie auf den Tisch.

»Lesen Sie das, Miss Fifi!« donnerte er. »Hier steht, wie vor drei Wochen vier Killer in eine Bank in West Crampton eindrangen. Hier steht, wie sie den Kassierer kaltblütig niedergeschossen haben und wie einer von ihnen, der brutalste, der skrupelloseste, der unmenschlichste, fliehen konnte. Und hier steht auch, daß sich dieser menschliche Gorilla vermutlich in der Gegend vom Montauk Point versteckt hält!«

Ein kurzer erstickter Laut – und Tante Jo und Tante Cal, die ihr Leben lang alles in vollkommener Harmonie getan hatten, fielen synchron in Ohnmacht. Im selben Augenblick klopfte jemand laut und heftig, wie mit einem schweren Knüppel, an die verriegelte Vordertür.

IV

»Wer da?« rief Doktor Gallup und fuhr herum. »Wer ist da – oder ich schieße!«

Seine Augen suchten den Raum eilig nach einer möglichen Waffe ab.

»Wer sind Sie?« dröhnte eine Stimme von der Veranda her. »Öffnen Sie lieber, oder ich puste ein Loch durch die Tür.«

»Was sollen wir tun?« Doktor Gallup schwitzte ausgiebig.

Fifi, die damit beschäftigt gewesen war, ihre Tanten unparteiisch mit Wasser zu besprenkeln, drehte sich verächtlich lächelnd zu ihm um.

»Das ist nur Percy, der Gärtner. Er hält Sie wahrscheinlich für einen Einbrecher.«

Sie ging zur Tür und schob den Riegel zurück. Percy, in der Hand ein Gewehr, äugte vorsichtig ins Zimmer.

»Alles in Ordnung, Percy. Das ist nur so ein verrückter Spezialist aus New York.«

»Heute abend ist alles ein bißchen verrückt«, verkündete Percy mit verängstigter Stimme. »Die ganze letzte Stunde lang hab' ich andauernd das Geräusch von Rudern gehört.«

Die Augenlider von Tante Jo und Tante Cal flatterten simultan nach oben.

»Überall am Point ist Nebel«, fuhr Percy verstört fort, »und da sind Stimmen drin. Ich konnte keinen halben Meter weit sehen, aber ich könnte schwören, da warn Boote nah am Ufer, und ich hab' ein Dutzend Leute miteinander reden und nacheinander rufen hören, als wenn ein Haufen Gespenster ein Picknick veranstalten würde.«

»Was war das für ein Geräusch?« schrie Tante Jo, die jetzt kerzengrade dasaß.

»Die Tür war verschlossen«, erklärte Percy, »darum hab' ich mit meinem Gewehr angeklopft.«

»Nein, ich meine gerade eben!«

Sie lauschten. Durch die offene Tür drang ein tiefes, stöhnendes Geräusch, das aus dem dunklen Nebel kam, der Ufer und Meer gleichermaßen einhüllte.

»Wir gehen hinunter und sehen nach!« rief Doktor Gallup, der sein erschüttertes Gleichgewicht wiedererlangt hatte. Als das klagende Geräusch erneut herüberwehte, wie der gequälte Todesschrei eines Meeresungeheuers, fügte er allerdings hinzu: »Ich glaube, heute abend hätten Sie hier mehr gebraucht als nur einen Psychoanalytiker. Gibt es noch eine Waffe im Haus?«

Tante Cal erhob sich und entnahm der Schublade ihres Sekretärs einen kleinen Revolver mit Perlmuttgriff.

»Sie können uns doch hier im Haus nicht alleinlassen«, protestierte sie beschwörend. »Wo immer Sie hingehen, wir bleiben bei Ihnen!«

Dicht beieinander gingen die vier – denn Fifi war plötzlich verschwunden – hinaus und die Verandastufen hinunter, wo sie einen Moment unschlüssig in den undurchdringlichen Dunst hineinstarrten, der in ihren Augen mehr Geheimnisse barg als jede Dunkelheit.

»Da draußen ist es«, flüsterte Percy, dem Meer zugewandt.

»Also vorwärts!« murmelte Doktor Gallup angespannt. »Ich neige zu der Annahme, daß es sich hier um eine reine Nervensache handelt.«

Langsam und schweigend tasteten sie sich den Strand entlang, bis Percy plötzlich den Arm des Doktors packte.

»Hören Sie!« zischte er.

Alle erstarrten. Aus der sie umgebenden Dunkelheit war eine düstere, verschwommene Gestalt aufgetaucht, die unnatürlich steif über den Sand schritt. Gegen ihren Körper gepreßt trug sie ein langes, dunkles Tuch, das fast den Boden berührte. Sie wurde augenblicklich wieder vom Nebel verschluckt, gefolgt von einem zweiten Phantom mit derselben militärischen Haltung, an dessen Arm etwas Weißes, leicht Bedrohliches baumelte. Wenig später breitete sich keine zehn Meter weit von ihnen entfernt in der Richtung, in die die Gestalt verschwunden war, ein schwacher Lichtschein aus, dessen Quelle anscheinend hinter der größten der Dünen lag.

Aneinandergedrängt bewegten sie sich auf diese Düne zu, zögerten und fielen dann, dem Beispiel Doktor Gallups folgend, auf die Knie, um vorsichtig ihre strandwärts gerichtete Seite hinaufzukriechen, dem stärker werdenden Lichtschein entgegen. Am höchsten Punkt der Düne angelangt, streckten sie gleichzeitig die Köpfe über den Dünenkamm. Ihnen bot sich folgender Anblick:

Im Licht von vier starken Taschenlampen in den Händen von vier Matrosen in makellosen weißen Uniformen, stand ein nur mit Shorts und Unterhemd bekleideter Gentleman im Sand und rasierte sich. Vor seine Augen hielt ein untadeliger Diener einen silbernen Spiegel, der die schaumbedeckte Ansicht seines Gesichts reflektierte. Rechts und links von ihm standen zwei weitere Bedienstete, einer mit Frackoberteil und -hose über dem Arm, der andere mit einem weißen, gestärkten Oberhemd, dessen Manschettenknöpfe im Licht der elektrischen Lampen glitzerten. Es war kein Laut zu hören, außer dem leisen Kratzen der Rasierklinge über das Gesicht ihres Benutzers und dem stöhnenden Geräusch, das mit Unterbrüchen vom Meer herüberdrang.

Jedoch nicht der bizarre Charakter dieser Zeremonie mit ihrer dunstigen, irrealen Kulisse im flackernden Licht der Taschenlampen war es, der den beiden Frauen ein kurzes, unfreiwilliges Seufzen entlockte. Es war die Tatsache, daß das Gesicht im Spiegel, vielmehr seine unrasierte Hälfte, ihnen schrecklich bekannt vorkam. Binnen eines Augenblicks fiel ihnen ein, zu wem dieses halbe Gesicht gehörte – es war das Antlitz des verwilderten Verehrers ihrer Nichte, der seit kurzem halbnackt den Strand unsicher machte.

Gerade als sie hinunterschauten, wurde er mit der einen Seite seines Gesichtes fertig, worauf ein Diener vortrat, mit einer Schere den groben Bewuchs der anderen entfernte und damit das symmetrische Gesicht eines zwar etwas verhärmten, aber nicht unansehnlichen jungen Mannes vollständig freilegte. Er seifte die bärtige Seite ein, zog mit schnellen Bewegungen die Klinge darüber hinweg, massierte eine Flüssigkeit in die gesamte Fläche ein und überprüfte sodann sein Aussehen mit beträchtlicher Aufmerksamkeit im Spiegel. Der Anblick schien ihn zu befriedigen, denn er lächelte. Auf ein Wort hin überreichte ihm einer der Diener die Hose, mit der er sodann seine wohlproportionierten Beine verhüllte. Er ließ sich sein

Hemd überstreifen, arrangierte den Kragen, band mit geübter Hand eine elegante, schwarze Schleife und schlüpfte in den bereitgehaltenen Frack. Nach einer Verwandlung, die vor ihren eigenen Augen stattgefunden hatte, staunten Tante Cal und Tante Jo unverhofft den makellosesten, gepflegtesten jungen Mann an, den sie je gesehen hatten.

»Walters!« sagte er plötzlich, mit klarer, kultivierter Stimme.

Einer der weißgekleideten Seeleute trat vor und salutierte.

»Sie können die Boote zur Yacht hinausbringen. Sie müßten sie mit Hilfe des Nebelhorns problemlos finden können.«

»Jawohl, Sir.«

»Sobald der Nebel sich hebt, stechen Sie in See. Funken Sie inzwischen nach New York, daß mein Wagen heruntergeschickt wird. Er soll mich im Haus der Marsdens am Montauk Point abholen.«

Als der Matrose sich umdrehte, streifte der Lichtkegel seiner Taschenlampe zufällig die vier höchst verwunderten Gesichter, die auf die merkwürdige Szene hinunterstarrten.

»Sehen Sie da, Sir!« rief er.

Die vier Lampen erfaßten den Spähtrupp auf dem Kamm des Hügels.

»Hände hoch da unten!« schrie Percy und richtete seine Flinte auf den grellen Lichtschein.

»Miss Marsden!« rief der junge Mann lebhaft. »Ich wollte gerade zu Ihnen kommen.«

»Keine Bewegung!« brüllte Percy; und dann zum Doktor: »Soll ich schießen?«

»Natürlich nicht!« schrie Doktor Gallup. »Junger Mann, lautet Ihr Name so, wie ich vermute?«

Der junge Mann verbeugte sich höflich.

»Mein Name ist George Van Tyne.«

Wenige Minuten später schüttelten sich der tadellose junge Mann und zwei völlig fassungslose Damen die Hände. »Ich kann mich gar nicht oft genug bei Ihnen entschuldigen«, gestand er, »denn ich habe Sie beide der seltsamen Laune eines jungen Mädchens geopfert.«

»Was für eine Laune?« fragte Tante Cal.

»Nun« – er zögerte – »sehen Sie, mein ganzes Leben habe ich besonders viel Aufmerksamkeit auf die sogenannten Feinheiten des guten Benehmens verwandt, Feinheiten der Kleidung, der Manieren, des Stils –«

Er brach reumütig ab.

»Fahren Sie fort«, befahl Tante Cal.

»Genau wie Ihre Nichte. Sie hat sich selbst immer eher für ein Muster an – an Kultiviertheit gehalten« – er errötete – »bis sie mich traf.«

»Ich verstehe«, nickte Doktor Gallup. »Sie konnte es nicht ertragen, jemanden zu heiraten, der ein noch größerer – sagen wir, ein Dandy? – war als sie selbst.«

»Richtig«, sagte George Van Tyne mit einer perfekten Verbeugung wie aus dem achtzehnten Jahrhundert. »Es war notwendig, ihr zu zeigen, was für ein – für eine –«

»– unmögliche Figur«, half Tante Josephine.

»– was für eine unmögliche Figur ich sein konnte. Es war schwierig, aber machbar. Denn wenn man weiß, was korrekt ist, muß man notwendigerweise auch wissen, was nicht korrekt ist; und ich hatte die Absicht, so fürchterlich nicht-korrekt zu sein wie irgend möglich. Ich hoffe nur, Sie werden mir eines Tages verzeihen können, daß ich Sie mit Sand beworfen habe – ich fürchte, da ist meine Rolle mit mir durchgegangen.«

Wenig später gingen sie alle gemeinsam zum Haus zurück.

»Aber ich kann noch immer nicht glauben, daß ein Gentleman so – so unmöglich sein kann«, stieß Tante Jo hervor. »Und was wird erst Fifi dazu sagen?«

»Nichts«, antwortete Van Tyne fröhlich. »Sehen Sie, Fifi wußte die ganze Zeit Bescheid. Sie hat mich sogar schon am allerersten Tag oben im Baum erkannt. Sie bat mich immer wieder, bis heute nachmittag, damit – damit aufzuhören, aber ich habe mich geweigert, bis sie mich geküßt hat, trotz Bart und allem.«

Tante Cal blieb plötzlich stehen.

»Das ist ja alles gut und schön, junger Mann«, sagte sie streng, »aber da Sie so viele verschiedene Gesichter haben, woher wissen wir denn, daß Sie in einem Ihrer geistesabwesenden Momente nicht der Mörder sind, der sich am Point versteckt hält?«

»Der Mörder?« fragte Van Tyne verwirrt. »Welcher Mörder?«

»Ah, lassen Sie mich das erklären, Miss Marsden.« Doktor Gallup lächelte bedauernd. »In Wirklichkeit hat es gar keinen Mörder gegeben.«

»Keinen Mörder?« Tante Cal musterte ihn kritisch.

»Nein, den Bankraub und den entflohenen Mörder, das habe ich alles erfunden. Ich wollte Ihrer Nichte damit nur so eine Art starker Medizin verabreichen.«

Tante Cal sah ihn verächtlich an und wandte sich ihrer Schwester zu. »Nicht alle deine modernen Ideen sind so glücklich wie Mah-Jongg«, bemerkte sie bedeutungsvoll.

Der Nebel war aufs Meer zurückgewichen, und als sie

in Sichtweite des Hauses kamen, leuchteten die Lampen in die Dunkelheit hinaus. Auf der Veranda wartete ein makelloses Mädchen in einem strahlend weißen, mit Perlenschnüren bestickten Kleid, die im klaren Mondlicht schimmerten.

»Der vollkommene Mann«, murmelte Tante Jo, und wurde dabei rot, »ist natürlich der, der jedes Opfer bringt.«

Van Tyne antwortete ihr nicht; er war damit beschäftigt, ein nicht wahrnehmbares Fläumchen, unauffälliger noch als ein Haar, von seinem Ellbogen zu entfernen, und nachdem er das getan hatte, lächelte er. Jetzt war nicht mehr die leiseste Unvollkommenheit an ihm zu entdekken, außer dort, wo heftiges Herzklopfen den Satinaufschlag seines Fracks kaum merklich aus der Fasson brachte.

Nicht im Reiseführer

Diese Geschichte begann drei Tage, bevor sie in die Schlagzeilen kam. Wie so viele andere nach Neuigkeiten lechzende Amerikaner in Paris während dieses Frühjahrs schlug ich eines Morgens den *Franco-American Star* auf, und nachdem ich die abgedroschenen Überschriften (größtenteils Berichten über das ewige »Lafayette-Liebe-Washington«-Gefasel französischer und amerikanischer Redner gewidmet) überflogen hatte, stieß ich auf etwas wirklich Interessantes.

»Sieh dir das an!« rief ich, wobei ich den *Star* zum Doppelbett hinüberreichte. Doch die Insassin des Doppelbetts entdeckte augenblicklich in einer anderen Spalte einen Artikel über Leonora Hughes, die Tänzerin, und fing an, ihn zu lesen. Also forderte ich die Zeitung natürlich zurück.

»Du machst dir nicht klar –«, setzte ich an.

»Ich frage mich«, unterbrach mich die Insassin des Doppelbetts, »ob ihr Haar naturblond ist.«

Wie auch immer, nachdem ich wenig später die heimische Suite verlassen hatte, hörte ich andere Männer in verschiedenen Cafés »Sieh dir das an!« sagen, während sie auf den Gegenstand von Interesse zeigten. Und gegen Mittag traf ich einen anderen Schriftsteller (den ich seither mit Champagner bestochen habe, damit er sich ruhig verhält), worauf wir uns zusammen in die frankoamerikanische Beamtenwelt stürzten, um zu erfahren, was eigentlich los war.

Alles begann auf einem Schiff, mit einer jungen Frau, die sich, obwohl ihr nicht im mindesten schlecht war, über die Reling beugte. Sie beobachtete die Längengrade, die unter dem Kiel hindurchschwammen, und versuchte, auf ihnen die Gradzahlen zu erkennen, aber selbstverständlich fährt die *S.S. Olympic* dazu viel zu schnell, und alles, was die junge Frau zu Gesicht bekam, war die achatgrüne, blattwerkartige Gischt, die in ständigem Wandel protestierend am Heck hochspritzte. Obwohl es herzlich wenig zu sehen gab außer der Gischt, einem schäbigen, skandinavischen Frachter in der Ferne und dem bewundernden Millionär, der sich vom Erste-Klasse-Deck aus bemühte, ihre Blicke auf sich zu ziehen, war Milly Cooley vollkommen glücklich. Denn sie fing ein neues Leben an.

Hoffnung ist eine alltägliche Fracht zwischen Neapel und Ellis Island, aber auffallend selten auf Schiffen mit Kurs auf Cherbourg. Die Erste-Klasse-Passagiere spezialisieren sich auf Snobismus, und die Reisenden im Zwischendeck pflegen ihre verlorenen Illusionen (was beinahe auf dasselbe hinausläuft), doch die junge Frau an der Reling pflegte eine ins Unendliche gesteigerte Hoffnung. Es war nicht ihr eigenes Leben, das sie neu anfing, sondern das eines anderen, und dabei handelt es sich um eine sehr viel riskantere Angelegenheit.

Milly war ein zerbrechliches, dunkles, apartes Mädchen, dessen Augen diese ätherische, unergründliche Ausstrahlung besaßen, wie man sie so häufig bei einer südeuropäischen Schönheit antrifft. Mütterlicherseits war sie Tschechin, väterlicherseits Rumänin, ohne jedoch die zu kurze Oberlippe und die spitze, herabhängende Nase geerbt zu haben, die diesen Typus verunstalten; ihre Züge waren regelmäßig, ihre Haut blühend, hell-oliv und rein.

Der gutaussehende, pickelige junge Mann mit den an Glaskugeln erinnernden hellblauen Augen, der wenige Meter von ihr entfernt auf einem Stauholzsack schlief, war ihr Mann – es war sein Leben, das Milly neu anfing. In den sechs Monaten seit ihrer Heirat hatte er sich als unfähig und zügellos erwiesen, aber jetzt standen sie kurz vor einem neuen Anfang. Jim Cooley verdiente einen neuen Anfang, denn er war ein Kriegsheld. Es gab da etwas, genannt »Schützengrabenneurose«, das alle unangenehmen Eigenheiten eines Kriegshelden rechtfertigte – Jim Cooley hatte ihr das am zweiten Tag ihrer Flitterwochen erklärt, nachdem er sich zuerst sinnlos betrunken und sie dann mit der flachen Hand zu Boden geschlagen hatte.

»Ich dreh' durch«, beteuerte er am nächsten Morgen mit Nachdruck, und seine Glaskugelaugen rollten äußerst realistisch in seinem Kopf vor und zurück. »Wenn es anfängt, da denk' ich, ich bin wieder im Krieg, und ich gehe auf alles los, was ich sehe, verstehst du?«

Geboren in Brooklyn hatte er sich bei den Marines gemeldet. An einem Juniabend kroch er bei Einbruch der Dunkelheit fünfzig Meter von den amerikanischen Linien weg nach vorn, um den Leichnam eines bayrischen Hauptmanns zu durchsuchen, der auf freiem Feld liegengeblieben war. Dabei fand er ein Exemplar eines deutschen Einsatzbefehls, was zur Folge hatte, daß seine eigene Brigade viel früher angriff, als sie es andernfalls gekonnt hätte, womit möglicherweise der ganze Krieg um nicht weniger als eine Viertelstunde verkürzt wurde. Diese Tatsache würdigten Franzosen und Amerikaner gleichermaßen in Form von gravierten Edelmetallscheiben, die Jim vier Jahre lang überall herumzeigte, bis ihm aufging, wie schön es doch wäre, ein Dauerpublikum zu haben. Millys Mutter war von seiner soldatischen Leistung beeindruckt, und man richtete eine Hochzeit aus. Milly begriff ihren Fehler erst vierundzwanzig Stunden, nachdem es zu spät war.

Nach Ablauf einiger Monate starb Millys Mutter und hinterließ ihrer Tochter zweihundertfünfzig Dollar. Das Ereignis machte auf Jim einen nachhaltigen Eindruck: Er hörte auf zu trinken und kam eines Abends von der Arbeit mit einem Plan nach Hause, wie er eine neue Seite aufschlagen, ein neues Leben anfangen wollte. Aufgrund seiner militärischen Laufbahn hatte er eine Anstellung in einem Büro erhalten, das sich um amerikanische Soldatengräber in Frankreich kümmerte. Die Bezahlung war nicht gerade gewaltig, aber schließlich lebte man dort drüben, wie jedermann wußte, auch spottbillig. Jedenfalls hatten die vierzig Dollar Sold pro Monat im Krieg die Mädchen und die Weinhändler in Paris ziemlich beeindruckt. Besonders, wenn man sie in französische Währung umrechnete.

Milly hörte seinen Erzählungen von dem Land zu, in dem die Trauben prallvoll mit Champagner gefüllt waren, und dachte dann gründlich über alles nach. Unter Umständen wäre ihr Geld am besten angelegt, wenn sie Jim damit seine Chance geben würde, eine Chance, die er seit dem Krieg nie bekommen hatte. In einem kleinen Häuschen vor den Toren von Paris könnten sie die letzten sechs Monate vergessen und Frieden und Glück finden, vielleicht sogar Liebe.

»Wirst du's versuchen?« fragte sie schlicht.

»Natürlich werd' ich's versuchen, Milly.«

»Du wirst mich davon überzeugen, daß ich keinen Fehler gemacht habe?«

»Klar, Milly; es wird einen anderen Menschen aus mir machen. Oder glaubst du mir nicht?«

Sie schaute ihn an. Seine Augen funkelten vor Begeisterung, vor Entschlossenheit. Beim Gedanken an diese neue Perspektive ging ein warmes Leuchten von ihm aus – im Grunde hatte er doch bisher nie wirklich eine Chance gehabt.

»Also gut«, sagte sie schließlich. »Wir fahren.«

Sie waren da. Der Hafendamm von Cherbourg, eine weiße Steinschlange, lag schimmernd in der Dämmerung am Meer; dahinter rote Dächer und Kirchtürme, noch weiter im Hintergrund gefällige kleine Hügel, bemalt mit einem ansprechenden, regelmäßigen Muster aus Spielzeugbauernhöfen. »Gefällt Ihnen dieses französische Arrangement?« schien die Szenerie zu fragen. »Man hält es allgemein für ganz entzückend, aber wenn Sie anderer Meinung sind, stellen Sie es doch einfach um – rücken Sie diese Straße hierhin und diesen Kirchturm dorthin. Es wäre nicht das erste Mal, und am Ende kommt es immer allerliebst heraus!«

Es war Sonntagmorgen, Cherbourg steckte in steifen Krägen und hohen Spitzenhäubchen. Eselskarren und winzige Automobile bewegten sich zum Klang unaufhörlichen Glockengeläuts durch die Straßen. Jim und Milly fuhren auf einem Schlepper ans Ufer, wo sie von Zoll- und Einwanderungsbeamten in Augenschein genommen wurden. Danach blieb ihnen noch eine Stunde Zeit bis zur Abfahrt ihres Zuges nach Paris, und sie wagten sich ein wenig ins strahlende, aufregende, französische Blaue. An einer günstigen Stelle, einem freundlichen Dorfplatz, der pausenlos von Soldaten, unzähligen Hunden und dem Geklapper von Holzschuhen strapaziert wurde, setzten sie sich in ein Café.

»Du vaah«, sagte Jim zum Kellner. Er war ein wenig enttäuscht, als ihm auf Englisch geantwortet wurde. Nachdem der Mann gegangen war, um den Wein zu holen, nahm er seine zwei Orden heraus und befestigte sie an seiner Jacke. Der Ober kehrte mit dem Wein an den Tisch zurück, schien die Orden nicht zu bemerken, erwähnte sie jedenfalls mit keinem Wort. Milly wünschte sich, Jim hätte sie nicht angelegt – sie empfand ein unbestimmtes Gefühl der Scham.

Nach einem weiteren Glas Wein war es Zeit geworden, zum Bahnhof aufzubrechen. Dort bestiegen sie den eigenartigen, kleinen Dritte-Klasse-Waggon, eine Lokomotive wie aus dem Kinderzimmer fing an zu schnaufen und holperte mit ihnen geruhsam, in angenehmem, zwanglosem Stil, durch die einladende, dicht besiedelte Landschaft nach Süden.

»Was machen wir als erstes, wenn wir da sind?« fragte Milly.

»Als erstes?« Jim sah sie abwesend an und runzelte die Stirn. »Na, zuerst mal muß ich mich um den Job kümmern, nicht?« Die heitere Stimmung, in die der Wein ihn versetzt hatte, war verflogen, zurück blieb seine gewohnte schlechte Laune. »Was stellst du ständig diese Fragen? Kauf dir doch einen Reiseführer.«

Milly fühlte ihren Mut etwas sinken; er hatte sie nicht mehr so angeknurrt, seit er den Plan zu dieser Reise das erste Mal erwähnt hatte.

»Jedenfalls hat es nicht soviel gekostet, wie wir dachten«, sagte sie munter. »Es müssen noch über hundert Dollar übrig sein.«

Er grunzte nur. Durchs Fenster fiel Milly ein Hund auf, der einen beinamputierten Mann zog.

»Sieh mal da!« rief sie, »wie komisch!«

»Aaach, reg dich ab. Hab' ich alles schon gesehen.«

Ihr kam ein Gedanke, der sie wieder aufmunterte: Schließlich waren Jims Nerven hier in Frankreich kaputtgegangen, also würde er natürlich die ersten paar Stunden schlecht gelaunt und unruhig sein.

Weiter nach Westen durch Caen, Lisieux und die satten, grünen Ebenen von Calvados. Als sie die dritte Station erreichten, stand Jim auf und streckte sich.

»Ich geh' mal raus auf den Bahnsteig«, sagte er düster. »Ich brauche frische Luft; heiß hier drin.«

Es war heiß, aber Milly machte das nichts aus. Sie fand alles, was sie sah, aufregend – zwei kleine Jungen in schwarzen Spielkitteln begannen, sie durch das Fenster des Eisenbahnwagens neugierig anzustarren.

»Amerikanisch?« schrie einer der beiden unerwartet.

»Hallo, ja«, erwiderte Milly, »wo sind wir denn hier?«

»Pardon?«

Sie traten näher heran.

»Wie heißt denn der Ort hier?«

Plötzlich knufften sich die beiden gegenseitig in die Mägen und liefen brüllend vor Lachen fort. Milly begriff nicht, was sie so Komisches gesagt haben sollte.

Ein heftiger Ruck kündigte die Abfahrt des Zuges an. Erschrocken sprang Milly auf und streckte ihren Kopf aus dem Wagenfenster.

»Jim!« rief sie.

Sie blickte den Bahnsteig hinauf und hinunter. Er war

nicht da. Die Jungen, die ihr fassungsloses Gesicht sahen, rannten neben dem anfahrenden Zug her. Jim mußte auf einen der hinteren Wagen aufgesprungen sein. Aber –

»Jim!« schrie sie in Panik. Der Bahnhof glitt vorbei. »Jim!«

Sie versuchte verzweifelt, ihre Angst unter Kontrolle zu bekommen, sank auf ihren Sitzplatz zurück, bemühte sich nachzudenken. Zuerst nahm sie an, er sei in ein Café gegangen, um etwas zu trinken und habe so den Zug verpaßt – in diesem Fall hätte sie auch aussteigen sollen, solange noch Zeit dazu war, denn man konnte nie wissen, was alles passieren würde, wenn man ihn allein ließ. Falls er einen seiner Anfälle hatte, würde er vermutlich einfach solange weitertrinken, bis er ihren letzten Cent ausgegeben hatte. Sie wagte kaum, sich das vorzustellen – aber die Möglichkeit bestand.

Sie wartete, gab ihm zehn, fünfzehn Minuten für den Rückweg zu ihrem Wagen – dann gestand sie sich ein, daß er sich nicht im Zug befand. In ihr breitete sich dumpfe Panik aus. Die plötzliche Veränderung in ihren Beziehungen zur Außenwelt erschreckte sie dermaßen, daß sie weder an seine Verantwortungslosigkeit dachte, noch daran, was getan werden mußte, sondern einzig und allein an die nächstliegende Tatsache, nämlich daß sie allein war. So wenig verläßlich er seine Beschützerrolle auch gespielt hatte, es war wenigstens etwas. Jetzt aber – Gott, sie könnte in diesem fremden Zug sitzenbleiben, bis sie in China landete, und es würde keine Menschenseele kümmern!

Nach geraumer Zeit kam sie auf den Gedanken, er könnte einen Teil des Geldes in einem der Koffer gelassen haben. Sie hob sie aus dem Gepäcknetz herunter und durchwühlte in fieberhafter Eile sämtliche Kleidungsstükke. In der Gesäßtasche einer alten Hose, die Jim auf dem Schiff getragen hatte, fand sie zwei glänzende amerikanische Zehncentstücke. Ihr Anblick hatte irgendwie etwas Tröstliches, was sie beide fest umklammern ließ. Mehr ergab ihre Suche nicht.

Eine Stunde später, draußen war es mittlerweile dunkel geworden, glitt der Zug hinein in die gelbe, dunstige Helligkeit des Gare du Nord. Fremdartige, ihr unverständliche Durchsagen drangen an ihr Ohr, und ihr Herz pochte laut, als sie am Türgriff zerrte. Sie nahm ihre eigene Tasche in die eine, Jims Koffer in die andere Hand, aber der war sehr schwer, und mit beiden zugleich kam sie nicht aus der Tür, weshalb sie den Koffer aus einem zornigen Impuls heraus im Wagen stehenließ.

Auf dem Bahnsteig schaute sie nach links und rechts, in der verzweifelten Hoffnung, er würde doch noch auftauchen, aber sie erkannte niemanden außer einem schwedischen Geschwisterpaar, Mitreisende auf ihrem Schiff, deren hochgewachsene Gestalten, aufrecht und kraftvoll unter den riesigen Bündeln, die beide trugen, schnell ihren Blicken entschwanden. Sie beschleunigte kurz ihren Schritt, um sie einzuholen, und blieb wieder stehen, gar nicht in der Lage, ihnen zu erzählen, was ihr Beschämendes zugestoßen war. Sie hatten bestimmt ihre eigenen Sorgen.

Die zwei Münzen in der einen und ihre Tasche in der anderen Hand bewegte sich Milly zögernd den Bahnsteig entlang. Menschen hetzten an ihr vorüber, Gepäck-Vernichter unter Wäldern von Golfschlägern, aufgeregte amerikanische Mädchen, erfüllt von der unbändigen Begeisterung, in Paris anzukommen, untertänige Gepäckträger der großen Hotels. Sie alle gingen und sprachen sehr schnell, Milly aber ging ganz langsam, denn sie sah vor sich nur den gelben Lichterbogen des Wartesaals und die Tür, die aus ihm herausführte; wohin sie sich nachher wenden sollte, wußte sie nicht.

Um zehn Uhr abends war Mr. Bill Driscoll im allgemeinen müde, weil um diese Zeit jeweils bereits ein voller Zwölf-Stunden-Tag hinter ihm lag. Danach ließ er sich nur noch von ausgesprochenen Berühmtheiten zum Ausgehen überreden. Wenn jemand einen Multimillionär oder einen Filmregisseur über Bill Driscoll informiert hatte – damals wimmelte Europa von amerikanischen Regisseuren auf der Suche nach neuen Drehorten –, dann pflegte er sich mit zwei Tassen Kaffee zu stärken, seine Person mit seinem neuen Smoking zu veredeln und ihnen die gefährlichsten Spelunken am Montmartre auf die ungefährlichste Art und Weise zu zeigen.

Bill Driscoll sah gut aus in seinem neuen Smoking, das kastanienbraune Haar mit Unterstützung von Wasser glatt aus seiner ebenmäßigen Stirn nach hinten gekämmt. Oft schaute er sich selbst bewundernd im Spiegel an, zumal es sich um den ersten Smoking seines Lebens handelte. Er hatte ihn sich selbst verdient, mit Köpfchen, genau wie das anschwellende Paket amerikanischer Wertpapiere, das ihn in seiner New Yorker Bank erwartete. Sollten Sie innerhalb der letzten zwei Jahre in Paris gewesen sein, müssen Sie seinen großen weißen Omnibus mit der herausfordernden Aufschrift auf beiden Seiten gesehen haben:

William Driscoll

Er zeigt Ihnen Dinge, die nicht im Reiseführer stehen

Als er Milly Cooley fand, war es nach drei Uhr früh, er hatte gerade den Regisseur Claude Peebles und seine Gattin zu deren Hotel zurückgebracht, nachdem er sie durch so berühmt-berüchtigte Unterwelttreffs wie *Zelli's* und *Le Rat Mort* gelotst hatte (die, alles in allem, ungefähr so gefährlich sind wie das Biltmore Hotel am Mittag), und befand sich auf dem Heimweg zu seiner Pension am linken Ufer der Seine. Dabei wurde seine Aufmerksamkeit von zwei wenig vertrauenerweckenden Gestalten erregt, die neben einer Straßenlaterne einem offenbar betrunkenen Mädchen unter die Arme griffen. Bill Driscoll beschloß, die Straßenseite zu wechseln – er wußte, mit welcher nahezu zärtlichen Zuneigung die französische Polizei angeschlagenen Amerikanern zu begegnen pflegte, und es gehörte zu seinen Prinzipien, sich aus Schwierigkeiten herauszuhalten. Genau in diesem Moment kam Milly ihr Unterbewußtsein zu Hilfe. Sie rief mit gequältem Stöhnen: »Laßt mich los!«

Das Stöhnen hatte Brooklyn-Akzent. Es war ein Brooklyn-Stöhnen.

Driscoll wechselte beklommen den Kurs, näherte sich der Gruppe und fragte ausgesucht höflich, was los wäre, woraufhin eine der wenig vertrauenerweckenden Gestalten von dem Versuch abließ, Millys fest geschlossene linke Hand zu öffnen.

Der Mann antwortete hastig, sie sei ohnmächtig geworden. Er und sein Freund wollten ihr zum nächsten Polizeirevier helfen. Sie lockerten ihren Griff, und sie sank sanft zu Boden.

Bill kam näher und beugte sich über sie, sorgsam darauf bedacht, keinen der beiden Männer im Rücken zu haben. Er sah ein junges, verängstigtes Gesicht, aus dem alle Farbe, die es bei Tag besaß, gewichen war.

»Wo haben Sie sie gefunden?« fragte er auf Französisch.

»Hier. Gerade eben. Sie sah aus, als wäre sie sehr müde –«

Billy steckte eine Hand in die Tasche, darum bemüht, beim Sprechen den unzweifelhaften Eindruck zu erwekken, daß sich darin eine Pistole befand.

»Sie ist Amerikanerin«, sagte er. »Überlassen Sie sie mir.«

Der Mann machte eine Geste der Einwilligung und trat einen Schritt zurück, wobei er mit der Hand wie selbstverständlich an seine Jacke griff, als beabsichtige er, sie zuzuknöpfen. Er beobachtete Billys rechte Hand, die in seiner Anzugtasche, nur war Bill zufälligerweise Linkshänder. Es gibt nicht viel, das schneller ankommt als ein nicht-vorangemeldeter linker Haken – dieser hier war weniger als einen halben Meter lang unterwegs, so daß sein Empfänger rückwärts gegen den Laternenpfahl taumelte, ihn flüchtig und voller Bedauern umarmte und aufs Pflaster rutschte. Trotzdem, Bill Driscolls erfolgreiche Karriere hätte hier beendet sein können, beendet mit dem kräftigen Hilferuf *»Voleurs!«*, den er in die Pariser Nacht hinausschrie, wenn der andere Mann eine Waffe bei sich gehabt hätte. Der andere Mann deutete an, daß er keine Waffe hatte, indem er sich zehn Meter die Straße hinunter zurückzog. Sein niedergeschlagener Kumpan bewegte sich leicht auf dem Bürgersteig. Darauf machte Billy einen Schritt auf ihn zu, zog seinen Fuß zurück und traf ihn so perfekt am Kopf wie ein Fußballspieler, der den Ball vom Elfmeterpunkt ins Tor tritt. Es war keine sehr hübsche Geste, aber er hatte sich inzwischen daran erinnert, daß er seinen nagelneuen Smoking trug, weshalb er sich nicht wegen einem dieser ungesunden Artikel aus der Eisenwarenhandlung auf der Erde herumwälzen wollte.

Einen Augenblick später kamen zwei Gendarmen in größter Eile die mondhelle Straße entlanggerannt.

Zwei Tage nach diesem Vorfall stand in den Zeitungen: *»Kriegsheld verläßt Ehefrau auf dem Weg nach Paris«*, glaube ich, oder: *»Amerikanische Braut ohne Geld und Mann am Gare du Nord«*. Die Polizei war natürlich informiert worden, worauf sie an die Reviere in der Provinz die Order ausgab, nach einem Amerikaner namens James Cooley zu fahnden, der keine *carte d'identité* hätte. Die Presse erfuhr die Geschichte vom Amerikanischen Hilfswerk und funktionierte sie geschickt in eine ans Herz greifende Story um, weil Milly jung und hübsch war und obendrein noch merkwürdig loyal ihrem Mann gegenüber. Kaum war sie wieder dazu fähig, erklärte sie, das sei alles nur daher gekommen, weil der Krieg seine Nerven ruiniert hätte.

Der junge Driscoll konnte eine gewisse Enttäuschung darüber nicht verhehlen, daß sie verheiratet war. Nicht daß er sich auf den ersten Blick in sie verliebt hätte – im Gegenteil, er bewahrte einen ungewöhnlich kühlen Kopf –, aber nach dieser Mondschein-Rettungsaktion, die ihn mit einer gewissen Befriedigung erfüllte, schien es irgendwie nicht angebracht, daß sie einen durch Frankreich irrenden heroischen Ehemann haben sollte. Er hatte sie in jener Nacht zu seiner Pension getragen, und seine Wirtin, eine amerikanische Witwe namens Horton, schloß Milly sofort ins Herz, wollte sich auch um sie kümmern, doch noch vor elf Uhr morgens am Erscheinungstag besagter Zeitungen wurde die Tür zum Büro des Amerikanischen Hilfswerkes buchstäblich von barmherzigen Samaritern eingerannt. Beim Großteil handelte es sich um reiche alte Damen aus Amerika, die den Louvre und die Tuilerien satt hatten und dringend eine Beschäftigung brauchten. Einige eifrige, aber einfältige Franzosen, getrieben von einer mysteriösen, unergründlichen Ritterlichkeit, lungerten draußen vor der Tür herum.

Die hartnäckigste der Damen war eine Mrs. Coots, die anzunehmen schien, Milly sei ihr von der Vorsehung als Gesellschafterin gesandt worden. Hätte sie von Millys Geschichte auf der Straße gehört, hätte sie kein Wort davon hören wollen, aber Druckerschwärze macht die Dinge respektabel. Nachdem der *Franco-American Star* darüber berichtet hatte, war Mrs. Coots davon überzeugt, daß Milly nie und nimmer mit ihrem Schmuck durchbrennen würde.

»Ich bezahle Sie gut, meine Liebe«, beteuerte sie ebenso beharrlich wie schrill, »fünfundzwanzig die Woche. Ist das nichts?«

Milly warf einen hilfesuchenden Blick in Richtung von Mrs. Hortons verblühtem, freundlichen Gesicht.

»Ich weiß nicht –«, zögerte sie.

»Ich kann Ihnen nichts zahlen.« Mrs. Horton war irritiert durch Mrs. Coots' neureiches, selbstherrliches Benehmen. »Tun Sie, was Sie für richtig halten. Ich würde Sie jedenfalls gerne zu mir nehmen.«

»Sie sind sehr gut zu mir gewesen«, sagte Milly, »aber ich möchte Ihnen nicht zur –«

Driscoll, der die ganze Zeit mit den Händen in den

Taschen auf und ab gewandert war, blieb stehen und drehte sich schnell zu ihr um.

»Darum kümmere ich mich schon«, sagte er rasch. »Machen Sie sich darüber keine Sorgen.«

Mrs. Coots' Augen blitzten ihn indigniert an.

»Bei mir hat sie es besser«, beharrte sie, »viel besser.« Sie wandte sich der Sekretärin zu und bemerkte in gequältem, mißbilligendem Bühnenflüsterton: »Wer ist dieser naseweise junge Mann?«

Wieder sah Milly flehend zu Mrs. Horton hinüber.

»Wenn es Ihnen keine allzu großen Umstände macht, möchte ich lieber bei Ihnen bleiben«, sagte sie. »Ich werde Ihnen helfen, so gut ich kann –«

Sie brauchten allerdings noch eine weitere halbe Stunde, um Mrs. Coots loszuwerden, aber schließlich wurde vereinbart, Milly sollte in Mrs. Hortons Pension bleiben, bis man irgendeine Spur ihres Mannes fand. Später am selben Tag brachten sie in Erfahrung, daß die Stelle für Amerikanische Kriegsgräber noch nie etwas von einem Jim Cooley gehört hatte – ihm war also keine Anstellung in Frankreich versprochen worden.

So prekär ihre Situation auch aussah – Milly war jung, in Paris, und es war Mitte Juni. Sie beschloß, sich zu amüsieren. Auf Mr. Bill Driscolls Einladung hin nahm sie am nächsten Tag in seiner Touristenschaukel an einem Ausflug nach Versailles teil. Etwas derartiges hatte sie noch nie erlebt. Sie saß zwischen Kleidereinkäufern aus Sioux City, Schullehrern aus Kalifornien und Flitterwöchnern aus Japan und wurde durch fünfzehn Jahrhunderte Pariser Geschichte gewirbelt, während ihr Führer vorn im Bus stand, das Megaphon an sein schlagfertiges, originelles Mundwerk gepreßt.

»Das Gebäude zu Ihrer Linken ist der Louvre, meine Damen und Herren. Ausflug Nummer dreiundzwanzig, Abfahrt morgen vormittag Punkt zehn Uhr, bringt Sie hinein. Im Moment dürfte Ihnen die Information genügen, daß in ihm fünfzehntausend Kunstwerke aller Stilrichtungen zu besichtigen sind. Mit dem für die ausgestellten Ölgemälde verbrauchten Öl könnte man zwei Jahre lang sämtliche Autos im Staate Oregon abschmieren. Die Bilderrahmen allein würden aneinandergereiht von einem Ende zum andern –«

Milly beobachtete ihn und glaubte ihm jedes Wort. Es fiel ihr schwer, sich an ihn als ihren Retter in jener Nacht zu erinnern. Das war nicht das Zeug, aus dem Helden gemacht waren – sie wußte das, sie hatte mit einem zusammengelebt. Helden brüteten ständig über ihre Taten nach und schilderten sie mindestens einmal pro Tag in epischer Breite wildfremden Leuten. Als sie diesem jungen Mann gedankt hatte, hatte er ihr todernst erzählt, Andrew Carnegie habe schließlich an diesem Tag ununterbrochen versucht, über ein Medium mit ihm Kontakt aufzunehmen.

Im Anschluß an einen dramatischen Zwischenhalt vor dem Haus, in dem Landru, der französische Blaubart, seine vierzehn Frauen ermordet hatte, fuhr die Reisegruppe nach Versailles weiter. Dort, im großen Spiegelsaal, stürzte sich Bill Driscoll in die Beschreibung eines vergessenen großen Skandals des achtzehnten Jahrhunderts, der Begegnung zwischen »Louies Mädchen und Louies Frau«.

»Die Du Barry tänzelte herein, gehüllt in eine Création aus malvenfarbenem Georgette, die mit Hilfe von Bronzereifen über einen champagnerfarbenen Spitzenunterrock drapiert war. Das Kleid hatte ein gerüschtes Krägelchen aus schwedischem Fuchspelz, eingefaßt mit glitzerndem gelben Satin passend zum Hansom, der sie zu der Party gebracht hatte. Sie war nervös, meine Damen. Sie wußte nicht, wie die Königin die Sache aufnehmen würde. Nach einer Weile schritt die Königin durch die Tür. Sie trug ein Kleid in der Farbe von oxidiertem Silber mit Kragen, Aufschlägen und Volants aus russischem Hermelin und Litzen aus Trompetengold. Die Taille des Mieders war sehr tief angesetzt, der Rock vorn gerafft, und die spitzenverzierten Saumzipfel mit den Kronjuwelen bestickt. Als die Du Barry sie sah, beugte sie sich zu König Louie rüber und flüsterte: ›Mein königliches Schnuckelchen, wer ist denn die Dame, die gerade einen halben Kleiderladen zur Tür hereingetragen hat?‹

›Das ist keine Dame‹, antwortete Louie, ›das ist meine Frau.‹«

Das war der erste von vielen Ausflügen, an denen Milly in der Touristenschaukel teilnahm – nach Malmaison, nach Passy, nach St. Cloud. Die Wochen vergingen, drei bereits, ohne Nachricht von Jim Cooley, der in dem Augenblick, als er sich aus dem Zug davonmachte, vom Erdboden verschwunden zu sein schien.

Trotz einer Art dumpfer Sorge, die sie jedesmal überfiel, wenn sie sich ihre Situation ins Bewußtsein rief, fühlte Milly sich so glücklich wie nie zuvor in ihrem Leben. Sie empfand es als Erleichterung, der ständigen, deprimierenden Gesellschaft eines morbiden, gebrochenen Mannes entronnen zu sein. Außerdem war es aufregend, in Paris zu leben, wo sich in diesem Sommer scheinbar alle Welt traf, wo jedes ankommende Schiff ein weiteres Tausend auf den großen Spielplatz losließ, wo die Straßen dermaßen von Touristen überquollen, daß Billy Driscolls Busse auf Tage hinaus ausgebucht waren. Am schönsten aber fand sie es, an die Ecke hinunterzuschlendern und die blutrote Sonne wie einen langsamen Penny in der Seine versinken zu sehen, während sie mit Bill Driscoll in einem Café an ihrem Kaffee nippte.

»Hätten Sie Lust, morgen mit mir nach Château-Thierry mitzukommen?« fragte er sie eines Abends.

Der Name brachte eine Saite in Milly zum Klingen: Bei Château-Thierry hatte Jim Cooley unter Lebensgefahr seinen gewagten Vorstoß zwischen die Linien unternommen.

»Mein Mann war damals dabei«, sagte sie stolz.

»Ich auch«, bemerkte er. »Und ich fand's überhaupt nicht lustig.«

Er dachte einen Moment nach.

»Wie alt sind Sie eigentlich?«

»Achtzehn.«

»Warum lassen Sie sich nicht scheiden?«

Der Vorschlag schockierte Milly.

»Ich glaube, es wäre besser für Sie«, fuhr er fort und blickte zu Boden. »Hier ist es leichter als irgendwo sonst. Dann wären Sie frei.«

»Ich könnte das nicht«, sagte sie verängstigt. »Es wäre nicht fair. Verstehen Sie, er ist nicht –«

»Ich weiß«, unterbrach er sie. »Aber ich fange allmählich an zu glauben, daß Sie mit diesem Mann Ihr Leben ruinieren. Gibt es außer seiner Heldentat im Krieg irgend etwas Positives über ihn zu sagen?«

»Ist das denn nicht genug?« antwortete Milly ruhig.

»Milly –« Er hob seinen Blick. »Wollen Sie nicht doch noch einmal gründlich darüber nachdenken?«

Sie stand unbehaglich auf. Er wirkte sehr aufrichtig, sehr zuverlässig und sehr gelöst, wie er so dasaß; einen Augenblick lang war sie versucht zu tun, was er ihr riet, und alles in seine Hände zu legen. Aber als sie ihn wirklich ansah, fiel ihr zum ersten Mal auf, daß dieser Rat nicht selbstlos war – es lag jetzt mehr in seinen Augen als nur die neutrale Sorge um ihre Zukunft. Sie wandte sich mit widerstreitenden Gefühlen von ihm ab.

Seite an Seite gingen sie schweigend zur Pension zurück. Aus einem Fenster hoch über ihnen sank das klagende Flehen einer Geige auf die Straße hinab, wo es sich mit den Übungsakkorden eines unsichtbaren Klaviers und dem schrillen, unverständlichen Gezänk französischer Kinder von gegenüber vermischte. Die Dämmerung ging bereits langsam in das sternenklare Blau einer Pariser Nacht über, doch es war immer noch hell genug, um die Gestalt von Mrs. Horton zu erkennen, die vor der Pension stand. Sie kam eilig auf sie zu, begann noch im Laufen zu sprechen.

»Ich habe Neuigkeiten für Sie«, sagte sie. »Die Sekretärin des Amerikanischen Hilfswerks hat gerade angerufen. Sie haben Ihren Mann gefunden, und er kommt übermorgen in Paris an.«

Als Jim Cooley, der Kriegsheld, den Zug in der kleinen Stadt Evreux verließ, ging er zunächst sehr schnell, um einige hundert Meter zwischen sich und den Bahnhof zu legen. Dann beobachtete er hinter einem Baum versteckt den Zug, bis er die Station verlassen hatte und die letzte Rauchwolke hinter einem kleinen Hügel aufgestiegen war. Er blieb einige Minuten so stehen, blickte lachend dem Zug nach, doch unvermittelt nahm sein Gesicht wieder den gewohnten verletzten Ausdruck an, und er schaute sich um, um den Ort genauer zu betrachten, an dem er sich entschlossen hatte, frei zu sein.

Es war ein verschlafenes Provinzdorf mit zwei Reihen hoher Silberplatanen entlang der Hauptstraße, an deren Ende ein hübscher Brunnen kristallklares Wasser aus dem kalten, steinernen Maul einer Katze schnurren ließ. Der Brunnen stand im Mittelpunkt des Dorfplatzes, und auf dem Gehsteig rund um den Platz wiesen verschiedene Gruppen von Eisentischchen auf Straßencafés hin. Ein Bauernwagen wurde mühsam von einem einzelnen weißen Ochsen dem Brunnen entgegengezerrt; ein paar armselige französische Autos parkten neben einem uralten amerikanischen Schlitten am Straßenrand.

»Das ist ja 'n richtiges kleines Trotteldorf«, sagte er angewidert zu sich selbst. »'n echtes Trotteldorf.«

Aber es war friedlich und grün, gerade öffneten zwei unbestrumpfte Frauen in seinem Blickfeld die Tür zu einem Laden, auch die kleinen Tische am Brunnen sahen einladend aus. Er ging die Straße hinauf, setzte sich vor das erstbeste Café und bestellte ein großes Bier.

»Ich bin frei«, sagte er zu sich, »bei Gott, ja, ich bin frei!«

Den Entschluß, Milly zu verlassen, hatte er ganz plötzlich gefaßt – in Cherbourg, als sie den Zug bestiegen. Genau in diesem Augenblick entdeckte er eine kleine Französin, das wirklich Wahre für ihn, was ihn zur Erkenntnis gelangen ließ, daß er Milly nicht mehr »am Hals haben« wollte. Sogar schon auf dem Schiff hatte er mit dem Gedanken gespielt, aber erst in Cherbourg war aus dem flüchtigen Gedanken ein ganz konkreter Plan geworden. Ihm tat es mittlerweile doch ziemlich leid, daß er überhaupt nicht daran gedacht hatte, Milly etwas Geld zurückzulassen, genug wenigstens für eine Nacht – aber irgend jemand würde ihr schon helfen, wenn sie in Paris ankam. Und außerdem, Probleme, die er nicht kannte, belasteten ihn nicht, und von ihr würde er bestimmt nie wieder etwas hören.

»Jetzt einen Cognac«, sagte er zum Kellner.

Er brauchte etwas Stärkeres. Er wollte vergessen. Nicht Milly – das fiel ihm nicht schwer, die lag schon hinter ihm –, sondern sich selbst. Er hatte das Gefühl, mißbraucht worden zu sein. Er hatte das Gefühl, daß er von Milly im Stich gelassen worden war, oder zumindest, daß allein ihr kaltes Mißtrauen ihn fortgetrieben hatte. Wem hätte es denn genützt, wenn er trotz allem mit nach Paris gegangen wäre? Das restliche Geld würde zwei nicht sehr lange über Wasser halten, und die Sache mit der Anstellung hatte er auf das vage Gerücht hin erfunden, die Stelle für Amerikanische Kriegsgräber vergäbe Jobs an Veteranen, die in Frankreich Schiffbruch erlitten. Er hätte Milly nicht mitbringen sollen, hätte es auch nicht getan, wenn er das Geld für die Überfahrt gehabt hätte. Doch obwohl er sich dessen nicht bewußt war, gab es noch einen anderen Grund dafür, daß er Milly mitgenommen hatte. Jim Cooley haßte es, allein zu sein.

»Cognac«, sagte er zum Kellner, »einen großen. *Très grand.*«

Er steckte seine Hand in die Tasche und befühlte die blauen Noten, die er in Cherbourg gegen sein amerikanisches Geld eingewechselt hatte. Er nahm sie heraus und zählte sie. Komische Kohle. Irgendwie lustig, daß man damit genauso bezahlen konnte wie mit richtigen Piepen.

Er winkte den Kellner heran.

»He!« versuchte er, ein Gespräch anzufangen. »Das ist ja ulkiges Geld, was ihr hier habt, was?«

Aber der Kellner verstand kein Englisch, weshalb er nicht imstande war, Jims Verlangen nach Geselligkeit zu befriedigen. Machte auch nichts. Seine Nerven hatten sich inzwischen beruhigt – er strahlte triumphierend vom Scheitel bis zur Sohle.

»Das ist doch das wahre Leben«, murmelte er zu sich. »Lebst ja nur einmal. Also genieß es.« Und dann laut zum Kellner. »Noch so ein'n von diesen großen Cognacs. Gleich zwei. Ich muß weg.«

Was er auch blieb – einige Stunden lang. Im Morgengrauen erwachte er in einem der Zimmer eines kleinen Gasthofs, mit blutunterlaufenen Augen und fiebrig hämmerndem Kopf. Er wagte nicht seine Taschen zu inspizieren, ehe er nicht noch einen Cognac bestellt und zur Brust genommen hatte: danach entdeckte er, daß seine schlimmsten Befürchtungen begründet waren. Von den neunzig und ein paar Dollar, mit denen er den Zug verlassen hatte, besaß er noch ganze sechs.

»Ich muß völlig verrückt gewesen sein«, flüsterte er.

Er hatte ja noch seine Uhr, eine große, präzise Taschenuhr, in deren massiv rotgoldenen Deckel zwei Herzen aus kleinen Diamanten eingelassen waren. Sie bildete einen Teil der Ausbeute von Jim Cooleys Heldenmut, denn nachdem er den Einsatzbefehl in den Taschen des deutschen Offiziers gefunden hatte, bemerkte er sie fest umklammert in der toten Hand. Wahrscheinlich stand eines der diamantenen Herzen für den Schmerz eines Menschen irgendwo in Friedland oder in Berlin, aber als Jim heiratete, erzählte er Milly, die Diamantenherzen stünden für ihre Herzen und würden so zum Symbol ihrer immerwährenden Liebe. Bevor Milly diese sentimentale Anwandlung richtig würdigen konnte, war diese unzerstörbare Liebe bereits durch nichts mehr zu reparieren, worauf die Uhr wieder in Jims Tasche zurückwanderte, wo sie sich fortan darauf beschränkte, die Zeit zu symbolisieren, und nicht Gefühle.

Aber es hatte Jim Cooley Spaß gemacht, die Uhr herumzuzeigen; sich von ihr zu trennen mußte ihm seiner Ansicht nach sehr viel mehr Kummer bereiten, als sich von Milly zu trennen – so viel Kummer, daß er sich in Erwartung des kurz bevorstehenden Trennungsschmerzes schon vorher betrank. Am späten Nachmittag schwankte er schließlich unter dem Gelächter der Dorfjugend durch die Straßen zu einer *bijouterie*, und als er wieder auf der Straße stand, befand er sich im Besitz eines Pfandscheins und eines Wechsels über zweitausend Franc, was, so rechnete er sich verschwommen aus, ungefähr einem Wert von hundertzwanzig Dollar entsprach. Vor sich hinmurmelnd stolperte er auf den Dorfplatz zurück.

»Ein Amerikaner nimmt's locker mit drei Franzosen auf!« ließ er drei kleine, stämmige Bürger wissen, die an einem Tisch ihr Bier tranken.

Sie beachteten ihn nicht weiter. Er wiederholte seine Lästereien.

»Ein Amerikaner –«, er hämmerte sich auf die Brust, »kann drei dreckige Franzmänner leicht auseinandernehmen, klar?«

Sie rührten sich noch immer nicht. Das machte ihn rasend. Vorwärtstorkelnd packte er die Lehne eines freien Stuhls und rüttelte daran. In kürzester Zeit umgab ihn eine kleine Menschenansammlung, und die drei Franzosen sprachen mit aufgeregten Stimmen durcheinander.

»Kommt schon ran, ich hab' gemeint, was ich sagte!« krakeelte er wild. »Ein Amerikaner kann mit drei Franzosen den Fußboden schrubben!«

Jetzt standen zwei Männer in Uniform vor ihm – zwei Männer mit Pistolentaschen an den Hüften, rot und blau gekleidet.

»Ihr habt gehört, was ich sagte«, brüllte er, »ich bin ein Held – die ganze verdammte Franzarmee kann mir keine Angst machen.«

Eine Hand fiel auf seinen Arm, aber er riß sich blind vor Wut los, um nach dem schwarzen Schnurrbart dicht vor ihm zu schlagen. Danach hörte er es nur noch rauschen und krachen in seinen Ohren, als erst Faustschläge, dann Fußtritte auf ihn einhagelten, bis die Welt wie Wasser über seinem Kopf zusammenzuschlagen schien.

Nachdem man ihn aufgespürt und durch persönliche Fürsprache eines amerikanischen Vizekonsuls aus dem Gefängnis geholt hatte, begriff Milly, wieviel ihr diese Wochen bedeutet hatten. Die Ferien waren vorbei. Doch obwohl Jim morgen in Paris eintreffen würde, obwohl das trostlose Zusammenleben mit ihm von neuem beginnen mußte, beschloß Milly, dennoch mit nach Château-Thierry zu fahren. Sie wollte noch einige wenige letzte glückliche Stunden erleben, an die sie sich immer erinnern konnte. Sie erwartete, nach New York zurückzukehren, denn, falls Jim sich je auch nur die geringste Chance auf eine Stellung ausrechnen konnte – mit einer Vergangenheit von vierzehn Tagen in einem französischen Gefängnis hatte er sie gründlich vertan.

Der Bus war wie üblich überfüllt. Als sie sich dem

Städtchen Château-Thierry näherten, erhob sich Bill Driscoll mit seinem Megaphon und fing an, seinen Kunden zu erzählen, wie es für ihn vor fünf Jahren ausgesehen hatte, als er hier mit seiner Division Stellung in den vordersten Linien bezogen hatte.

»Es war neun Uhr abends«, sagte er, »und wir kamen aus einem Wald, und da war sie, die Westfront. Daheim in Amerika hatte ich drei Jahre lang immer wieder darüber gelesen, und da war sie nun – sie sah aus wie der Rand eines Waldbrandes bei Nacht, nur daß Feuerwerkskörper aufloderten, und kein Gras. Wir lösten ein französisches Regiment in neu ausgehobenen Gräben ab, die keinen Meter tief waren. Trotzdem, die meisten von uns waren viel zu aufgeregt, um Angst zu haben, bis ungefähr um zwei Uhr früh unser Hauptfeldwebel von Schrapnell in Stücke gerissen wurde. Das machte uns nachdenklich. Zwei Tage später griffen wir an, und der einzige Grund, warum ich nicht getroffen wurde, war der, daß ich so stark gezittert habe, daß die nicht auf mich zielen konnten.«

Die Zuhörer lachten, und Milly überlief vor Stolz ein sanfter Schauer. Jim hatte keine Angst gehabt – sie hatte es ihn oft sagen hören. Alles, woran er gedacht hatte, war, etwas mehr zu tun als seine Pflicht. Als andere in ihren vergleichsweise sicheren Gräben hockten, hatte er sich allein ins Niemandsland hinausgewagt.

Nach dem Mittagessen wanderte die Reisegruppe über das Schlachtfeld, heute ein idyllisches, gewelltes Tal von Gräbern. Milly war froh, mitgefahren zu sein – das Gefühl des Friedens nach einem Kampf tröstete sie. Vielleicht würde ihr Leben nach seiner freudlosen Zukunft einmal genauso viel Ruhe erfüllen wie dieses friedliche Land. Vielleicht würde Jim sich eines Tages ändern. Wenn er einmal so außergewöhnlich viel Mut aufbringen konnte, mußte es doch tief in seinem Innern einen Funken Charakter geben, der ihn dazu bringen würde, noch einen Anlauf zu nehmen.

Gerade als es Zeit wurde, zur Heimfahrt aufzubrechen, winkte Driscoll, der den ganzen Tag kaum mit ihr gesprochen hatte, sie zu sich heran.

»Ich möchte ein letztes Mal mit dir reden«, sagte er.

Ein letztes Mal! Milly durchzuckte ein unerwarteter Schmerz. War schon so bald morgen?

»Ich will dir sagen, was in mir vorgeht«, erklärte er, »und bitte sei nicht böse. Ich liebe dich, und du weißt es; aber was ich sagen will, hat nichts damit zu tun – ich sage es dir, weil ich will, daß du glücklich bist.«

Milly nickte. Sie hatte Angst, in Tränen auszubrechen.

»Ich glaube, dein Mann taugt nichts«, sagte er.

Sie blickte auf.

»Du kennst ihn doch gar nicht«, rief sie rasch. »Du kannst ihn gar nicht beurteilen.«

»Ich kann ihn nach dem beurteilen, was er dir angetan hat. Ich glaube, diese Schützengrabenneurosen-Geschichte ist eine glatte Lüge. Und wie wichtig ist schon, was er vor fünf Jahren getan hat?«

»Für mich ist es wichtig«, versetzte Milly. Sie spürte leichte Verärgerung in sich aufkeimen. »Das kannst du ihm nicht nehmen. Er hat tapfer gehandelt.«

Driscoll nickte.

»Das stimmt. Aber es waren auch andere Männer tapfer.«

»Du nicht«, sagte sie verächtlich. »Du hast eben gerade selber zugegeben, daß du dich fast zu Tode gefürchtet hast – und als du das gesagt hast, haben alle Leute gelacht. Aber kein Mensch hat über Jim gelacht – sie haben ihm einen Orden gegeben, weil er keine Angst hatte.«

Kaum hatte Milly das ausgesprochen, tat es ihr leid, aber jetzt war es zu spät. Bei seinen nächsten Worten beugte sie sich überrascht vor.

»Das war auch eine Lüge«, erwiderte Bill Driscoll bedächtig. »Ich habe das gesagt, weil ich die Leute zum Lachen bringen wollte. Ich war bei dem Angriff gar nicht dabei.«

Er starrte schweigend den Hügel hinunter.

»So«, stieß Milly geringschätzig hervor, »wie kannst du dann hier sitzen und so über meinen Mann sprechen, wenn du – wenn du nicht mal –«

»Das war nur eine Berufslüge«, unterbrach er sie ungehalten. »Ich bin in der Nacht davor verwundet worden.«

Er stand plötzlich auf.

»Es hat doch keinen Zweck«, sagte er. »Scheinbar habe ich dich soweit gebracht, daß du mich haßt, und damit ist alles aus. Es hat keinen Sinn, noch mehr zu sagen.«

Seine Augen glitten gequält den Hügel hinunter.

»Ich hätte nicht hier mit dir reden sollen«, rief er. »Ich scheine hier kein Glück zu haben. Schon einmal habe ich etwas verloren, was ich haben wollte, keine hundert Meter von diesem Hügel hier entfernt. Und jetzt habe ich dich verloren.«

»Was hast du denn verloren?« fragte Milly bitter. »Ein anderes Mädchen?«

»Für mich hat es nie ein anderes Mädchen gegeben.«

»Aber was war es dann?«

Er zögerte.

»Ich habe dir doch erzählt, daß ich verwundet wurde«, sagte er. »Das stimmt auch. Zwei Monate lang wußte ich nicht, ob ich überhaupt lebe. Aber das Schlimmste an allem war, daß irgendso ein dreckiger Dieb heimlich an meinen Taschen war und wahrscheinlich für sich in Anspruch nahm, die Kopie eines deutschen Einsatzbefehls beschafft zu haben, die ich mit zurückgebracht hatte. Eine goldene Uhr hat er auch noch gleich mitgehen lassen. Ich hatte beides der Leiche eines deutschen Offiziers zwischen den Linien abgenommen.«

Mr. und Mrs. William Driscoll heirateten im folgenden Frühjahr und machten ihre Hochzeitsreise in einem Wagen, der einiges größer war als der des Königs von England. Er hatte zwei Dutzend unbesetzte Plätze, weshalb sie auf ihrer Fahrt über die weißen pappelgesäumten Straßen Frankreichs viele müde Fußgänger mitnahmen. Diese Wanderer saßen allerdings immer im Hintergrund, denn die Unterhaltung vorn war nicht für profane Ohren bestimmt. Man kam bei dieser Tour durch Lyons, Avignon, Bordeaux und kleinere Orte, die nicht im Reiseführer stehen.

Die Jugendhochzeit

I

Chauncey Garnett, der Architekt, ließ einmal eine Modellstadt konstruieren, zusammengesetzt aus sämtlichen Gebäuden, die er je entworfen hatte, was sich als teures und irgendwie deprimierendes Experiment erwies, denn das Spielzeug ergab kein harmonisches Ganzes. Garnett empfand es als deprimierend, daran erinnert zu werden, daß er sich häufig auf Monströsitäten eingelassen hatte, und noch deprimierender, sich darüber klar werden zu müssen, daß sich seine architektonischen Aktivitäten schon über ein halbes Jahrhundert erstreckten. Voller Abscheu verteilte er die winzigen Häuser in seinem Freundeskreis, wo sie als Wohnstätten für unkritische Puppen endeten.

Garnett hatte nie – zumindest bis jetzt noch nicht – den Ruf eines freundlichen alten Mannes genossen, obwohl er beides war: alt und freundlich. Er verwandte sechs Stunden pro Tag auf die Arbeit in seinen Büros in Philadelphia oder in seiner Niederlassung in New York, und während der übrigen Zeit wollte er nur seinen ihm gebührenden Frieden, um ungestört seiner an Erlebnissen und Eindrükken reichen Vergangenheit nachhängen zu können. Jahrelang hatte ihn niemand um einen Gefallen gebeten, der nicht mit Feder und Scheckbuch gewährt werden konnte; er schien ein Alter erreicht zu haben, das die Angelegenheiten anderer Leute daran hinderte, unerwünscht in sein Leben einzudringen. Diese Ruhe war allerdings zu früh eingekehrt, und eines Nachmittags im Sommer des Jahres 1925 wurde sie gewaltsam gestört – vom schrillen Lärm einer Telefonklingel.

Der Anrufer war George Wharton. Ob Chauncey sofort wegen einer Angelegenheit von größter Wichtigkeit zu ihm herüberkommen könne?

Auf dem Wege nach Chestnut Hill döste Garnett gegen die grauen Duvetinepolster seiner Limousine gelehnt, sein achtundsechzigjähriger Körper gewärmt durch die Junisonne, sein achtundsechzigjähriger Geist leer bis auf eine intensive, unwesentliche Erinnerung an einen grünen Ast, der über einer grünen Wasserfläche schwebte. Bei der Ankunft vor dem Haus seines Freundes erwachte er friedlich, ohne hochzuschrecken. George Wharton, dachte er, wußte wahrscheinlich nicht, was er mit einem unerwarteten finanziellen Überschuß anfangen sollte. Vielleicht wollte er Garnett beauftragen, eine dieser modernen Kirchen zu entwerfen. Er gehörte einer jüngeren Generation an als Garnett – ein moderner Mann.

Wharton und seine Frau erwarteten ihn in der Gold-Maroquin-Geborgenheit der Bibliothek.

»Ich konnte nicht zu dir ins Büro kommen«, sagte Wharton ohne Umschweife. »Du wirst auch gleich verstehen, warum nicht.«

Garnett bemerkte, daß die Hände seines Freundes leicht zitterten.

»Es geht um Lucy«, fügte Wharton hinzu.

Es dauerte einen Moment, bis Garnett Lucy als ihre Tochter eingeordnet hatte.

»Was ist mit Lucy?«

»Lucy hat geheiratet. Sie ist vor ungefähr einem Monat nach Connecticut durchgebrannt und hat geheiratet.« Momentanes Schweigen. »Lucy ist erst sechzehn«, fuhr Wharton fort. »Der Junge ist zwanzig.«

»Das ist allerdings sehr jung«, sagte Garnett überlegt, »aber schließlich hat meine Großmutter auch schon mit sechzehn geheiratet und niemand hat sich viel dabei gedacht. Manche Mädchen entwickeln sich eben viel schneller als andere.«

»Das wissen wir alles, Chauncey.« Wharton wischte den Einwand ungeduldig beiseite. »Der Punkt ist einfach der, daß diese jungen Ehen heutzutage nicht mehr funktionieren. Sie sind nicht normal. Sie enden in einer Katastrophe.«

Wieder zögerte Garnett.

»Bist du nicht ein bißchen voreilig, wenn du von vornherein mit Schwierigkeiten rechnest? Warum gibst du Lucy keine Chance? Warum wartest du nicht erst ab, ob es überhaupt eine Katastrophe gibt?«

»Aber es hat schon eine Katastrophe gegeben«, rief Wharton leidenschaftlich. »Lucys Leben ist eine einzige Katastrophe. Das einzige, an dem ihrer Mutter und mir etwas liegt – ihr Glück – eine einzige Katastrophe, und wir wissen nicht, was wir tun sollen – was wir tun sollen.«

Seine Stimme bebte, er ging aufs Fenster zu, kam impulsiv wieder zurück.

»Schau uns an, Chauncey. Sehen wir etwa aus wie die Sorte Eltern, die ihre Kinder in sowas hineintreiben würde? Sie und ihre Mutter waren immer wie Schwestern – genau wie Schwestern. Sie und ich, wir sind zusammen zu Parties gegangen – auch zu Football-Spielen und all sowas –, seit sie ein kleines Mädchen war. Sie ist alles, was wir haben, und wir haben immer gesagt, wir wollen sie auf so einem Mittelkurs halten – ihr genug Freiheit lassen für ihre Selbstachtung und trotzdem darauf achten, wohin sie geht und mit wem, zumindest, bis sie achtzehn ist. Gott, Chauncey, wenn du mir vor sechs Wochen erzählt hättest, daß so etwas passieren könnte –« Er schüttelte hilflos den Kopf. Dann fuhr er mit ruhigerer Stimme fort: »Als sie kam und uns erzählte, was sie getan hatte, hat es uns fast das Herz gebrochen, aber wir haben versucht, das Beste draus zu machen. Weißt du, wie lange die Ehe – falls man das so nennen kann – gedauert hat? Drei Wochen. Sie dauerte drei Wochen. Sie kam nach Hause, mit einem großen blauen Fleck auf der Schulter, wo er sie geschlagen hatte.«

»Oh, Lieber!« sagte Mrs. Wharton mit dunkler Stimme. »Bitte –«

»Wir haben alles durchgesprochen«, fuhr ihr Mann grimmig fort, »und sie beschloß, zurückzugehen zu diesem – diesem jungen –« wieder beugte er sich vor der Unzulänglichkeit von Verwünschungen – »und zu versuchen, die Sache wieder in Ordnung zu bringen. Aber gestern abend kam sie wieder nach Hause, und jetzt, sagt sie, ist es endgültig aus.«

Garnett nickte. »Wer ist der Mann?« fragte er.

»Mann!« rief Wharton. »Du meinst Junge. Er heißt Llewellyn Clark.«

»Was denn?« entfuhr es Garnett überrascht, »Llewellyn Clark? Jesse Clarks Sohn? Der junge Bursche bei mir im Büro?«

»Ja.«

»Aber das ist doch ein netter junger Mann«, erklärte Garnett. »Ich kann gar nicht glauben, daß er –«

»Das konnte ich auch nicht«, unterbrach ihn Wharton

ruhig. »Ich hab' auch geglaubt, er wäre ein netter junger Mann. Aber vor allem hatte ich angenommen, meine Tochter wäre gar kein so übles junges Mädchen.«

Garnett war ebenso verblüfft wie verärgert. Vor weniger als einer Stunde hatte er noch mit Llewellyn Clark gesprochen, in dem kleinen Zeichenraum, wo er bei Garnett & Linquist arbeitete. Jetzt begriff er auch, warum Clark im Herbst nicht zurück an die Technische Hochschule in Boston wollte. Und im Licht dieser Offenbarung erinnerte er sich, daß der Junge sich während der letzten Monate irgendwie verändert hatte – Fehlen, Zuspätkommen, ein gewisses Desinteresse an seiner Arbeit...

Mrs. Whartons Stimme unterbrach ihn bei dem Versuch, sein Wissen der neuen Sachlage entsprechend zu ordnen.

»Bitte, Chauncey, unternimm irgendwas«, sagte sie. »Sprich mit ihm. Sprich mit allen beiden. Sie ist doch erst sechzehn, und wir könnten es nicht ertragen, ihr Leben durch eine Scheidung ruiniert zu sehen. Es geht uns nicht darum, was die Leute sagen; es geht uns nur um Lucy, Chauncey.«

»Warum schickt ihr sie nicht für ein Jahr ins Ausland?«

Wharton schüttelte den Kopf.

»Das wäre keine Lösung. Wenn sie beide zusammen auch nur ein Fünkchen Charakter haben, werden sie versuchen, zusammen zu leben.«

»Aber wenn du so schlecht über ihn denkst –«

»Lucy hat ihre Wahl getroffen. Er hat ein bißchen Geld – genug jedenfalls. Und zuschulden kommen lassen hat er sich bisher offenbar auch nichts.«

»Wie sieht er die Sache?«

Wharton machte eine hilflose Handbewegung.

»Verdammt, woher soll ich das wissen? Es ging um einen Hut. Irgend so ein Blödsinn. Elsie und ich haben keine Ahnung, warum die beiden durchgebrannt sind, und jetzt können wir uns keinen richtigen Reim darauf machen, warum sie nicht zusammenbleiben wollen. Unglücklicherweise sind sein Vater und seine Mutter tot.« Er hielt inne. »Chauncey, wenn du eine Möglichkeit sehen würdest –«

Eine unangenehme Aufgabe begann vor Garnetts Augen Gestalt anzunehmen. Er war ein alter Mann, mit mindestens einem Bein auf dem Abstellgleis. Von seinem Standort aus stellte diese jüngste Generation ein unendlich weit entferntes Objekt dar, betrachtet durch das falsche Ende des Fernrohrs.

»Oh, natürlich«, hörte er sich unbestimmt sagen. So schwer, sich in diese junge Zeit zurückzuversetzen. Seit seiner Jugend waren Myriaden von Vorurteilen und Konventionen über die große Modebühne paradiert und mit viel Geschrei, Bitterkeit und Protest wieder in der Versenkung verschwunden. Es würde schwierig sein, mit diesen Kindern überhaupt ins Gespräch zu kommen. Wie hohl und schwachköpfig würden seine Gemeinplätze in ihren Ohren klingen. Und wie sehr würde ihn ihr Egoismus und ihr oberflächliches Vertrauen in Meinungen langweilen, die sie sich gerade erst vorgestern zurechtgezimmert hatten.

Er setzte sich unvermittelt auf. Wharton und seine Frau waren hinausgegangen, und ein schlankes, dunkelhaariges Mädchen, dessen Körper behutsam am äußersten Rand der Kindheit balancierte, hatte wortlos das Zimmer betreten. Einen Moment lang musterte sie ihn mit einer Spur von Unruhe in ihren aufmerksamen braunen Augen; dann setzte sie sich neben ihn auf einen unbequemen Stuhl.

»Ich bin Lucy«, sagte sie. »Meine Eltern haben mir gesagt, Sie möchten mich sprechen.«

Sie wartete ab. Garnett war sich klar darüber, daß er etwas sagen mußte, doch wie er sich ausdrücken sollte, blieb ihm völlig unklar.

»Ich habe dich nicht mehr gesehen, seit du zehn Jahre alt warst«, begann er nervös.

»Ja«, bestätigte sie mit einem höflichen kleinen Lächeln.

Wieder Stille. Er mußte etwas zur Sache sagen, bevor ihre junge Aufmerksamkeit ihm vollends entglitt.

»Es tut mir leid, daß du und Llewellyn Streit hattet«, brach es aus ihm heraus. »Es ist töricht, sich so zu streiten. Ich mag Llewellyn nämlich sehr, weißt du.«

»Hat er Sie geschickt?«

Garnett schüttelte den Kopf. »Lieb – liebst du ihn?« fragte er.

»Nicht mehr.«

»Liebt er dich?«

»Er sagt es, aber ich glaube ihm nicht – nicht mehr.«

»Tut es dir denn leid, daß du ihn geheiratet hast?«

»Mir tut nie etwas leid, das vorbei ist.«

»Ich verstehe.«

Wieder wartete sie.

»Dein Vater sagt, die Trennung sei endgültig.«

»Ja.«

»Darf ich fragen, warum?«

»Wir kamen einfach nicht miteinander aus«, antwortete sie schlicht. »Ich hielt ihn für entsetzlich egoistisch, und er hielt mich für entsetzlich egoistisch. Wir haben uns dauernd gestritten, fast vom ersten Tag an.«

»Er hat dich geschlagen?«

»Ach, das!« Sie tat es als unbedeutend ab.

»Wie meinst du das – egoistisch?«

»Na, egoistisch eben«, antwortete sie kindlich. »Das Egoistischste, das ich je in meinem Leben gesehen habe. Ich hab' noch nie in meinem Leben sowas Egoistisches erlebt.«

»Was hat er denn so Egoistisches getan?« beharrte Garnett.

»Alles. Er war ja so pingelig – Gott!« Ihre Augen blickten ernst und traurig. »Ich kann einfach Leute nicht vertragen, die so pingelig sind – wegen Geld«, erklärte sie voller Verachtung. »Dann ist er immer so wütend geworden, hat mich angeflucht und gesagt, er würde mich verlassen, wenn ich nicht tun würde, was er wollte.« Und noch immer sehr ernsthaft fügte sie hinzu: »Gott!«

»Wie kam es dazu, daß er dich geschlagen hat?«

»Ach, er wollte mich doch gar nicht schlagen. Ich hatte versucht, ihn zu schlagen, wegen irgendwas, was er getan hatte, und er versuchte, mich festzuhalten, und da bin ich gegen den Destillierapparat gestoßen.«

»Den Destillierapparat!« rief Garnett verblüfft.

»Die Frau hatte einen Destillierapparat in unserem Zimmer stehen, weil sie woanders keinen Platz dafür hatte – unten in der Beckton Street, wo wir gewohnt haben.«

»Warum hat Llewellyn dich an so einen Ort gebracht?«

»Oh, der Ort war schon in Ordnung, abgesehen von der Destilliermaschine dieser Frau. Wir sahen uns zwei oder drei Tage lang um, und das war die einzige Wohnung, die wir uns leisten konnten.«

Die Erinnerung ließ sie einen Moment innehalten. Dann fügte sie hinzu: »Sie war sehr hübsch und ruhig.«

»Hmm – ihr seid also im Grunde nie so recht miteinander ausgekommen?«

»Nein.« Sie zögerte. »Er hat alles verdorben. Er zerbrach sich ständig den Kopf darüber, ob wir das Richtige getan hätten. Er stand nachts auf, lief ewig hin und her und machte sich Sorgen. Ich hab' mich nicht beklagt. Ich war absolut dazu bereit, arm zu sein, wenn wir nur gut miteinander auskommen und glücklich sein würden. Zum Beispiel wollte ich in eine Schule gehen und da kochen lernen, aber er sagte, das kommt nicht in Frage. Er wollte, daß ich den ganzen lieben langen Tag brav in der Stube herumsitze und auf ihn warte.«

»Warum?«

»Er hatte Angst, ich könnte plötzlich wieder nach Hause wollen. Drei Wochen lang ein einziger riesiger Streit von morgens bis abends. Ich konnte einfach nicht mehr.«

»Mir scheint, ihr habt euch oft wegen nichts und wieder nichts gestritten«, wagte Garnett zu vermuten.

»Ich hab's nicht richtig erklärt, schätze ich«, sagte sie, des Themas plötzlich überdrüssig. »Ich wußte, daß vieles davon dumm war, und Llewellyn wußte das auch. Manchmal haben wir uns beieinander entschuldigt und uns geliebt wie vor der Heirat. Darum bin ich ja auch zu ihm zurückgegangen. Aber genützt hat es nichts.« Sie erhob sich. »Wieso sprechen wir eigentlich noch darüber? Sie verstehen es ja doch nicht.«

Garnett fragte sich, ob er noch rechtzeitig in seinem Büro zurück sein konnte, bevor Llewellyn Clark nach Hause ging. Mit Clark konnte er reden, während das Mädchen ihn durch sein irritierendes Schwanken zwischen Jugend und Desillusioniertheit nur verwirrte. Aber in dem Moment, da sich Clark genau mit dem Klingeln der Fünf-Uhr-Glocke bei ihm meldete, überfiel Garnett das gleiche Gefühl des Unvermögens, und er starrte seinen Lehrling einen Augenblick lang verständnislos an, als hätte er ihn noch nie zuvor gesehen.

Llewellyn Clark sah älter aus als zwanzig – ein großgewachsener, beinah dünner junger Mann mit dunkelrotem, kräftigem, glänzendem Haar und hellbraunen Augen. Er gehörte diesem leicht nervösen Typ an, talentiert und ungeduldig, aber von einem Egoisten konnte Garnett in seinem reservierten, aufmerksamen Gesicht nur wenig entdecken.

»Wie ich hörte, haben Sie sich verheiratet«, begann Garnett ohne Vorwarnung.

Clarks Wangen nahmen die intensive Farbe seines Haars an.

»Von wem wissen Sie das?« fragte er.

»Von Lucy Wharton. Sie hat mir die ganze Geschichte erzählt.«

»Dann kennen Sie sie ja«, sagte Clark fast grob. »Dann wissen Sie alles, was es zu wissen gibt.«

»Was wollen Sie jetzt tun?«

»Ich weiß nicht.« Clark stand auf; er atmete mühsam. »Ich kann darüber nicht sprechen. Es ist meine Angelegenheit, verstehen Sie. Ich –«

»Setzen Sie sich, Llewellyn.«

Im Gesicht des jungen Mannes arbeitete es heftig, aber er setzte sich. Unvermittelt entglitten seine Gesichtsmuskeln endgültig seiner Kontrolle, und zwei große Tränen, leicht staubverfärbt nach einem langen Arbeitstag, quollen ihm aus den Augen.

»Ach verdammt!« sagte er gebrochen und wischte sich mit dem Handrücken über die Augen.

»Ich habe mich gefragt, warum Sie beide die Sache nicht

zum Klappen bringen können.« Garnett blickte hinunter auf seinen Schreibtisch. »Ich mag Sie, Llewellyn, und ich mag Lucy. Warum nicht einfach die ganze Welt zum Narren halten und –«

Llewellyn schüttelte entschieden den Kopf.

»Nicht mit mir«, sagte er. »Sie interessiert mich nicht die Bohne. Von mir aus kann sie in den nächsten See springen.«

»Warum sind Sie mit ihr durchgebrannt?«

»Ich weiß nicht. Wir waren schon fast ein ganzes Jahr ineinander verliebt, und eine Heirat schien noch lange nicht drinzuliegen. Es ist einfach passiert.«

»Warum konnten Sie nicht miteinander auskommen?«

»Hat sie Ihnen das nicht gesagt?«

»Ich möchte Ihre Version hören.«

»Also, angefangen hat es an dem Nachmittag, als sie unser ganzes Geld nahm und zum Fenster hinauswarf.«

»Zum Fenster hinauswarf?«

»Sie nahm es und kaufte sich einen neuen Hut. Es waren nur fünfunddreißig Dollar, aber mehr hatten wir nicht. Wenn ich nicht noch fünfundvierzig Cent in einem alten Anzug gefunden hätte, hätten wir an diesem Abend nichts zu essen gehabt.«

»Verstehe«, meinte Garnett trocken.

»Dann – oh, dann kam eins zum andern. Sie vertraute mir nicht, sie glaubte nicht, daß ich für sie sorgen konnte, sie sagte dauernd, sie ginge zu ihrer Mutter zurück. Und schließlich begannen wir uns zu hassen. Es war ein gewaltiger Fehler, nichts weiter, und wahrscheinlich verbringe ich einen großen Teil meines Lebens damit, für diesen Fehler zu zahlen. Warten Sie nur, bis es allgemein bekannt wird!« Er lachte bitter.

»Denken Sie nicht ein bißchen zu sehr nur an sich?« wandte Garnett kalt ein.

Llewellyn schaute ihn ehrlich überrascht an.

»Ich – an mich?« wiederholte er. »Mr. Garnett, ich gebe Ihnen mein Ehrenwort, daß ich eben die Sache zum ersten Mal von dieser Seite betrachtet habe. Momentan würde ich alles Menschenmögliche tun, um Lucy Kummer zu ersparen – nur nicht mit ihr zusammenleben. Es steckt so viel Gutes in ihr, Mr. Garnett.« Wieder traten ihm Tränen in die Augen. »Sie ist manchmal so tapfer und ehrlich und so bezaubernd. Ich werde nie eine andere heiraten, das schwöre ich Ihnen, aber – wir waren einfach Gift füreinander. Ich möchte sie nie wiedersehn.«

Alles in allem, dachte Garnett, hatten die beiden nur den uralten, höchst menschlichen Versuch gemacht, etwas für nichts zu bekommen – keiner von ihnen hatte in die Ehe auch nur die geringste Spur von Toleranz oder moralischer Erfahrung mitgebracht. Wie trivial auch die Gründe für ihre Überzeugung, nicht zusammenzupassen, sein mochten – inzwischen hatte sie sich in ihnen festgesetzt, weshalb es vielleicht klug von ihnen war zu akzeptieren, daß die mißglückte, übereilt angetretene Reise vorbei war.

An diesem Abend führte Garnett ein langes, ziemlich schmerzliches Gespräch mit George Wharton, und am nächsten Morgen fuhr er nach New York, wo er sich mehrere Tage aufhielt. Als er nach Philadelphia zurückkehrte, brachte er die Nachricht mit, die Ehe von Lucy und Llewellyn Clark sei vom Staat Connecticut aufgrund ihrer Minderjährigkeit annulliert worden. Sie waren frei.

II

Beinahe jeder, der Lucy Wharton kannte, mochte sie auch, und ihre Freunde demonstrierten ihre Loyalität geradezu heldenmütig. Natürlich gab es auch schiefe Blicke, boshafte Bemerkungen und neugieriges Anstarren, aber da man auf Chauncey Garnetts Anraten hin klugerweise durchsickern ließ, die Whartons selbst hätten auf der Annullierung bestanden, ruhte die große Last der ganzen Affäre weniger auf Lucy als auf Llewellyn. Er wurde zwar nicht direkt zum Paria – Städte sind zu schnellebig, um auf einem Einzelskandal lange herumzureiten –, aber er fand sich aus dem Kreis ausgeschlossen, in dem er aufgewachsen war, und bekam viele bittere, unangenehme Kommentare zu hören.

Er gehörte zu jenen Menschen, die sich immer alles sehr zu Herzen nehmen, weshalb er in der ersten Zeit depriemiert mit dem Gedanken spielte, aus Philadelphia wegzuziehen. Doch nach und nach ergriff eine trotzige Gleichgültigkeit Besitz von ihm; er brachte es einfach nicht fertig, sich schuldig zu fühlen, als habe er eine moralisch verwerfliche Tat begangen. Er hatte in Lucy nicht ein Mädchen von sechzehn Jahren gesehen, sondern immer nur das Mädchen, das er über alle Maßen liebte. Was machte das Alter schon groß aus? Hatten die Menschen vor ein-, zweihundert Jahren nicht auch geheiratet, als sie fast noch Kinder waren? Den Tag, an dem er mit Lucy durchbrannte, hatte er wie einen ekstatischen Traum erlebt: Er, der junge Ritter, wegen seiner Jugend verachtet von ihrem Vater, dem Baron, flieht mit ihr, die gänzlich willig ist, auf seinem Schlachtroß hinaus in die tiefschwarze Nacht.

Und dann die Erkenntnis, beinah noch ehe diese romantische Vision vor seinen Augen verflogen war, daß die Ehe das komplizierte Anpassen zweier Leben aneinander bedeutet, und daß die Liebe nur einen sehr kleinen Teil des langen, langen Ehealltags ausmacht. Lucy war ein anhängliches Kind, das zu belustigen er sich verpflichtet hatte – ein anbetungswürdiges und etwas verängstigtes Kind, aber mehr nicht.

So plötzlich, wie es begonnen hatte, endete es. Verbissen ging Llewellyn seiner Wege, stets begleitet von diesem Fehler. Doch seine Romanze war so schnell aufgeblüht und wieder zu Staub zerfallen, daß sich nach einem Monat eine gnädige Unwirklichkeit über sie herabzusenken begann, als wäre sie ein irgendwie trauriges Erlebnis, das schon weit zurücklag.

An einem Julitag wurde er in Chauncey Garnetts Privatbüro gerufen. Seit ihrem Gespräch vor einem Monat hatten sie nur wenige Worte miteinander gewechselt, aber Llewellyn erkannte, daß in der Haltung des älteren Mannes keinerlei Feindschaft lag.

Er war glücklich darüber, denn jetzt, da er sich so unendlich allein fühlte, ausgeschlossen von der Welt, in der er aufgewachsen war, war seine Arbeit für ihn das Wichtigste im Leben geworden.

»Was machen Sie gerade, Llewellyn?« fragte ihn Garnett, indem er eine gelbe Broschüre aus dem Durcheinander auf seinem Schreibtisch fischte.

»Ich helfe Mr. Carson beim Städtischen Country Club.«

»Sehen Sie sich das hier doch mal an.« Er gab Llewellyn die Broschüre. »Da steckt zwar keine Goldmine drin, aber dafür eine ganze Menge von dieser vergoldeten heißen

Luft, die man Publicity nennt. Wissen Sie, der Wettbewerb wird von einer Pressezentrale ausgeschrieben, an der zwanzig Zeitungen beteiligt sind. Die besten Pläne für – was war's noch? – einen Quartierladen – Sie verstehen, so eine Kolonialwarenhandlung, die in eine hübsche Straße reinpaßt und da keine Faust aufs Auge ist. Oder auch für ein kleines Einfamilienhaus – das wär' so das Normale. Oder drittens für ein kleineres Freizeitzentrum einer Fabrik.«

Llewellyn überflog die Wettbewerbsbeschreibung.

»Die letzten beiden sind nicht so interessant«, meinte er. »Einfamilienhaus – das wäre das Übliche, wie Sie gesagt haben – Freizeitzentrum, nein. Aber das erste könnte mich reizen, Sir – der Laden.«

Garnett nickte. »Das Beste an dieser Sache ist, daß der, der in seiner Kategorie gewinnt, seinen Plan konkretisiert bekommt; darin besteht der Preis. Das Gebäude gehört Ihnen. Sie entwerfen es, es wird für Sie hochgezogen, dann verkaufen Sie es, und das Geld fließt in Ihre eigene Tasche. Eine Sache von sechs- oder siebentausend Dollar – und mehr als sechs- oder siebenhundert andere junge Architekten werden sich da nicht heranwagen.«

Llewellyn las alles noch einmal sorgfältig durch.

»Das gefällt mir«, sagte er. »Ich hätte Lust, den Laden zu versuchen.«

»Gut, Sie haben einen Monat. Ich hätte nicht das geringste dagegen einzuwenden, Llewellyn, wenn der Preis in dieses Büro hier käme.«

»Das kann ich Ihnen nicht versprechen.« Wieder glitten Llewellyns Augen über die Bedingungen, während Garnett ihn mit stillem Interesse beobachtete.

»Übrigens«, fragte er unvermittelt, »was treiben Sie eigentlich so die ganze Zeit, Llewellyn?«

»Wie meinen Sie das, Sir?«

»Abends – am Wochenende. Gehen Sie überhaupt mal aus?«

Llewellyn zögerte.

»Also, nicht so oft – nicht mehr.«

»Sie dürfen nicht zu viel über diese Sache nachbrüten, wissen Sie.«

»Ich brüte nicht.«

Mr. Garnett legte seine Brille sorgfältig ins Etui.

»Lucy brütet jedenfalls nicht«, sagte er plötzlich. »Ihr Vater sagte mir, daß sie versucht, ein so normales Leben wie möglich zu führen.«

Ein Moment Stille.

»Das freut mich«, erwiderte Llewellyn mit ausdrucksloser Stimme.

»Sie sollten daran denken, daß Sie jetzt so frei sind wie ein Vogel«, sagte Garnett. »Sie wollen doch wohl nicht vertrocknen und versauern, oder? Lucys Vater und Mutter ermutigen sie immerzu, Freunde einzuladen und auf Parties zu gehen – daß sie sich eben benimmt wie früher auch.«

»Bevor der ruchlose Rudolf Rassendyll in ihr Leben trat«, bemerkte Llewellyn grimmig. Er hielt die Broschüre hoch. »Darf ich das behalten, Mr. Garnett?«

»Aber ja.« Die Hand seines Arbeitgebers gab ihm die Erlaubnis, sich zurückzuziehen. »Richten Sie Mr. Carson doch bitte aus, daß ich Sie für den Moment aus dem Country Club-Projekt herausnehme.«

»Das kann ich trotzdem fertigmachen«, sagte Llewellyn prompt. »Ich arbeite sowieso –«

Er biß sich auf die Lippen. Fast wäre es ihm herausgerutscht, daß er diesen Auftrag ohnehin praktisch allein bearbeitete.

»War noch was?«

»Nein, Sir, nichts. Ich danke Ihnen.«

Llewellyn zog sich zurück, begeistert über die ihm gebotene Chance, erleichtert über die Neuigkeiten von Lucy. Sie war also wieder sie selbst, jedenfalls hatte Mr. Garnett das angedeutet; vielleicht war ihr Leben doch nicht so unrettbar ruiniert. Wenn es Männer gab, die sie besuchten, die sie zum Tanzen ausführten, dann gab es auch Männer, die sich um sie kümmerten. Er ertappte sich dabei, daß er diese Verehrer irgendwie bemitleidete – wenn die wüßten, was für eine Nervensäge sie war, daß es absolut unmöglich war, mit ihr auszukommen oder auch nur mit ihr zu reden. Beim Gedanken an diese trostlosen Wochen erschauerte er, als erinnerte er sich an einen Alptraum.

Daheim in seinem Zimmer experimentierte er an diesem Abend mit ein paar zaghaften Skizzen. Er arbeitete bis spät in die Nacht hinein, seine Phantasie schien durch die gestellte Aufgabe angeregt, aber am nächsten Morgen wirkte das Ergebnis gewollt »künstlerisch« und prätentiös – wie der Entwurf für eine Teestube. Er kritzelte »gvts altmodisch schlachterhvs – ser vnhigienisch« quer über den Bogen, riß ihn in Fetzen und warf ihn in den Papierkorb.

Im Verlauf der ersten Augustwochen setzte er seine Arbeit an den Bauplänen für den Country Club fort, darauf vertrauend, daß er sein persönlicheres Projekt gegen Ende der vorgeschriebenen Frist durch eine Inspiration aus heiterem Himmel würde auf die Beine stellen können. Und dann trat eines Tages das ein, was er tief in den geheimsten Winkeln seines Innern schon längst befürchtet hatte – auf dem Heimweg durch die Chestnut Street traf er völlig unerwartet auf Lucy.

Es war ungefähr fünf Uhr, die Zeit, in der am meisten Menschen unterwegs sind. Plötzlich standen sie sich in einem wirbelnden Engpaß gegenüber, wurden Seite an Seite vom Strom mitgerissen, als hätte das Schicksal all diese Massen nur zu dem einzigen Zweck aufgeboten, sie beide einander zuzutreiben.

»Du, Lucy?!« rief er, wobei er automatisch seinen Hut lüftete. Sie starrte ihn mit erschrockenen Augen an. Eine mit Bündeln beladene Frau stieß mit ihr zusammen, und ein Täschchen entglitt Lucys Hand.

»Danke, vielen Dank«, sagte sie, als er es für sie aufhob. Ihre Stimme klang gespannt, atemlos. »Schon gut. Gib es mir. Ich hab' meinen Wagen gleich hier in der Nähe.«

Eine Sekunde lang trafen sich ihre Blicke, kühl, unpersönlich, was in ihm eine lebhafte Erinnerung an ihr letztes Treffen auslöste – wie sie beide dagestanden hatten, genauso wie jetzt, weil sie sich mit einer kalten Intensität haßten.

»Kann ich bestimmt nichts für dich tun?«

»Bestimmt nicht. Unser Wagen steht hier gleich an der Straße.«

Sie nickte schnell. Llewellyn erhaschte einen kurzen Blick auf eine ihm unbekannte Limousine und einen kleinen lächelnden Mann um die vierzig, der ihr hineinhalf.

Er ging heim – das erste Mal seit Wochen war er erbost, aufgeregt, durcheinander. Gleich morgen mußte er verschwinden. Es war alles noch viel zu wenig lange her für

Zufallsbegegnungen dieser Art; die Wunden, die sie ihm beigebracht hatte, waren noch kaum verschorft, ließen sich leicht wieder aufreißen.

»Diese kleine Närrin!« sagte er bitter zu sich selbst. »Diese egoistische kleine Närrin! Sie dachte wohl, ich wollte mit ihr durch die Straßen spazieren, als ob nichts geschehen wäre. Wie kommt sie dazu, anzunehmen, ich wäre genauso oberflächlich wie sie?!«

Er verspürte ungemein Lust, ihr eine Tracht Prügel zu verabreichen, sie irgendwie zu bestrafen wie ein ungezogenes Kind. Bis zum Abendessen ging er in seinem Zimmer auf und ab, erlebte in Gedanken noch einmal die verzweifelten und unnützen Diskussionen, Vorwürfe, Verwünschungen, Wutanfälle, aus denen ihr kurzes Eheleben bestanden hatte. Er wiederholte für sich jeden einzelnen Streit, von seinem trivialen Anlaß bis zu jenem Stadium, da eine gnädige Erschöpfung dazwischentrat und sie sich, fast hysterisch, in die Arme fallen ließ. Ein kurzer Augenblick des Friedens – dann wieder die sinnlose, erbärmliche menschliche Schlacht.

»Lucy«, hörte er sich sagen, »hör mir zu. Es ist nicht so, daß ich unbedingt will, daß du hier herumsitzt und auf mich wartest. Nimm nur einmal an, du gehst in diese Haushaltsschule und verbrühst dir beim Kochen deine hübschen Hände. Ich möchte nicht, daß deine Hände schwielig und rauh werden, und wenn du nur noch etwas Geduld hast bis nächste Woche, wenn ich Geld bekomme – Ich werde es nicht dulden! Hörst du? Ich dulde nicht, daß meine Frau so etwas tut! Bockig zu sein hat da überhaupt keinen Sinn.«

Müde, als hätten ihn diese Streitereien gerade in Wirklichkeit ausgelaugt, sank er auf einen Stuhl und griff teilnahmslos nach seinen Zeichengeräten. Er ordnete alles, begann zu skizzieren, zerknüllte jeden Entwurf, noch bevor ein Dutzend Striche das Papier verunstaltete. Es war ihre Schuld, flüsterte er sich selbst zu, es war alles einzig und allein ihre Schuld. »Auch wenn ich fünfzig gewesen wäre, hätte ich sie nicht ändern können.«

Dennoch konnte er den Gedanken an ihr dunkles, junges Gesicht nicht abschütteln, das sich deutlich und kühl von der Augustdämmerung abhob, von den erhitzten, gehetzten Massen dieses Nachmittags.

»Bestimmt nicht. Unser Wagen steht hier gleich an der Straße.«

Llewellyn nickte, versuchte, grimmig zu lächeln.

»Naja, wenigstens etwas gibt es, wofür ich dankbar sein kann«, sagte er sich. »Meine Verantwortung wird bald vorüber sein.«

Lange Zeit hatte er so dagesessen und auf das leere Blatt Zeichenpapier gestarrt; aber mit einem Mal begann sich sein Bleistift mit leichten Strichen in einer Ecke zu bewegen. Er beobachtete ihn träge, unpersönlich, als ob die Bewegung seiner Finger von außen diktiert würde. Schließlich sah er das Resultat mißbilligend an, strich es durch, nur um genau dasselbe noch einmal zu skizzieren.

Plötzlich wählte er einen neuen Bleistift, nahm sein Lineal, maß auf dem Papier eine Distanz ab, dann noch eine. Eine Stunde verstrich. Die Zeichnung nahm deutlich Gestalt an, veränderte sich leicht, fügte sich in Teilen dem Radiergummi und erschien dann in verbesserter Form. Nach zwei Stunden hob er den Kopf; der Anblick seines angespannten, konzentrierten Spiegelbildes ließ ihn überrascht zusammenfahren. Neben ihm im Aschenbecher lag ein Dutzend halbgerauchter Zigaretten.

Als er endlich das Licht ausmachte, war es halb sechs. Milchwagen rumpelten durch die dämmrigen Straßen, und die ersten Sonnenstrahlen, die rosa über die Hausdächer gegenüber glitten, fielen auf das Reißbrett mit dem Ergebnis seiner nächtlichen Anstrengung. Es war der Plan für ein kleines Einfamilienhaus.

III

Den ganzen August über dachte Llewellyn weiterhin nur mit einer gewissen Mischung aus Zorn und Verachtung an Lucy. Wenn sie sich so leicht mit dem abfinden konnte, was erst zwei Monate zurücklag, hatte er seine Gefühle an ein Mädchen vergeudet, das absolut oberflächlich war. Dadurch bekamen ihre und seine Person, bekam ihre ganze Beziehung für ihn einen billigen Beigeschmack. Wieder beschäftigte ihn die Idee, Philadelphia zu verlassen und weiter im Westen neu anzufangen, aber sein Interesse am Ergebnis des Wettbewerbs ließ ihn seine Abreise um ein paar Wochen mehr hinausschieben.

Von seinen Plänen wurden Blaupausen angefertigt und abgeschickt. Mr. Garnett war vorsichtig genug, keine Vorhersagen abzugeben, aber Llewellyn wußte, daß die Zeichnungen bei allen im Büro, die sie gesehen hatten, ein instinktives Gefühl der Begeisterung erweckten. Er hatte fast im wahrsten Sinne des Wortes ein Traumhaus entworfen, ein Haus, wie es noch nie zuvor von jemandem bewohnt worden war. Es war weder italienisch noch elisabethanisch, auch nicht neuenglisch oder kalifornisch-spanisch, noch ein Zwischending, das von jedem etwas besaß. Irgend jemand hatte ihm den Spitznamen ›das

Baumhaus‹ gegeben, alles in allem keine unglückliche Wahl, aber seinen Charme machte weniger irgendeine einzelne bizarre Eigenschaft aus als die Virtuosität der Konstruktion als Ganzes – eine ungewöhnliche Länge hier und da, eine seltsame, verführerisch vertraute Neigung des Daches, eine Tür, die an die Tür zu den geheimen Orten eines Traumes erinnerte. Chauncey Garnett bemerkte, das sei der erste einstöckige Wolkenkratzer, den er je gesehen habe, aber er erkannte auch, daß Llewellyns unbestreitbares Talent über Nacht gereift war. Wenn die Organisatoren der Ausschreibung nicht mit größter Wahrscheinlichkeit etwas suchen würden, das sich eher standardisieren ließ, hätte man ihm eine reelle Siegeschance nicht absprechen können.

Nur Llewellyn war sich seiner sicher. Als man ihn daran erinnerte, er sei schließlich erst einundzwanzig, enthielt er sich jeden Kommentars, wußte er doch, daß er – völlig unabhängig von seinem numerischen Alter – in seinem Herzen nie wieder einundzwanzig sein würde. Das Leben hatte ihn betrogen. Er hatte sich an ein charakterloses Mädchen weggeworfen, wofür ihn die Welt so erbarmungslos bestraft hatte, als hätte er das ethische Guthaben eines anderen veruntreut. Bei seiner nächsten Begegnung mit Lucy auf der Straße ging er an ihr vorüber, ohne mit der Wimper zu zucken – und kehrte in sein Zimmer zurück, sein Tag verdorben vom Anblick dieses jungen, distanzierten Gesichts, vom unaufrichtigen Vorwurf in den dunklen, quälenden Augen.

Etwa eine Woche später kam ein Brief aus New York, der ihn davon in Kenntnis setzte, daß aus vierhundert den Juroren vorgelegten Bauplänen der seine als Wettbewerbssieger hervorgegangen sei. Llewellyn betrat Mr.

Garnetts Büro ohne jede Aufregung, wohl aber in einem unverkennbaren Zustand gehobener Stimmung, und legte seinem Chef den Brief auf den Tisch.

»Ich bin deshalb so besonders glücklich darüber«, sagte er, »weil ich, bevor ich Sie verlasse, etwas tun wollte, was Ihren Glauben in mich rechtfertigen würde.«

Mr. Garnetts Gesicht nahm einen besorgten Ausdruck an.

»Es ist diese Sache mit Lucy Wharton, nicht wahr?« fragte er. »Es beschäftigt Sie noch immer?«

»Ich kann es nicht ertragen, ihr zu begegnen«, antwortete Llewellyn. »Ich fühle mich dann immer wie – wie der Teufel.«

»Aber Sie sollten doch wenigstens noch so lange bleiben, bis Ihr Haus steht.«

»Ich komme zurück, wenn es soweit ist. Ich möchte heute abend fahren.«

Garnett sah ihn gedankenvoll an.

»Ich sehe Sie ungern gehen«, sagte er. »Ich werde Ihnen jetzt etwas sagen, was ich Ihnen eigentlich gar nicht sagen wollte. Der Gedanke an Lucy braucht Sie nicht mehr zu belasten – Sie sind endgültig nicht mehr für sie verantwortlich.«

»Wieso denn das?« Llewellyn fühlte sein Herz schneller schlagen.

»Sie wird jemand anderen heiraten.«

»Jemand anderen heiraten«, wiederholte Llewellyn mechanisch.

»Sie heiratet George Hemmick, der die Geschäfte ihres Vaters in Chicago führt. Dort werden sie auch leben.«

»Ich verstehe.«

»Die Whartons freuen sich natürlich«, fuhr Garnett

fort. »Ich glaube, die ganze Angelegenheit ist ihnen sehr nahegegangen – näher vielleicht, als sie es verdient hätte. Und ich habe es die ganze Zeit sehr bedauert, daß Sie am meisten darunter zu leiden hatten. Aber Sie werden schon bald das Mädchen finden, das Sie wirklich wollen, Llewellyn, und bis dahin ist es das Vernünftigste für alle Betroffenen zu vergessen, daß es überhaupt geschehen ist.«

»Aber ich kann nicht vergessen«, sagte Llewellyn gepreßt. »Ich verstehe auch nicht, was Sie eigentlich damit bezwecken wollen – Sie alle –, Sie und Lucy und ihr Vater und ihre Mutter. Zuerst war es eine furchtbare Tragödie, und jetzt kann man es vergessen! Zuerst war ich dieser grundschlechte junge Mann, und jetzt darf ich mich aufmachen und das Mädchen finden, das ich haben will. Lucy wird jemanden heiraten und in Chicago leben. Ihr Vater und ihre Mutter fühlen sich großartig, weil es damals nicht in die Zeitungen kam, daß wir durchgebrannt waren, und ihre soziale Stellung nicht angekratzt wurde. Es ist ›nochmal gutgegangen‹!«

Llewellyn fehlten die Worte; er war fassungslos, erschlagen durch einen solchen Beweis der Gleichgültigkeit dieser Welt. Man hielt das alles für eine Bagatelle – seine Selbstvorwürfe waren völlig sinnlos und umsonst gewesen.

»Das wär's also«, sagte er schließlich mit veränderter, harter Stimme. »Ich bin mir jetzt im klaren darüber, daß ich von Anfang bis Ende der einzige war, der sich aus der ganzen Sache ein Gewissen gemacht hat.«

IV

Das kleine Haus, zerbrechlich, aber beeindruckend, glitzernd wie ein Spielzeug in seinem fast noch feuchten drosseleiblauen Anstrich, stand in zartem Kontrast zum wolkenlosen Himmel. Auf einer neu angelegten Rasenfläche zwischen zwei anderen Bungalows errichtet, lenkte es den Blick jedes Passanten ruckartig auf sich, hielt ihn eine Weile fest, und zog dann seine Mundwinkel zu jener Art von Lächeln nach oben, das sonst Kindern vorbehalten bleibt. Irgend etwas ging darin vor, so malte man sich aus, etwas Bezauberndes, nicht ganz Wirkliches. Vielleicht ließ sich die ganze Vorderfront wie die eines Puppenhauses aufklappen; man war nahe daran, nach den Scharnieren zu suchen, weil man den unwiderstehlichen Drang verspürte, einen Blick hineinzuwerfen.

Lange bevor Llewellyn Clark und Mr. Garnett eintrafen, hatte sich eine kleine Menschenmenge davor versammelt – es bedurfte der unablässigen Anstrengung zweier Polizisten, um die Leute davon abzuhalten, den stabilen Zaun niederzureißen und den winzigen Garten zu zertrampeln. Als Llewellyn es von Garnetts Wagen aus in der letzten Kurve zum erstenmal sah, schnürte sich ihm die Kehle zu. Das gehörte ihm – es war nach seinen Vorstellungen entstanden, zum Leben erwacht. Plötzlich wußte er, daß es nicht zum Verkauf stand, daß er es mehr wollte als irgend etwas auf der Welt. Unter Umständen würde es für ihn das bedeuten, was die Liebe hätte bedeuten können, eine immer heitere, immer warme Zuflucht, wo er sich von allen möglichen Enttäuschungen des Lebens erholen konnte. Und anders als die Liebe würde es ihm keine Fragen stellen. Seine Karriere lag vor ihm wie eine leuchtende Straße, und zum ersten Male seit Monaten strahlte er vor Glück.

Die Ansprachen, die Gratulationen, alles ging wie im Rausch vorüber. Als er sich erhob, um sich holperig, aber aufrichtig zu bedanken, konnte ihm nicht einmal mehr der Anblick von Lucy, dicht neben einem anderen Mann am Rand der Zuschauer einen Stich versetzen, was noch vor einem Monat unvermeidlich gewesen wäre. Das gehörte der Vergangenheit an, und nur die Zukunft zählte. Von ganzem Herzen, jetzt ganz ohne Vorbehalte oder Bitterkeit, hoffte er, daß sie glücklich werden würde.

Nachdem sich die Menge langsam zerstreut hatte, verspürte er das Bedürfnis, allein zu sein. Noch immer in einer Art Trance ging er ins Haus zurück, wanderte von Zimmer zu Zimmer, berührte beinah zärtlich die Wände, die Möbel, die Fensterrahmen. Er schob die Vorhänge zurück und schaute hinaus; eine Zeitlang stand er in der Küche, sah beinahe das frische Brot und die Butter auf dem weißen Holztisch, hörte beinahe den Kessel auf dem Herd murmeln. Dann zurück durchs Eßzimmer – er erinnerte sich daran, wie er sich bei der Planung vorgestellt hatte, daß das Abendlicht genauso wie jetzt durchs Fenster einfallen sollte – ins Schlafzimmer, wo er beobachtete, wie ein leichter Wind sanft den Saum des Vorhangs kräuselte, ganz so, als würde hier längst jemand leben. In dieser Nacht würde er hier schlafen, dachte er. Er würde sich im Laden an der Ecke ein paar Dinge für ein kaltes Abendessen besorgen. Ihm tat jeder leid, der nicht Architekt war, der sich nicht sein eigenes Haus bauen konnte; er wünschte, er hätte jede Stütze und jeden Stein eigenhändig an ihren Platz gesetzt.

Die Septemberdämmerung senkte sich herab. Nach

seiner Rückkehr vom Lebensmittelladen deckte er den Eßzimmertisch mit allem, was er erstanden hatte – kaltes Brathuhn, Brot und Marmelade, eine Flasche Milch. Er aß gemächlich, lehnte sich anschließend auf seinem Stuhl zurück und rauchte eine Zigarette, während er seine Blicke durchs Zimmer schweifen ließ. Das war ein Zuhause. Llewellyn, großgezogen von einer Reihe von Tanten, konnte sich kaum daran erinnern, jemals etwas wie ein Zuhause gehabt zu haben – außer natürlich dort, wo er mit Lucy zusammengelebt hatte. Diese trostlosen Zimmer, in denen sie sich beide so unglücklich miteinander gefühlt hatten, waren trotz allem eine Art Zuhause gewesen. Arme Kinder – jetzt konnte er mit Distanz auf die beiden, auf sich wie auf sie, zurückblicken. Kein Wunder, daß ihrer Liebe unter diesen erdrückenden, aufreibenden Bedingungen ungewappnet nicht mehr gelang als eine kurze, schwache Anstrengung, eine Geste, ehe sie erschöpft zugrunde ging.

Eine halbe Stunde verstrich. Die tiefe Stille wurde nur von der Beschwerde eines entrüsteten Hundes weit weg am Ende der Straße gestört. Llewellyns Gedanken, losgelöst durch die unvertraute, fast mystische Umgebung, entglitten der jüngsten Vergangenheit; er dachte an den Tag, an dem er, vor einem Jahr, Lucy zum ersten Mal getroffen hatte. Die kleine Lucy Wharton – rührend kleine Lucy, die ihm so sehr vertraute, vertraute auf die Welterfahrenheit seiner zwanzig Jahre.

Er erhob sich, begann langsam im Zimmer auf und ab zu gehen – und schreckte plötzlich auf, als die Türglocke zum ersten Mal durchs Haus schrillte. Er öffnete, und Mr. Garnett trat ein.

»Guten Abend, Llewellyn«, sagte er. »Ich bin noch

einmal zurückgekommen, um zu sehen, ob der König glücklich ist in seinem Schloß.«

»Nehmen Sie doch Platz«, sagte Llewellyn gepreßt. »Ich muß Sie etwas fragen. Warum heiratet Lucy diesen Mann? Ich will es wissen.«

»Nun, ich glaube, ich hatte Ihnen schon gesagt, daß er ein ganzes Stück älter ist«, antwortete Garnett ruhig. »Sie glaubt, er ist verständnisvoll.«

»Ich will sie sehen!« schrie Llewellyn. Er lehnte sich unglücklich gegen den Kaminsims. »Ich weiß nicht, was ich tun soll. Mr. Garnett, wir lieben uns, begreifen Sie das denn nicht? Können Sie in diesem Haus bleiben und das nicht begreifen? Es ist ihr Haus und meines. Mein Gott, sie ist ja schon hier, in jedem Zimmer! Lucy kam herein, als ich beim Abendessen saß und hat sich zu mir gesetzt – gerade eben habe ich sie vor dem Spiegel im Schlafzimmer gesehen, wie sie ihr Haar gebürstet hat.«

»Sie ist draußen auf der Veranda«, unterbrach ihn Garnett sanft. »Ich glaube, sie möchte mit Ihnen sprechen. In ein paar Monaten erwartet sie ein Kind.«

Einige Minuten lang bewegte sich Chauncey Garnett durch den leeren Raum, sah sich dieses oder jenes Detail an, hier und da, bis die Wände zu verblassen schienen, überzugehen schienen in die Wände des kleinen Hauses, in das er vor mehr als vierzig Jahren seine eigene Frau gebracht hatte. Es stand schon lange nicht mehr, dieses Haus – das Geschenk seines Schwiegervaters; die heutige Generation hätte es wahrscheinlich als Stilbruch bezeichnet. Dennoch – an manchem längst vergessenen, späten Nachmittag, wenn er darauf zuging und das Gaslicht ihm durch seine Fenster warm entgegenleuchtete, schenkte es ihm einen Augenblick tiefsten Friedens, den ihm kein anderes Haus je geben konnte.

Bis zu diesem Haus. Es barg dasselbe stille Geheimnis. Lag es daran, daß sein altes Gehirn die beiden durcheinanderbrachte, oder daß Liebe es aus der Tragödie in Llewellyns Herz gebaut hatte? Ohne die Frage zu beantworten, nahm er seinen Hut und ging hinaus auf die dunkle Veranda, wo er den einzelnen Schatten im Korbstuhl nur wenige Meter von ihm entfernt kaum beachtete.

»Wißt ihr, ich habe mir nämlich gar nie die Mühe genommen, diese Annullierung zu beantragen«, sagte er, als spräche er mit sich selbst. »Ich habe sorgfältig darüber nachgedacht, und ich habe erkannt, daß Ihr zwei gute Menschen seid. Und ich hatte das Gefühl, ihr würdet schließlich doch das Richtige tun. Gute Menschen – tun das so oft.«

Am Bordstein sah er sich nach dem Haus um. Wieder spielte ihm sein Verstand – oder seine Augen – einen Streich –, und wieder schien es ihm, als stehe dort das Haus, das vor vierzig Jahren an einem ganz anderen Ort gestanden hatte. Mit einem Mal fühlte er sich irgendwie unfähig, auch ein bißchen schuldig, weil er sich in die Angelegenheiten anderer Leute eingemischt hatte, drehte sich um und verschwand hastig die Straße hinunter.

Das Liebesschiff

I

Das Schiff glitt den Fluß hinunter durch die Sommernacht, frei von allen Fesseln wie ein Luftballon an einem festtäglichen Himmel. Die Decks waren hell erleuchtet, lebhaft bevölkert von tanzenden Menschen, aber Bug und Heck lagen im Dunkel, weshalb das Schiff nicht mehr Kontur hatte als ein Sternhaufen im All. Es glitt zwischen schwarzen Uferbänken dahin, teilte sanft die massige, dunkle Strömung vom Meer her und hinterließ in seinem Kielwasser aufgeregte kleine Wirbel aus Musik – ›Babes in the Woods‹ immer und immer wieder, und ›Moonlight Bay‹. Vorbei an den vereinzelten Lichtern von Pokus Landing, wo ein Dichter von seinem Mansardenfenster aus blondes Haar in der Drehung eines Tanzschritts aufleuchten sah. Vorbei an Ulm, wo der Mond aus einer Kesselschmiede aufstieg, und an West Esther, wo er, von niemandem vermißt, hinter einer Wolke verschwand.

Die strahlende Helligkeit des Schiffs allein genügte, unter anderem, auch den drei jungen Harvard-Absolventen vollkommen; sie waren müde, ein wenig deprimiert, und ließen sich ohne Widerstand von seinem Zauber gefangennehmen. Ihr eigenes Boot trieb steuerlos auf dem Wasser, ein Zusammenstoß schien fast unvermeidlich, trotzdem machte keiner von ihnen irgendwelche Anstalten, den Motor anzuwerfen, um auszuweichen.

»Mich macht das sehr traurig«, sagte einer von ihnen. »Es ist so schön, daß ich heulen könnte.«

»Heul ruhig, Bill.«

»Heulst du mit?«

»Wir heulen alle zusammen.«

Sein lautes, theatralisches »Buh-Huh!« hallte durch die Nacht, erreichte den Dampfer und brachte eine kleine, muntere Gruppe an die Reling.

»Seht mal da! Ein Motorboot!«

»Ein paar Jungs mit einem Motorboot.«

Bill kam auf die Füße. Die beiden Schiffe waren kaum noch drei Meter voneinander entfernt.

»Werft uns ein Seil zu«, bat er redegewandt. »Kommt schon – macht mal etwas Impulsives. Tut mir doch den Gefallen.«

Vielleicht einmal in hundert Jahren ist so ein Seil zufällig auch zur Hand. In dieser Nacht war es gerade wieder hundert Jahre her. Mit einem dumpfen Geräusch schlug das Tau auf dem hölzernen Boden auf, und wenig später schoß das Motorboot hinter dem Dampfschiff her wie hinter einem harpunierten Wal.

Fünfzig Highschool-Pärchen verließen die Tanzfläche und drängelten sich um einen Platz an der plötzlich interessant gewordenen Heckreling. Fünfzig Mädchen stießen archetypische kleine Schreie der Erregtheit und der vorgetäuschten Angst aus. Fünfzig junge Männer vergaßen den milden Exhibitionismus, der ihr Verhalten an diesem Abend gekennzeichnet hatte, und betrachteten neiderfüllt die sehr viel effektvollere Form von Angeberei der drei anderen. Mae Purley paßte, ohne ungewollt auch nur mit der Wimper zu zucken, den jungen Mann, der aufrecht im Boot stand, in ihren momentanen Traum ein, wo er Al Fitzpatrick mit lächerlicher Leichtigkeit verdrängte. Sie legte ihre Hand auf Al Fitzpatricks Arm, drückte ihn ein wenig, weil sie vollkommen aufgehört hatte, an ihn zu denken, und meinte, er müßte sich dessen eigentlich bewußt sein. Al, der das Motorboot in ihrem Schlepptau mit zusammengekniffenen Augen gemustert hatte, sah zärtlich auf Mae herab und versuchte, seinen Arm um ihre Schulter zu legen. Doch Mae Purley und Bill Frothington, gutaussehend, ein einziges leidenschaftliches Versprechen, hielten sich mit den Augen über den trennenden Zwischenraum hinweg aneinander fest.

Sie liebten sich. Einen Augenblick lang liebten sie sich, wie man es nachher doch nie wagt. Ihr Blick war enger als jede Umarmung, drängender als jeder Ruf. Es gab dafür keine Worte. Hätte es sie gegeben und hätte Mae sie gehört – sie wäre in die dunkelste Ecke der Damentoilette geflohen und hätte ihr Gesicht in einem Papierhandtuch vergraben.

»Wir wollen an Bord!« rief Bill. »Wir sind Schwimmwesten-Verkäufer! Könntet ihr uns nicht an eine Seite heranziehen?«

Mr. McVitty, der Rektor, erschien zu spät am Schauplatz des Geschehens, um noch intervenieren zu können. Die drei jungen Harvard-Absolventen – Ellsworth Ames total durchnäßt, unbewußt byronesk mit seinen dunklen, an der Stirn klebenden nassen Locken; Hamilton Abbot und Bill Frothington, sicherer auf den Beinen und trokkengeblieben – kletterten allein oder mit tatkräftiger Unterstützung über die Reling. Das Motorboot tanzte hinter ihnen weiter auf den Wellen.

Mit einer Art instinktiver Ehrfurcht vor diesem Moment hielt Mae Purley sich im Schatten, nicht etwa, weil sie zuwenig Selbstvertrauen besaß, sondern zuviel. Sie wußte, er würde auf dem kürzesten Weg zu ihr kommen. Das war nie das Problem bei ihr, war es nie gewesen – das Problem bestand darin, ihr eigenes Interesse aufrechtzuerhalten, nachdem sie die intensive, aber beiläufige Neugier ihrer Lippen befriedigt hatte. Doch heute nacht würde es anders sein. Das wußte sie, als sie sah, daß er sich nicht im geringsten beeilte; er lehnte an der Reling und nahm ein paar älteren Schülern – die sich plötzlich reichlich unterentwickelt vorkamen – ihre Befangenheit.

Er sah sie kurz an.

»Alles in Ordnung«, sagten seine Augen, ohne daß sein Gesicht dabei die geringste Regung zeigte, »ich weiß es genauso wie du. Ich bin in einer Minute bei dir.«

Das Leben brannte heiß in ihnen beiden; der Dampfer und die Menschen darauf wichen weit in die Dunkelheit hinein zurück. Es war einer dieser Momente.

»Ich bin auch ein Harvard-Mann«, sagte Mr. McVitty gerade, »Examensjahrgang 1907.« Die drei jungen Männer nickten mit höflichem Desinteresse. »Ich bin froh zu hören, daß wir das Rennen gewonnen haben«, fuhr der Rektor fort, täuschte einen wiedererwachten Enthusiasmus vor, der nie existiert hatte. »Ich war seit fünfzehn Jahren nicht mehr in New London.«

»Bill hier hat als Nummer zwei gerudert«, sagte Ames. »Das da hinten ist das Motorboot des Trainers.«

»Oh, Sie waren in der Mannschaft?«

»Die Mannschaft ist passé«, antwortete Bill ungeduldig. »Alles ist passé.«

»Trotzdem, herzlichen Glückwunsch.«

Bald darauf fror die Unterhaltung ein. Sie waren nicht sein Schlag Harvard-Mann; seinen Namen hätten sie auch nach vier gemeinsamen Studienjahren nicht behalten können. Dennoch wären sie sehr viel freundlicher und höflicher bei der Sache gewesen, hätte es sich nicht ausgerechnet um diesen Abend gehandelt. Schließlich hatten sie sich nicht aus der ausgelassenen Menge von Klassenkameraden und Verwandten in New London fortgestohlen, um mit dem Rektor einer Provinz-Highschool Unbehagen auszutauschen.

»Dürfen wir tanzen?« wollten sie wissen.

Wenige Minuten später spazierten Bill und Mae Purley Seite an Seite das Deck entlang. Das Leben schlug über Al Fitzpatricks Kopf zusammen und verschlang ihn. Die zwei klaren Sätze:

»Würden Sie mit mir tanzen?«, eine im weichen Mondlicht erst recht harmlose Frage, und ihre Antwort: »Sehr gern« waren nichts, gegen das sich anstreiten ließe, nicht einmal durch das Doppelte dessen, was Al Fitzpatrick zu sein vorgab. Er wurde einzig durch den Gedanken getröstet, daß man sich vielleicht wegen der beiden in die Haare geraten würde.

Worüber sprachen sie? Wer hat's gehört? Wer kann sich noch erinnern? Später in jener Nacht erinnerte sie sich nur noch an sein silbriges, gewelltes Haar und die langen Gliedmaßen, denen sie über die Tanzfläche folgte.

Sie war schmal, eine durchsichtige, lodernde Flamme, farblos und doch frisch. Erst zeigte sich ihr Lächeln nur zögernd, dann brach es ungestüm hervor, direkt aus ihrem Herzen, schüchtern und kühn, als ob alles Leben aus diesem kleinen Körper für einen Augenblick in ihren Mund geströmt wäre und eine leere, dürre Hülle zurückgelassen hätte, die der erste Windhauch mit sich forttragen würde. Sie war ein Wechselbalg, bei dem nur die Lippen der Metamorphose entgangen waren, bei dem die Lippen den einzigen Berührungspunkt mit der Realität darstellten.

»Also wohnst du hier in der Nähe?«

»Nur etwa fünfundzwanzig Meilen von dir weg«, sagte Bill. »Ist das nicht komisch?«

»Ist das nicht komisch?«

Sie sahen sich an, ein bißchen eingeschüchtert angesichts eines derart unausweichlichen Schicksals. Sie standen zwischen zwei Rettungsbooten auf dem Oberdeck. Maes Hand lag auf seinem Arm und spielte mit einem losen Faden an seiner Tweedjacke. Noch hatten sie sich nicht geküßt – dazu kamen sie gleich. Dazu kamen sie jetzt jeden Moment, sobald sie den letzten ergiebigen Becher emotionalen Mondschein bis zur Neige geleert und weggeworfen hatten. Sie war siebzehn.

»Bist du froh, daß ich so nah bei dir wohne?«

Sie hätte sagen können »Ich bin glücklich« oder »Natürlich bin ich das«. Aber sie flüsterte nur: »Ja, und du?«

»Mae – mit einem *e*«, sagte er und lachte leise, mit rauher Stimme. Schon hatten sie ihren ersten gemeinsamen Scherz. »Du bist so verdammt schön.«

Sie akzeptierte das Kompliment wortlos, indem sie seinen Blick erwiderte. Er drückte sie nur mit ihrem Ellenbogen an sich, in einer Weise, die unmöglich gewesen wäre, hätte sie es nicht selbst gewollt. Er dachte nicht im Traum daran, sie nach diesem Abend noch einmal wiederzusehen.

»Mae.« Sein Flüstern drängte. Maes Augen kamen näher, wurden immer größer, lösten sich vor seinem Gesicht auf wie Augen auf einer Leinwand. Ihr zerbrechlicher Körper atmete unmerklich in seinen Armen.

Ein Tanz war zu Ende. Man klatschte um eine Zugabe. Dann wieder Applaus um eine Zugabe, obwohl kaum mehr zwischen den beiden Forderungen zu liegen schien als ein einziger armseliger Takt Musik. Es folgte ein weiterer Tanz, kaum länger als ein Kuß. Die zwei besaßen ein ausgesprochenes Talent für die Liebe, sie hatten auch beide schon früher mit ihr gespielt.

Unten hatte Al Fitzpatricks Wahrnehmungsvermögen von Zeit und Raum einen Grad erreicht, der für einen Mathematiker auf Einsteins Spuren von unermeßlichem Wert gewesen wäre. Nach und nach zeigte sich ihm das Schiff, wie es wirklich war, ein unförmiger Haufen Holz, grell beleuchtet von Vierzig-Watt-Lampen, bevölkert von gewöhnlichen jungen Leuten aus einer gewöhnlichen Stadt. Der Fluß war Wasser, der Mond ein flaches, bedeutungsloses Symbol am Himmel. Wollte man ein Klischee verwenden, würde man sagen, er litt Höllenqualen. Aber er hatte einfach furchtbare Angst; seine Kehle war trocken, sein Mund nahm die niedergeschlagene Form eines horizontalen Halbmondes an, während er versuchte, mit einigen der anderen Jungen zu sprechen – schüchternen, unglücklichen Jungen, die am Heck herumhingen.

Al war älter als die anderen – einundzwanzig, schon seit sieben Jahren draußen in der Welt. Er arbeitete in den Hammakker-Spinnereien und besuchte an der Highschool spezielle Abendkurse. In einem Jahr würde er vielleicht schon zum Assistenten des Abteilungsleiters befördert, und Mae Purley hatte – mit etwa soviel Begeisterung, wie man von einem Mädchen erwarten konnte, das immer seinen Willen bekam – halb versprochen, ihn zu heiraten, sobald sie achtzehn wäre. Er gehörte nicht zu den Gemütern, die an einer Sache zerbrechen. Als er bis an die Grenzen seines Temperaments gegrübelt hatte, verspürte er das dringende Bedürfnis, etwas zu unternehmen. Unglücklich und verzweifelt stieg er zum Oberdeck hinauf, um Unruhe zu stiften.

Bill und Mae standen dicht beieinander am Rettungsboot, schweigend, abwesend und glücklich. Bei seinem Näherkommen rückten sie ein wenig auseinander. »Bist du's, Mae?« rief Al mit harter Stimme. »Kommst du nicht mit runter zum Tanzen?«

»Wir waren gerade auf dem Weg.«

Sie gingen ihm in Trance entgegen.

»Was soll denn das?« fragte Al heiser, »jetzt bist du schon über zwei Stunden hier oben.«

Die Gleichgültigkeit der beiden verursachte ihm körperliche Schmerzen; Schmerzen, die sich immer weiter ausbreiteten, ihm den Atem abschnürten.

»Kennst du schon Mr. Frothington?« Sie lachte schüchtern über die Unvertrautheit des Namens.

»Jaja«, antwortete Al grob. »Ich verstehe nur nicht, warum er dich hier oben festhält.«

»Tut mir leid«, sagte Bill. »Wir haben gar nicht gemerkt, wie –«

»Ach was, nein? Aber ich.« Seine Eifersucht durchdrang ihre Weltvergessenheit. Den Beweis dafür lieferten sie durch ihr Bemühen, sich zu beeilen, unpersönlich zu bleiben, seinen Wünschen zu entsprechen. Unfreundlich folgte er ihren schnellen Schritten aufs Unterdeck hinunter, wo sich eine unangenehme Situation zusammenbraute.

Ellsworth Ames lehnte lächelnd, doch mit leicht gerötetem Gesicht, an der Reling, während Ham Abbot sein

Bestes tat, um einen zornigen und athletischen jungen Mann zu beruhigen, der dauernd versuchte, sich an ihm vorbeizudrängen und an Ames heranzukommen. Neben ihnen stand ein aufgebrachtes Mädchen, dem ein anderes Mädchen beschwichtigend den Arm um die Taille gelegt hatte.

»Was ist los?« fragte Bill rasch.

Der erregte junge Mann starrte ihn an. »Bloß so ein paar Snobs, die versuchen, allen hier die Stimmung kaputtzumachen!« schrie er wild.

»Er mag mich nicht«, sagte Ellsworth lässig. »Ich hab' sein Mädchen zum Tanzen aufgefordert.«

»Sie wollte doch überhaupt nicht mit dir tanzen!« rief der andere. »Du denkst wohl, du bist wer weiß wie unwiderstehlich – frag sie doch, ob sie mit dir tanzen wollte.«

Das Mädchen murmelte etwas Unverständliches und lehnte jede Verantwortung ab, indem sie zu weinen anfing.

»Du bist einfach unverschämt, das ist das Problem!« fuhr ihr Beschützer fort. »Ich weiß, was du zu ihr gesagt hast, als du vorhin mit ihr getanzt hast. Was glaubst du denn, was diese Mädchen sind? Sie sind genauso viel wert wie eure, kapiert?«

Al Fitzpatrick kam dichter heran.

»Wir sollten sie allesamt vom Schiff befördern«, schlug er vor, trotzig und beschämt. »Die haben hier doch überhaupt nichts verloren.«

Milder Protest stieg aus der Menge auf, insbesondere von seiten der Mädchen, und Abbot legte versöhnlich seine Hand auf die Schulter des jungen Athleten. Aber es war zu spät.

»Du mich vom Schiff befördern?« sagte Ellsworth kalt. »Wenn du es wagst, mir in die Quere zu kommen, bügle ich dir dein Gesicht zurecht.«

»Halt's Maul, Ellie!« schnauzte Bill. »Hat keinen Zweck, ungemütlich zu werden. Sie wollen uns nicht; also gehen wir besser.« Er trat dicht zu Mae heran und flüsterte: »Gute Nacht. Vergiß nicht, was ich gesagt habe. Ich komme dich am Sonntagnachmittag besuchen.«

Als er rasch ihre Hand drückte und sich abwandte, sah er, wie der streitsüchtige Junge plötzlich gegen Ames ausholte, der den Schlag mit seinem linken Arm abfing. Eine Sekunde später prügelten sie sich keuchend, Knie an Knie, auf dem engen Raum, den ihnen die wachsende Zuschauermenge ließ. Gleichzeitig fühlte Bill eine Hand an seinem Ärmel zupfen, drehte sich um und stand Al Fitzpatrick gegenüber. Jetzt brach auf dem ganzen Deck wilder Tumult aus: Abbots Versuch, Ames und seinen Widersacher voneinander zu trennen, wurde falsch aufgefaßt; augenblicklich war er in seinen eigenen Boxkampf verwickelt, hin und her katapultiert zwischen den beiden anderen Paarungen, rutschte auf dem glatten Deck aus, prallte gegen Nichtkämpfer und auseinanderstiebende, schrill kreischende Mädchen. Er sah Al Fitzpatrick plötzlich mit dem ganzen Körper auf dem Deck aufschlagen, wo er auch liegenblieb. Er hörte Rufe wie »Holt doch Mr. McVitty!«, dann wurde sein eigener Gegner durch einen Schlag ausgeschaltet, der von fremder Faust stammte, und Bills Stimme sagte: »Los, aufs Boot zurück!«

Die nächsten paar Minuten vergingen in rasendem Durcheinander. Da Bills hammerartige Arme schon ihre beiden Champions gefällt hatten, wichen ihm die Highschool-Jungen aus, versuchten aber, Ham und Ellie zu Boden zu reißen, weshalb sich die gejagte Gruppe nur drängelnd und rotierend der Heckreling nähern konnte.

»Wie beim Football!« keuchte Bill. »Paß zu Haughton. Ich bin G-Gardener, ihr seid Bradlee und Mahan – hepp!«

Mr. McVittys erschrockenes Gesicht tauchte über dem Schlachtgetümmel auf, und seine hohe Stimme, zuerst noch wirkungslos, durchdrang schließlich doch die Hitze des Gefechts.

»Schämt ihr euch denn nicht! Bob-Cecil-George Roberg! Aufhören, sag' ich!«

Abrupt war die Schlacht beendet; die schwer atmenden Kämpfer sahen sich im Mondschein teilnahmslos an.

Ellie lachte, indem er eine Schachtel Zigaretten anbot. Bill machte das Motorboot los und ging mit der Fangleine nach vorn, um es längsseits zu bringen.

»Sie behaupten, Sie hätten eins von den Mädchen beleidigt«, sagte Mr. McVitty unsicher. »Das ist aber wirklich nicht gerade das richtige Verhalten, nachdem wir Sie an Bord genommen haben.«

»Kompletter Unsinn«, protestierte Ellie zwischen zwei Japsern. »Ich habe ihr nur gesagt, ich würde sie am liebsten in den Hals beißen.«

»Finden Sie, daß ein Gentleman so etwas sagt?« fragte Mr. McVitty hitzig.

»Los, komm, Ellie!« rief Bill. »Wiederschaun allerseits. Entschuldigt den Ärger!«

Sie waren schon Schatten der Vergangenheit, als sie einer nach dem anderen über die Reling hinabglitten. Die Mädchen wandten sich behutsam wieder ihren eigenen

Herren zu; niemand erwiderte den Gruß oder winkte ihnen zum Abschied zu.

»Ein Haufen von Gipsköpfen«, bemerkte Ellie ironisch. »Ich wünschte, ihr Damen da oben hättet alle einen gemeinsamen Hals, dann könnte ich alle auf einmal beißen. Ich hab' eben Damenhälse zum Fressen gern.«

Das löste vereinzelt schwache Reaktionen aus, wie gedämpfte Pistolenschüsse.

Good night, ladies, sang Ham, als Bill von der Seite abstieß:

Good night, ladies.
Good night, ladies.
We're going to leave you now-ow-ow.

Das Schiff bewegte sich durch die Sommernacht den Fluß hinauf, während das Boot, erfaßt vom Wellengang, sanft im breiten Lichtpfad des Mondes hin und her schaukelte.

II

Am darauffolgenden Sonntagnachmittag fuhr Bill Frothington von Truro hinüber in die abgelegenen ländlichen Slums, die den Namen Wheatly Village tragen. Er war aus einem Haus voller Gäste, versammelt zur Hochzeit seiner Schwester, weggeschlichen, um dem nachzugehen, was seine Mutter als »unwürdige Affäre« titulieren würde. Aber er hatte gerade, nach einer doch überdurchschnittlich stengen Jugend, sein Studium in Harvard ausgesprochen erfolgreich hinter sich gebracht, und noch in diesem Herbst würde er für den Rest seines Lebens im Bankhaus von Read, Hoppe & Co in Boston verschwinden. Er vertrat die Überzeugung, dieser Sommer gehöre ihm allein. Und wäre die Lauterkeit seiner Absichten in bezug auf Mae Purley in Frage gestellt worden, hätte er sich mit dem Zorn des Gerechten verteidigt. Fünf Tage lang hatte er an sie gedacht. Sie zog ihn heftig an, und er folgte dieser Anziehung mit Augen, die nicht sehend werden wollten.

Mae lebte im weniger abstoßenden Teil des Städtchens im dritten Stock seines einzigen Apartmenthauses, einem erfolglosen Relikt aus glücklicheren Tagen neuenglischer Textilweberei, die vor zwanzig Jahren ihr Ende gefunden hatten. Ihr Vater war ein Aufseher, der aus dem Stehkragenproletariat herausgefallen war; ihre beiden älteren Brüder arbeiteten am Webstuhl. Bills einziger Eindruck beim Betreten der schäbigen Wohnung war der des hoffnungslosen Niedergangs. Die riesenhafte, schmuddlige Mutter, zugleich mißtrauisch und ehrerbietig, und der anämische, ausgelaugte Angelsachse, der auf der Couch seinen Sonntagnachmittagschlaf hielt, waren kaum mehr als Schatten auf den armseligen Wänden. Doch Mae wirkte sauber und frisch. Kein Hauch von Schmutz haftete ihr an. Die blasse, reine Jugend ihrer Wangen und ihr schmaler, kindlicher Körper, der durch ein neues Organdykleid schimmerte, wurden dem Sommertag vollauf gerecht.

»Wohin gehen Sie mit meinem kleinen Mädchen?« fragte Mrs. Purley ängstlich.

»Ich brenne mit ihr durch«, lachte er.

»Nicht mit meinem kleinen Mädchen.«

»O doch, ich tu's. Ich verstehe gar nicht, warum bis jetzt noch niemand mit ihr durchgebrannt ist.«

»Nicht mit meinem kleinen Mädchen.«

Sie hielten sich an den Händen, während sie die Treppe

hinuntergingen, aber es dauerte eine ganze Stunde, bis sie sich nicht mehr wie eng vertraute Fremde fühlten. Als der Wind um fünf Uhr zum ersten Mal den verheißungsvollen Geruch der Nacht herantrug, als das Licht von Weiß nach Gelb wechselte, wußte Bill, daß die Zeit gekommen war. Sie bogen in eine Seitenstraße ein, kamen auf einen Waldweg, und plötzlich umhüllte sie wieder dieser Zauber – das gegenseitige, bei beiden gleich starke Verlangen, das sie zueinandertrieb. Sie sprachen über sich, ihre Stimmen verstummten, sie küßten sich; Kastanienblüten zogen weiße Diagonalen durch die Luft und landeten auf dem Wagen. Viel später sagte ihr ein Instinkt, daß sie lange genug geblieben waren. Er fuhr sie heim.

So ging es zwei Monate. Er holte sie am späten Nachmittag ab, worauf sie zum Strand fuhren, um zu Abend zu essen. Danach suchten sie, bis sie das Zentrum der Sommernacht gefunden hatten, wo sie parkten und sich von der verzauberten Stille sorgsam zudecken ließen. Eines Tages, natürlich, würden sie heiraten. Zur Zeit war das unmöglich; er mußte im Herbst anfangen zu arbeiten. Irgendwie, mit mehr als nur einem Anflug von Traurigkeit, erkannten jedoch beide, daß das nicht der Wahrheit entsprach; hätte Mae einer anderen Schicht angehört, wäre umgehend die Verlobung bekanntgegeben worden. Sie wußte, daß er in einem großen Landhaus lebte, mit Park und Verwalterhäuschen, mit Stallungen voll von Pferden und Wagen, und daß dort den ganzen Sommer hindurch Parties und Bälle stattfanden. Als sie einmal am Tor vorbeigefahren waren, wurde Maes Herz schwer wie Blei beim Anblick dieses riesigen Besitzes, der ihr Leben lang zwischen ihnen liegen würde.

Bill seinerseits wußte, daß er Mae Purley unmöglich

heiraten konnte. Er war der einzige Sohn, und sein typischer Neuengland-Familienname hatte diesen ganz bestimmten Klang von Kontinuität. Schließlich brachte er den Gegenstand seiner Mutter gegenüber zur Sprache.

»Es ist nicht ihre Armut und Unwissenheit«, sagte seine Mutter unter anderem. »Es ist das Fehlen jeglicher Wertvorstellungen – gewöhnliche Frauen bleiben ihr ganzes Leben gewöhnlich. Sie wäre beeindruckt von billigen und schalen Menschen, von billigen und schalen Dingen.«

»Aber, Mutter, wir haben doch nicht mehr 1850. Es ist doch nicht so, als würde sie in die königliche Familie einheiraten.«

»Wenn das der Fall wäre, würde es keine Rolle spielen. Du aber hast einen Namen, der seit vielen Generationen für Führerschaft und Selbstbeherrschung steht. Menschen, die weniger aufgegeben und weniger Verantwortung auf sich genommen haben, blieb nur betretenes Schweigen, wenn Männer wie dein Vater und dein Onkel George und dein Urgroßvater Frothington ihre Häupter erhoben hielten. Wirf deinen Stolz weg und dann sieh dir an, was dir mit fünfunddreißig noch übrigbleibt, um dich durch den Rest deines Lebens zu bringen.«

»Aber man kann doch nur einmal leben«, protestierte er – trotzdem ihm bewußt war, daß sie, was ihn betraf, recht hatte. Seine ganze Erziehung hatte man darauf ausgerichtet, ihm diese Auslegung von Überlegenheit zu verdeutlichen. Er hatte erfahren, was es bedeutete, der Beste zu sein, daheim, in der Schule, in Harvard, wo in seinem letzten Jahr andere Studenten nachweislich hinter einer Hausecke versteckt auf ihn warteten, um neben ihm über den Harvard Yard gehen zu können – nicht, weil sie aus simplem, armseligem Snobismus mit ihm gesehen werden wollten, sondern, um etwas Nicht-Greifbares zu gewinnen, das er besaß, etwas von der weniger offensichtlichen, weniger leicht erkennbaren Erfahrung seines Standes.

Einige Tage später fuhr er wieder zu Mae und traf sie, als sie gerade die Wohnung verließ. Im Halbdunkel saßen sie auf den Treppenstufen.

»Denk nur an diese Treppe hier«, sagte er belegt. »Überleg dir mal, wieviele Male du mich auf diesen Stufen geküßt hast. Nachts, wenn ich dich nach Hause gebracht habe. Auf jedem Absatz. Im letzten Monat, als wir fünfmal zusammen rauf- und runtergegangen sind, weil wir nicht Gutenacht sagen konnten.«

»Ich hasse diese Stufen. Ich wünschte, ich brauchte sie nie wieder zu betreten.«

»Oh, Mae, was sollen wir bloß tun?«

Einen Moment lang antwortete sie nicht. »Ich habe in den letzten drei Tagen sehr viel nachgedacht«, begann sie. »Ich finde es nicht fair gegen mich, so weiterzumachen – oder auch gegen Al.«

»Gegen Al«, sagte er erstaunt. »Hast du dich mit Al getroffen?«

»Wir hatten gestern abend ein langes Gespräch.«

»Al!« wiederholte er ungläubig.

»Er möchte heiraten. Er ist nicht mehr wütend.«

Plötzlich versuchte Bill, die Situation, der er zwei Monate lang ausgewichen war, in den Griff zu bekommen, aber die Situation entschlüpfte, mit geübter Gewandtheit, um die Ecke. Er rutschte eine Stufe höher, bis er neben Mae saß, und legte seinen Arm um sie.

»Oh, laß uns heiraten!« rief sie verzweifelt. »Du kannst. Wenn du nur willst, dann kannst du es auch.«

»Ich will ja auch.«

»Warum können wir dann nicht?«

»Wir können ja, aber jetzt noch nicht.«

»Oh, Gott. Das hast du schon so oft gesagt.«

Eine tragische Woche lang stritten sie sich über ungelöste Probleme und unvereinbare Tatsachen, nicht ohne sich immer wieder zu versöhnen. Doch schließlich gingen sie wegen der ganz trivialen Frage auseinander, ob er sie einmal eine halbe Stunde hatte warten lassen oder nicht.

Bill nahm das erstbeste Schiff nach Europa, um sich bei einer Sanitätseinheit zu melden. Als Amerika in den Krieg eintrat, wechselte er zu den Fliegern, und Maes blasses Gesicht mit den brennenden Lippen verblaßte mehr und mehr, bis es vor dem aufgewühlten, düsteren Hintergrund des Krieges endgültig verschwand.

III

Im Jahre 1929 verliebte sich Bill höchst romantisch in ein Mädchen seines Standes. Er traf sie im Lido, flirtete mit ihr auf Golfplätzen, in mondänen *Speak-easies*, in nächtlich parkenden Wagen, und liebte sie von Anfang an viel mehr, als er Mae je geliebt hatte. Sie war ein besserer Mensch, hübscher, intelligenter, und mit gütigerem Herzen. Sie liebte ihn; beide hatten fast völlig den gleichen Geschmack und Geld mehr als genug.

Es kam ein Kind, nach einer Weile waren es vier Kinder, dann wieder nur noch drei. Nachdem Bill die dreißig überschritten hatte, begann er wie die meisten Sportler etwas zur Fülle zu neigen, weshalb er sich dauernd vornahm, sich irgendwie körperlich zu betätigen und wieder in Form zu kommen. Er arbeitete hart und trank etwas zu viel an seinen Wochenenden. Später erbte er das Landhaus, wo er von da an den Sommer verbrachte.

Nach acht Jahren Ehe fühlten sich Bill und Stella miteinander sicher, sicher vor den Katastrophen, die die Mehrzahl ihrer Freunde heimgesucht hatten. Stella brachte das Erleichterung, aber als Bill die Vorstellung von Sicherheit zwischen ihnen beiden akzeptiert hatte, empfand er eine gewisse Unzufriedenheit, eine Art chemische Ruhelosigkeit. Obwohl er sich gegenüber Stella nicht ganz loyal vorkam, horchte er schüchtern seine Freunde über dieses Thema aus und erfuhr, daß fast alle Männer seines Alters dieselben Symptome zeigten. Einige schoben es auf den Krieg: »Sowas wie den Krieg gibt es nie wieder.«

Es war nicht etwa weibliche Abwechslung, die er begehrte. Der bloße Gedanke daran erschreckte ihn. Frauen gab es immer in seiner Nähe. Fand er an einer Gefallen, lud Stella sie übers Wochenende ein, und Männer, die Stella entweder brüderliche oder sogar etwas romantischere Zuneigung entgegenbrachten, waren genauso häufig im Haus. Doch das Gefühl ließ sich nicht abschütteln, es wurde stärker. Manchmal überkam es ihn beim Abendessen – eine intensive, nostalgische Sehnsucht –, ließ die Menschen am Tisch vor seinen Augen verschwimmen und seltsame Erinnerungen aus seiner Jugend ins Gedächtnis zurückkehren. Auslösen konnte diese Empfindung in ihm auch ein vertrauter Geschmack oder Geruch, aber hauptsächlich stand sie mit Sommernächten in Zusammenhang.

Eines Abends, bei einem Verdauungsspaziergang mit Stella über den Rasen, schien ihm das Gefühl zum Greifen nahe. Es lag im Rauschen der Tannen, im Wind, im Radio des Gärtners hinter dem Tennisplatz.

»Morgen«, sagte Stella, »haben wir Vollmond.«

Sie war in einer breiten Schneise aus Mondlicht stehengeblieben und betrachtete ihn. Ihr Haar war hell und wunderschön in der weichen Beleuchtung. Einen Moment lang sah sie ihn seltsam an, er machte einen Schritt auf sie zu, als wollte er sie in die Arme nehmen, aber dann hielt er inne, nicht angesprochen, unzufrieden. Stellas Gesichtsausdruck veränderte sich leicht, und sie gingen weiter.

»Das ist doch zu dumm«, sagte er plötzlich. »Weil ich morgen weg muß.«

»Wohin denn?«

»Nach New York. Versammlung der Schultreuhänder. Jetzt, wo die Kinder hingehen, finde ich, sollte ich das tun.«

»Du bist Sonntag zurück?«

»Wenn nichts dazwischenkommt, ja. Ich ruf' dich an.«

»Ad Haughton kommt Sonntag, vielleicht auch die Ameses.«

»Ich bin froh, daß du nicht allein bist.«

Plötzlich war Bill das Schiff wieder eingefallen, wie es den Fluß hinunterglitt, mit Mae Purley auf dem Deck unterm Sommermond. Das Bild wurde zum Symbol seiner Jugend, seiner Einführung ins Leben. Nicht nur erinnerte er sich an die starke Erregung dieser Nacht, er spürte sie auch, ihr Gesicht, das seines berührte, die Brise, die sie umwehte, während sie neben dem Rettungsboot standen, die Struktur der Segeltuchabdeckung unter seiner Hand.

Als ihn sein Wagen am folgenden Nachmittag in Wheatly Village absetzte, ergriff ihn ein Gefühl der Furcht. Elf Jahre – sie könnte schon tot sein; sehr wahrscheinlich war sie weggezogen. Jeden Moment konnte er ihr auf der

Straße begegnen, einer müden, früh verblühten Frau, die einen Kinderwagen schob und ein anderes Kind an der Hand führte.

»Ich suche eine Miss Purley«, sagte er zu dem Taxifahrer. »Sie könnte jetzt auch Fitzpatrick heißen.«

»Fitzpatrick oben von der Spinnerei?«

Eine Nachfrage auf dem Revier bestätigte, daß Mae Purley tatsächlich Mrs. Fitzpatrick war. Sie wohnten gleich vor der Stadt.

Zehn Minuten später hielt das Taxi vor einem weißen Haus im Kolonialstil.

»Das war früher mal 'ne Scheune. Sie haben sie umgebaut«, erklärte der Taxifahrer unaufgefordert. »War sogar mit Bild in einem von diesen Magazinen.«

Bill bemerkte, wie ihn jemand durch die Fliegengittertür hindurch beobachtete. Es war Mae. Die Tür öffnete sich langsam: Sie stand im Eingang, unverändert, schlank wie damals. Instinktiv hob er die Arme, um sie dann, nach einem weiteren Schritt auf sie zu, ebenso instinktiv wieder sinken zu lassen.

»Mae.«

»Bill.«

Da war sie. Einen Augenblick lang besaß er sie, ihre Zerbrechlichkeit, ihre schmale, erregende Schönheit; dann hatte er sie wieder verloren. Er konnte sie genauso wenig umarmen, wie er eine Fremde hätte umarmen können.

Auf der Glasveranda starrten sie sich an. »Du hast dich überhaupt nicht verändert«, sagten sie gleichzeitig.

Es war weg. Worte, zufällig, trivial und unaufrichtig, ergossen sich aus ihrem Mund, als wollten sie die plötzliche Lücke in seinem Herzen füllen:

»Stellte mir vor, dich zu sehen – hätte dich überall wiedererkannt – dachte, du hättest mich vergessen – erzählte erst neulich abend von dir.«

Mit einem Mal fiel ihm nichts mehr ein. Sein Gehirn war völlig leer, und trotz größter Anstrengung gelang es ihm nicht, eine Einstellung zu der Situation zu finden, die das Vakuum gefüllt hätte.

»Ein schönes Plätzchen habt ihr hier«, sagte er dümmlich.

»Uns gefällt es. Du wirst es nicht glauben, aber das ist eine Scheune, die wir umgebaut haben.«

»Der Taxifahrer hat's mir schon erzählt.«

»– – stand hier hundert Jahre leer – haben sie für fast nichts bekommen – Bilder vorher und nachher in *Home and Country Side*.«

Ohne Vorwarnung leerte sich sein Kopf erneut. Was war denn nur los? War er etwa krank? Er hatte sogar vergessen, weshalb er überhaupt hier war.

Er wußte nur, daß er wohlwollend lächelte und daß er dieses Lächeln nicht aufgeben durfte, da er es sonst nie wieder zustande bringen würde. Was hatte das zu bedeuten, wenn das Denkvermögen plötzlich aussetzte? Er mußte gleich morgen zum Arzt.

»– – weil Al sich so gut gemacht hat. Natürlich verläßt sich Mr. Kohlsatt auf ihn, darum kommt er ja so wenig raus. Ich komme wenigstens mal nach New York. Manchmal kommen wir auch beide unter die Leute.«

»Also ihr habt es wirklich schön hier«, sagte er verzweifelt. Er mußte gleich morgen früh zum Arzt. Zu Doktor Flynn oder Doktor Keyes oder Doktor Given, der mit ihm zusammen in Harvard war. Oder vielleicht zu diesem Spezialisten, den ihm diese Frau bei den Ameses empfohlen hatte; oder zu Doktor Gross oder Doktor Studeford oder Doktor de Martel –

»– – ich rühre ja nichts an, aber Al hat immer etwas im Haus. Al ist in Boston, aber ich denke, ich weiß, wo der Schlüssel ist.«

– oder zu Doktor Ramsey oder dem alten Doktor Ogden, der ihn auf die Welt geholt hatte. Ihm war nie bewußt gewesen, daß er so viele Ärzte kannte. Er mußte eine richtige Liste anlegen.

»– – bist noch ganz genau derselbe.«

Plötzlich legte er sich beide Hände auf den Bauch, lachte kurz und heiser auf und erklärte: »Nicht hier.« Sein eigenes Benehmen verwunderte und überraschte ihn, aber es vertrieb wenigstens für kurze Zeit die Leere; er fing an, die Bruchstücke seines Nachmittags zusammenzusuchen. Ihrem Geplapper entnahm er, daß sie sich einbildete, ihn einmal, in grauer, sentimentaler Vorzeit, verlassen zu haben. Vielleicht hatte sie recht. Wer war das überhaupt – diese harte, gewöhnliche Person, die sich mit Maes Körper als lebendige Maske verkleidet hatte? Trotz stieg in ihm auf.

»Mae, ich habe über das Schiff nachgedacht«, begann er verzweifelt.

»Welches Schiff denn?«

»Der Dampfer auf der Thames, Mae. Ich finde, wir sollten uns nicht einfach so alt werden lassen. Nimm deinen Hut, Mae. Laß uns heute abend eine Bootsfahrt machen.«

»Aber ich sehe nicht ein, wozu das gut sein soll«, protestierte sie. »Glaubst du, daß es Leute jung erhält, wenn sie auf einem Schiff herumfahren? Kann ja sein, wenn es Salzwasser wär' – –«

»Erinnerst du dich denn nicht an den Abend auf dem Dampfer?« fragte er, als spräche er mit einem Kind. »So haben wir uns doch kennengelernt. Zwei Monate später hast du mich verlassen und Al Fitzpatrick geheiratet.«

»Aber da habe ich Al doch noch gar nicht geheiratet«, sagte sie. »Das war erst zwei Jahre später, als er diese leitende Stellung bekam. Es gab da einen Harvard-Mann, mit dem ich zusammen war und den ich beinahe geheiratet hätte. Er kannte dich. Er hieß Abbot – Ham Abbot.«

»Ham Abbot – du hast ihn wiedergetroffen?«

»Wir sind fast ein Jahr miteinander gegangen. Ich weiß noch, wie wütend Al war. Er meinte, wenn ich noch einmal mit einem Harvard-Mann ankommen würde, würde er ihn erschießen. Aber da war gar nichts dabei. Ham war eben vollkommen verrückt nach mir, und ich hab' ihn einfach toben lassen.«

Bill hatte irgendwo gelesen, daß sich in jedem Menschen alle sieben Jahre ein Wandel vollzog, der seine Persönlichkeit im Vergleich zu vorher völlig veränderte. Er klammerte sich verzweifelt an diese Idee. Halb betäubt sah er diese Person ihm ein gewaltiges Glas Apfelschnaps einschenken, halb betäubt leerte er es in großen Zügen und kämpfte sich durch eine Beschreibung des Hauses zur Haustür.

»Schau dir bloß mal die Originalbalken an. Die Balken, die mochten wir auf Anhieb am allermeisten –« Sie brach unvermittelt ab. »Jetzt erinnere ich mich an das Schiff. Du warst auf einem Motorboot und kamst in jener Nacht zusammen mit Ham Abbot an Bord.«

Der Schnaps hatte es in sich. Offensichtlich verbreitete er auch einen gewissen Duft, denn bei der Abfahrt schlug der Taxifahrer vor, ihm zu zeigen, wo der Gentleman mehr davon bekommen konnte. Er würde ihn persönlich in eine Kneipe unten am Kai einführen.

Bill saß an einem schmuddeligen Tisch hinter Schwingtüren und trank noch vier Gläser Apfelschnaps, während die Sonne hinter der Thames unterging. Dann fiel ihm ein, daß er ja noch immer das Taxi warten ließ. Draußen sagte ihm ein Junge, der Taxifahrer sei zum Abendessen nach Hause gegangen und würde in einer halben Stunde zurück sein.

Er schlenderte zu einem Frachtballen hinüber, setzte sich und schaute der gemächlichen Betriebsamkeit am Kai zu. Es begann zu dämmern. Vor dem erleuchteten Laderaum eines Lastkahns tauchten kurz ein paar Stauer auf, um ruckartig eine unsichtbare Rutsche hinunter zu verschwinden. Direkt neben dem Kahn lag ein Dampfer, bei dem gerade Passagiere an Bord gingen; erst nur wenige, dann eine immer größer werdende Menge. Eine Brise lag in der Luft, und ein goldrosa Mond erschien am Himmel, von einem Schleier umgeben.

Jemand rannte in der Dunkelheit ungestüm in ihn hinein, strauchelte, fluchte und stolperte wieder auf die Beine.

»Tut mir leid«, sagte Bill fröhlich. »Haben Sie sich verletzt?«

»Entschuldigen Sie«, stammelte der junge Mann. »Hab' ich Sie verletzt?«

»Nein, gar nicht. Hier haben Sie Feuer.«

Zigarette berührte Zigarette.

»Wo fährt der Dampfer da drüben hin?«

»Nur den Fluß runter. Heute ist die Dampferfahrt der Highschool.«

»Die was?«

»Die Dampferfahrt der Wheatly Highschool. Der Dampfer fährt bis Groton, wendet dann und kommt wieder hierher zurück.«

Bill dachte blitzschnell nach. »Wer ist der Rektor der Schule?«

»Mr. McVitty.« Der junge Mann zappelte ungeduldig hin und her. »Bis dann, Kumpel. Ich muß an Bord.«

»Ich auch«, flüsterte Bill zu sich selbst. »Ich auch.«

Trotzdem blieb er noch einen Moment träge sitzen und lauschte den Geräuschen, die jetzt klar und deutlich vom Oberdeck herüberklangen: das Geplapper der Mädchen, die Jungen, die sich durch die Nacht bedeutungsvolle, aber obskure Witze zuriefen. Er fühlte sich prächtig. Die frische Luft schien den Apfelschnaps in alle angerosteten und unbenutzten Winkel seines Körpers verteilt zu haben. Er kaufte sich noch eine Flasche, verstaute sie in seiner Jackentasche und ging an Bord mit all der Befriedigung, all der Nonchalance eines Ozeanreisenden.

Ein Mädchen, das in einer Gruppe nahe am Landungssteg stand, hob ihren Blick, als er an ihr vorüberging. Sie war schmal und schön. Ihre Mundwinkel zeigten nach unten, rutschten plötzlich hinauf, als sie lächelte, halb zu ihm, halb zu dem Mann neben ihr. Noch einmal glitt ihr Blick zur Seite und traf den seinen für einen winzigen Augenblick, bevor er sie hinter sich ließ.

Mr. McVitty war auf dem Oberdeck zusammen mit einem halben Dutzend Lehrerkollegen, die bei Bills schwungvollem Auftritt zur Seite traten.

»Guten Abend, Mr. McVitty. Sie werden sich wohl nicht mehr an mich erinnern.«

»Ich fürchte nein, Sir.« Der Direktor betrachtete ihn mit zögernden, unverbindlichen Augen.

»Und trotzdem habe ich mit Ihnen einmal auf diesem Dampfer eine Fahrt gemacht, genau heute abend vor elf Jahren.«

»Dieses Schiff hier, Sir, ist erst letztes Jahr gebaut worden.«

»Gut, dann eben auf einem ähnlichen Schiff«, sagte Bill. »Ich hätte den Unterschied allein nie bemerkt.«

Mr. McVitty gab keine Antwort. Nach kurzer Pause fuhr Bill selbstsicher fort: »An jenem Abend haben wir entdeckt, daß wir beide Söhne von John Harvard sind.«

»Ja?«

»Es war sogar so, daß ich noch genau an diesem Tag gegen jemanden gerudert bin, den ich als den guten alten Yale bezeichnen könnte.«

Mr. McVittys Augen wurden schmal. Er trat näher zu Bill heran und rümpfte leicht die Nase.

»Den alten Eli«, sagte Bill, »genauer gesagt: Eli Yale.«

»Ich verstehe«, meinte Mr. McVitty trocken. »Und was kann ich heute abend für Sie tun?«

Jemand hatte eine Frage, und während der erzwungenen Pause wurde es Bill bewußt, daß er sich unter dem banalsten aller Vorwände an Bord aufhielt – einer weit zurückliegenden, nicht bestätigten Bekanntschaft. Er war erleichtert, als ein dumpfes Rumpeln und Erzittern des Decks das Ablegen des Schiffs signalisierten.

Mr. McVitty, wieder befreit, wandte sich ihm mit leichtem Stirnrunzeln zu. »Mir scheint, ich erinnere mich jetzt an Sie«, sagte er. »Drei von Ihnen haben wir von einem Motorboot an Bord genommen und ließen Sie hier mittanzen. Unglücklicherweise endete der Abend mit einer Schlägerei.«

Bill zögerte. In elf Jahren hatte sich sein Verhältnis zu

Mr. McVitty irgendwie verändert. Er hatte Mr. McVitty als einen weit weniger beachtenswerten, weit umgänglicheren Mann in Erinnerung. So schmerzhafte Komplikationen wie diese hatte es damals nicht gegeben.

»Vielleicht fragen Sie sich, wie es kommt, daß ich hier bin?« half Bill sanft nach.

»Um ehrlich zu sein, ja, Mr. – –«

»Frothington«, vervollständigte Bill, worauf er dreist hinzufügte: »Für mich ist das hier eigentlich eine Reise in die Vergangenheit. Meine größte Romanze fing an dem Abend an, von dem Sie sprechen. Hier habe ich sie zum ersten Mal getroffen – meine Frau.«

Jetzt hatte er Mr. McVittys Aufmerksamkeit doch noch gewonnen. »Sie haben eines unserer Mädchen geheiratet?«

Bill nickte. »Und darum wollte ich die Fahrt heute abend mitmachen.«

»Haben Sie Ihre Frau mitgebracht?«

»Nein.«

»Ich verstehe nicht –« Er brach ab, um dann behutsam zu vermuten: »Oder vielleicht doch. Ihre Frau – ist sie gestorben?«

Nach einer kleinen Weile nickte Bill. Zu seiner nicht gerade kleinen Überraschung rollten plötzlich zwei große Tränen seine Wangen hinab.

Mr. McVitty legte ihm die Hand auf die Schulter. »Es tut mir sehr leid«, sagte er. »Ich verstehe Ihre Gefühle, Mr. Frothington, und ich achte sie. Bitte, fühlen Sie sich ganz wie zuhause.«

Nach einem kleinen Schluck aus seiner Flasche stellte sich Bill an die Tür zum Salon und schaute den Tanzenden zu. Genau wie vor elf Jahren. Genau dieselben Higschool-Klischeefiguren, über die er, Ham und Ellie später so gelacht hatten – der dicke Junge, ganz bestimmt Verteidiger im Football-Team, und der jugendliche Held mit der Pompadourfrisur und den angeberhaft guten Manieren, der Klassensprecher. Das hübsche Mädchen, das ihn am Landungssteg angesehen hatte, tanzte an ihm vorüber, was sein Herz höher schlagen ließ, als er auch sie einordnete: Ihr Selbstvertrauen und die breit gefächerte, aber sorgfältige Verteilung ihrer Gunstbezeugungen – sie war das beliebteste Mädchen der Schule, so wie Mae es vor elf Jahren gewesen war.

Beim nächsten Mal, als sie an ihm vorbeikam, berührte er die Schulter des Jungen, der mit ihr tanzte. »Darf ich etwas davon abhaben?« fragte er.

»Was?« keuchte ihr Partner.

»Darf ich etwas von diesem Tanz abhaben?«

Der Junge starrte ihn an, ohne seine Umarmung aufzugeben.

»Oh, ist schon in Ordnung, Red«, sagte sie ungeduldig. »So geht das heute eben.«

Schmollend trat Red zur Seite. Bill beugte seinen Arm so weit er konnte in den qualvollen Klammergriff, den hier alle praktizierten, und tanzte los.

»Ich hab' gesehn, wie Sie mit Mr. McVitty sprachen«, sagte das Mädchen, wobei es mit strahlendem Lächeln zu ihm aufschaute. »Ich kenne Sie nicht, aber ich nehme an, es ist in Ordnung so.«

»Ich habe Sie vorher schon gesehen.«

»Wann denn?«

»Als ich aufs Schiff kam.«

»Ich kann mich nicht erinnern.«

»Wie heißen Sie?« fragte er.

»May Schaffer. Was ist denn?«

»Schreiben Sie sich mit *e*?«

»Nein; warum?«

Ein Quartett von Jungen hatte sich zu ihnen herangedrängt. Eines der Mitglieder stürzte unvermittelt nach vorn, als würde es von der Gruppe abgeschossen, und stieß ungeschickt gegen Bill.

»Kann ich etwas von diesem Tanz abhaben?« fragte der Junge mit einer Art Kichern.

Nicht sehr enthusiastisch ließ Bill sie los. Nach Beginn des nächsten Tanzes klatschte er sie wieder ab. Sie war entzückend. Auch ein weniger hübsches Mädchen hätte verklärt gewirkt, wäre es so glücklich über sich selbst, über diesen Abend gewesen wie sie. Er wollte sich mit ihr unter vier Augen unterhalten, war gerade dabei, ihr vorzuschlagen, mit ihm hinauszugehen, als sich das Spiel von vorhin wiederholte – ein junger Mann wurde offenbar mit Gewalt von einer Gruppe an Bills Seite befördert.

»Darf ich was von diesem Tanz abkriegen?«

Bill gesellte sich zu Mr. McVitty an der Reling. »Ein angenehmer Abend«, bemerkte er. »Tanzen Sie nicht?«

»Ich tanze an sich recht gern«, sagte Mr. McVitty; er fügte spitz hinzu: »In meiner Position dürfte es nun allerdings nicht ganz das Richtige sein, mit jungen Mädchen zu tanzen.«

»Aber das ist doch Unsinn«, erwiderte Bill freundlich. »Wollen wir etwas trinken?«

Mr. McVitty ließ ihn plötzlich stehen.

Als er wieder mit May tanzte, wurde sie fast sofort wieder abgeklatscht. Überall auf der Tanzfläche schienen jetzt Leute diese Methode anzuwenden – offensichtlich hatte er irgend etwas in Gang gebracht. Er klatschte sie erneut ab, versuchte zum zweiten Mal, sie zu bitten, einen

Deckspaziergang mit ihm zu machen, bemerkte aber, daß ihre Aufmerksamkeit von herumalbernden Jungen auf der andern Seite des Raumes gefesselt wurde.

»Ich hab' ne tolle Liebeslaube oben in der Bronx«, sagte jemand.

»Kommen Sie mit hinaus?« fragte Bill. »Der Mond ist so schön heute.«

»Ich möchte lieber tanzen.«

»Wir können ja draußen tanzen.«

Sie drehte sich von ihm weg und schaute mit unschuldigem Spott zu ihm auf.

»Wo nehmen Sie das eigentlich alles her?«

»Her – was?«

»Ihre ganze Fröhlichkeit.«

Bevor er antworten konnte, klatschte sie ihm wieder jemand ab. Einen Moment lang bildete er sich ein, der Junge hätte gesagt »Etwas von diesem Tanz, Papi?« aber sein Ärger über Mays Desinteresse ließ ihn den Gedanken schnell vergessen. Bei der nächsten Gelegenheit kam er ohne Umschweife zur Sache.

»Ich lebe hier in der Nähe«, sagte er. »Ich würde mich sehr freuen, wenn ich Sie besuchen und irgendwann mal für ein Wochenende einladen dürfte.«

»Was?« fragte sie abwesend. Wieder hörte sie einer Miniatur-Farce zu, die in einer Ecke aufgeführt wurde.

»Meine Frau würde sich auch freuen, wenn Sie kämen«, fuhr Bill fort. Große Träume davon, was er alles um der alten Zeiten willen für dieses Mädchen tun könnte, nahmen in seinen Gedanken Gestalt an.

Ihr Kopf schwang neugierig zu ihm herum. »Aber Mr. McVitty hat doch irgend jemandem erzählt, Ihre Frau sei tot.«

»Das stimmt nicht«, sagte Bill.

Aus dem Augenwinkel sah er das unvermeidliche Katapult auf sich zukommen und tanzte flink aus seiner Schußlinie.

Eine Stimme rief weithin hörbar: »Seht mal, wie der alte Pappi noch springen kann.«

»Frag ihn, ob ich was von diesem Tanz abbekommen kann.«

Später konnte sich Bill an den Abend nur noch bis zu diesem Punkt erinnern. Eine Menschenmenge wirbelte um ihn herum, und jemand fragte dauernd, wer ein junger Schürzenjäger sei.

Er beschloß, verständlicherweise, ihnen eine Lektion zu erteilen, wie er es schon einmal getan hatte, was er ihnen auch mitteilte. Darauf folgte eine ellenlange Diskussion darüber, ob er schwimmen könnte oder nicht. Jetzt nahm das Durcheinander noch zu; es gab ein paar Fausthiebe und einen kurzen, heftigen Kampf. Nach einem Unterbruch von bestimmt mehreren Minuten nahm er den Faden der Geschichte wieder auf, als sein Kopf aus dem kühlen Wasser der Thames auftauchte.

Der Fluß schimmerte weiß vom Mond, der sich hoch am Himmel von einer goldrosa Erscheinung in eine Oblate aus glänzendem Käse verwandelt hatte. Es dauerte einige Zeit, bis er im Wasser paddelnd die Richtung zum Ufer ausgemacht hatte, aber das beunruhigte ihn nicht. Der Dampfer wirkte inzwischen nur noch wie ein kleiner Fleck, weit unten auf dem Fluß, und er lachte bei dem Gedanken, wie unwichtig das war, wie unwichtig alles war. Dann begann er mit dem sicheren Gefühl, richtig zu atmen, und beschäftigt mit der Frage, ob das Taxi wohl noch immer in Wheatly Village wartete, auf das dunkle Ufer zuzukraulen.

IV

Er war nervös, als er sich am nächsten Nachmittag seinem Zuhause näherte, ergriffen von dunkler, gegenstandsloser Furcht. Natürlich gründete sie sich auf seinem dummen Fehltritt. Stella würde irgendwie davon erfahren. In seiner gegenwärtigen Verfassung, dem genauen Gegenteil der liebenswürdig-dreisten Stimmung der vergangenen Nacht, schien es ihm unvermeidlich, daß sie davon erfahren würde.

»Wer ist alles hier?« fragte er sogleich den Butler.

»Niemand, Sir. Die Ameses waren vor einer Stunde hier, aber da keine Nachricht hinterlassen worden war, sind sie wieder gegangen. Sie meinten nur – –«

»Ist meine Frau denn nicht da?«

»Mrs. Frothington verließ das Haus gestern gleich nach Ihnen.«

Die Peitschenhiebe panischer Angst prasselten auf ihn nieder.

»Wie lange nach mir?«

»Fast sofort, Sir. Das Telefon klingelte, sie sprach mit irgend jemandem, und fast gleich danach ließ sie ihre Reisetasche packen und verließ das Haus.«

»Mr. Ad Haughton ist nicht gekommen?«

»Ich habe Mr. Haughton nicht gesehen.«

Es war passiert. Der Abenteuergeist hatte auch Stella gepackt. Er wußte, daß sie in ihrem Leben immer wieder von verliebten Männern bedrängt worden war, aber daß sie irgendwohin gehen würde, ohne es ihm zu sagen – –

Er warf sich mit dem Gesicht nach unten auf die Couch. Was war nur geschehen? Er hatte doch nicht gewollt, daß so etwas passierte. War es das, was sie gemeint hatte, als sie ihn neulich nachts so eigenartig angesehen hatte?

Er ging hinauf. Fast im selben Augenblick, in dem er das große Schlafzimmer betrat, sah er die Nachricht, auf blauem Schreibpapier geschrieben, damit er sie auf dem weißen Kopfkissen nicht übersehen konnte. In seinem Elend kam ihm ein alter Rat seiner Mutter wieder in den Sinn: »Je schrecklicher die Dinge zu sein scheinen, desto mehr mußt du Haltung bewahren.«

Zitternd entledigte er sich seiner Kleider, ließ ein Bad einlaufen und seifte sich das Gesicht ein. Dann goß er sich einen Drink ein und rasierte sich. Er war wie ein Traum, dieser Wandel in seinem Leben. Sie war also nicht mehr die seine; auch wenn sie zurückkommen sollte, sie würde nicht mehr die seine sein. Alles war anders – dieses Zimmer, er selbst, alles, was gestern noch existiert hatte. Plötzlich wollte er es zurück. Er stieg aus der Wanne, kniete sich daneben auf die Badematte und betete. Er betete für Stella, für sich selbst, für Ad Haughton; er betete wie besessen für die Wiederherstellung seines Lebens – dasselbe Leben, das er wie ein Verrückter gerade eben selbst zerstört hatte. Als er in ein Frottiertuch gehüllt aus dem Badezimmer kam, saß Ad Haughton auf dem Bett.

»Hallo, Bill. Wo ist denn deine Frau geblieben?«

»Moment mal«, antwortete Bill. Er drehte sich um, verschwand im Bad und schluckte einen ordentlichen Zug Friktions-Alkohol, Garant für heftige gastritische Störungen. Danach steckte er, als wäre nichts, den Kopf durch die Tür.

»Mundvoll Mundwasser«, erklärte er. »Wie geht's dir, Ad? Mach doch mal den Umschlag da auf dem Kopfkissen auf, dann wissen wir, wo sie steckt.«

»Sie ist mit 'nem Zahnarzt nach Europa – nein, ihr Zahnarzt geht nach Europa, und darum mußte sie nochmal schnell nach New York – –«

Er hörte es kaum. Sein Denken, befreit von jeglicher Sorge, war ihm aufs neue entglitten. Heute nacht würde Vollmond sein, oder fast Vollmond. Einmal war bei Vollmond etwas geschehen. Was es gewesen war, fiel ihm im Moment nicht ein.

Sein langer, schlaksiger Körper, seine kleine, im Universum verlorene Seele, saßen dort am Badezimmerfenster.

»Ich bin wahrscheinlich der schlimmste Typ der ganzen Welt«, sagte er und schüttelte im Spiegel den Kopf über sich selbst – »wahrscheinlich der schlimmste Typ der ganzen Welt. Aber ich kann's nicht ändern. In meinem Alter kann man nicht mehr gegen das ankämpfen, was man weiß, daß man ist.«

Durchdrungen vom Versuch sich zu bessern, blieb er eine Stunde getreulich sitzen. Dann brach die Dämmerung herein, Stimmen klangen von unten herauf, und plötzlich erschien es am Himmel über seinem Rasen, alles rastlose Sehnen nach entschwindender Jugend der ganzen Welt – der strahlende, unerreichbare Mond.

Hinweis

F. Scott Fitzgerald im Diogenes Verlag

Zärtlich ist die Nacht
Roman. Aus dem Amerikanischen neu übersetzt von Walter E. Richartz und Hanna Neves. Vorwort von Malcolm Cowley. Diogenes Evergreens. Auch als detebe 21119

Der große Gatsby
Roman. Deutsch von Walter Schürenberg detebe 20183

Der letzte Taikun
Roman. Deutsch von Walter Schürenberg detebe 20395

Pat Hobby's Hollywood-Stories
Übersetzt und mit Anmerkungen von Harry Rowohlt. detebe 20510

Der Rest von Glück
Erzählungen 1920. Deutsch von Walter Schürenberg. detebe 20744

Ein Diamant – so groß wie das Ritz
Erzählungen 1922–1926. Deutsch von Walter Schürenberg, Elga Abramowitz und Günter Eichel. detebe 20745

Der gefangene Schatten
Erzählungen 1926–1928. Deutsch von Walter Schürenberg, Anna von Cramer-Klett, Elga Abramowitz und Walter E. Richartz detebe 20746

Die letzte Schöne des Südens
Erzählungen 1928–1930. Deutsch von Walter Schürenberg, Elga Abramowitz und Walter E. Richartz. detebe 20747

Wiedersehen mit Babylon
Erzählungen aus dem verlorenen Jahrzehnt 1930–1940. Deutsch von Walter Schürenberg, Elga Abramowitz und Walter E. Richartz. detebe 20748

Das Liebesschiff
Erzählungen. Deutsch von Alexander Schmitz. detebe 21187

Amerikanische Literatur im Diogenes Verlag

● Joan Aiken
Die Kristallkrähe. Roman. Deutsch von Helmut Degner. detebe 20138

● Woody Allen
Manhattan. Vollständiges Drehbuch mit 20 Szenenfotos. Deutsch von Hellmuth Karasek und Armgard Seegers. detebe 20821
Der Stadtneurotiker. Vollständiges Drehbuch mit 19 Szenenfotos. Deutsch von Eckhard Henscheid und Sieglinde Rahm detebe 20822
Interiors. Vollständiges Drehbuch mit 16 Szenenfotos. Deutsch von Hellmuth Karasek und Armgard Seegers. detebe 20823
Stardust Memories. Vollständiges Drehbuch mit 32 Szenenfotos. Deutsch von Hellmuth Karasek und Armgard Seegers. detebe 20824
Zelig. Vollständiges Drehbuch mit 16 Szenenfotos. Deutsch von Armgard Seegers detebe 21154
Weitere Werke in Vorbereitung

● Sherwood Anderson
Ich möchte wissen warum. Ausgewählte Erzählungen. Deutsch von Karl Lerbs und Helene Henze. detebe 20514

● Louis Armstrong
Mein Leben in New Orleans. Autobiographie. Deutsch von Hans Georg Brenner detebe 20359

● John Bellairs
Das Haus, das tickte. Roman. Deutsch von Alexander Schmitz. Mit Zeichnungen von Edward Gorey. detebe 20368

● Ambrose Bierce
Die Spottdrossel. Erzählungen und Fabeln. Auswahl und Vorwort von Mary Hottinger. Deutsch von Joachim Uhlmann, Günter Eichel und Maria von Schweinitz. Zeichnungen von Tomi Ungerer. detebe 20234

● Ray Bradbury
Die Mars-Chroniken. Roman in Erzählungen. Deutsch von Thomas Schlück detebe 20863
Der illustrierte Mann. Erzählungen. Deutsch von Peter Naujack. detebe 20365
Fahrenheit 451. Roman. Deutsch von Fritz Güttinger. detebe 20862
Die goldenen Äpfel der Sonne. Erzählungen. Deutsch von Margarete Bormann detebe 20864
Medizin für Melancholie. Erzählungen Deutsch von Margarete Bormann detebe 20865
Das Böse kommt auf leisen Sohlen. Roman. Deutsch von Norbert Wölfl. detebe 20866
Löwenzahnwein. Roman. Deutsch von Alexander Schmitz. detebe 21045
Das Kind von morgen. Erzählungen. Deutsch von Hans-Joachim Hartstein. detebe 21205

● Harold Brodkey
Erste Liebe und andere Sorgen. Erzählungen. Deutsch von Elizabeth Gilbert. detebe 20774

● Fredric Brown
Flitterwochen in der Hölle. Science-Fiction-Geschichten. Deutsch von B. A. Egger. Mit Illustrationen von Peter Neugebauer detebe 20600

● W. R. Burnett
Little Caesar. Roman. Deutsch von Georg Kahn-Ackermann. detebe 21061
High Sierra. Roman. Deutsch von Armgard Seegers und Hellmuth Karasek. detebe 21208

● Erskine Caldwell
Wo die Mädchen anders waren. Ausgewählte Geschichten. Deutsch von Inge M. Artl, Elisabeth Schnack und Joachim Marten detebe 21186

● Raymond Chandler
Die besten Detektivstories. Deutsch von Hans Wollschläger. Diogenes Evergreens
Der große Schlaf. Roman. Deutsch von Gunar Ortlepp. detebe 20132
Die kleine Schwester. Roman. Deutsch von Walter E. Richartz. detebe 20206
Das hohe Fenster. Roman. Deutsch von Urs Widmer. detebe 20208
Der lange Abschied. Roman. Deutsch von Hans Wollschläger. detebe 20207
Die simple Kunst des Mordes. Essays, Briefe, eine Geschichte und ein Romanfragment. Herausgegeben von Dorothy Gardiner und Kathrine Sorley Walker. Deutsch von Hans Wollschläger. detebe 20209
Die Tote im See. Roman. Deutsch von Hellmuth Karasek. detebe 20311

Lebwohl, mein Liebling. Roman. Deutsch von Wulf Teichmann. detebe 20312
Playback. Roman. Deutsch von Wulf Teichmann. detebe 20313
Mord im Regen. Frühe Stories. Vorwort von Prof. Philip Durham. Deutsch von Hans Wollschläger. detebe 20314
Erpresser schießen nicht. Gesammelte Detektivstories I. Mit einem Vorwort des Autors. Deutsch von Hans Wollschläger detebe 20751
Der König in Gelb. Gesammelte Detektivstories II. Deutsch von Hans Wollschläger detebe 20752
Gefahr ist mein Geschäft. Gesammelte Detektivstories III. Deutsch von Hans Wollschläger. detebe 20753
Englischer Sommer. Geschichten, Parodien, Essays. Mit einem Vorwort von Patricia Highsmith, Zeichnungen von Edward Gorey und einer Erinnerung an den Drehbuchautor Chandler von John Houseman. Deutsch von Wulf Teichmann, Hans Wollschläger u.a. Mit einer kompletten Chandler-Bibliographie und -Filmographie. detebe 20754

Als Ergänzungsband liegt vor:
Raymond Chandler. Sein Leben und Werk. Biographie. Deutsch von Wulf Teichmann detebe 20960

● Stephen Crane

Das blaue Hotel. Erzählungen. Herausgegeben, übersetzt und mit einem Nachwort von Walter E. Richartz. detebe 20789

● Ralph Waldo Emerson

Natur. Essay. Deutsch von Harald Kiczka Diogenes Evergreens
Essays. Herausgegeben und übersetzt von Harald Kiczka. Mit zahlreichen Anmerkungen und einem ausführlichen Index detebe 21071

● William Faulkner

Brandstifter. Gesammelte Erzählungen I Deutsch von Elisabeth Schnack detebe 20040
Eine Rose für Emily. Gesammelte Erzählungen II. Deutsch von Elisabeth Schnack detebe 20041
Rotes Laub. Gesammelte Erzählungen III. Deutsch von Elisabeth Schnack detebe 20042
Sieg im Gebirge. Gesammelte Erzählungen IV. Deutsch von Elisabeth Schnack detebe 20043
Schwarze Musik. Gesammelte Erzählungen V. Deutsch von Elisabeth Schnack detebe 20044
Die Unbesiegten. Roman. Deutsch von Erich Franzen. detebe 20075
Sartoris. Roman. Deutsch von Hermann Stresau. detebe 20076
Als ich im Sterben lag. Roman. Deutsch von Albert Hess und Peter Schünemann detebe 20077
Schall und Wahn. Roman. Revidierte Übersetzung von Elisabeth Kaiser und Helmut M. Braem. detebe 20096
Absalom, Absalom! Roman. Deutsch von Hermann Stresau. detebe 20148
Go down, Moses. Chronik einer Familie. Roman. Deutsch von Hermann Stresau und Elisabeth Schnack. detebe 20149
Der große Wald. Vier Jagdgeschichten Deutsch von Elisabeth Schnack detebe 20150
Griff in den Staub. Roman. Deutsch von Harry Kahn. detebe 20151
Der Springer greift an. Kriminalgeschichten. Deutsch von Elisabeth Schnack detebe 20152
Soldatenlohn. Roman. Revidierte Übersetzung von Susanna Rademacher. detebe 20511
Moskitos. Roman. Revidierte Übersetzung von Richard K. Flesch. detebe 20512
Wendemarke. Roman. Revidierte Übersetzung von Georg Goyert. detebe 20513
Die Freistatt. Roman. Deutsch von Hans Wollschläger. Vorwort von André Malraux detebe 20802
Licht im August. Roman. Deutsch von Franz Fein. detebe 20803
Wilde Palmen und Der Strom. Doppelroman. Deutsch von Helmut M. Braem und Elisabeth Kaiser. detebe 20988
Die Spitzbuben. Roman. Deutsch von Elisabeth Schnack. detebe 20989
Eine Legende. Roman. Deutsch von Kurt Heinrich Hansen. detebe 20990
Requiem für eine Nonne. Roman in Szenen. Deutsch von Robert Schnorr. detebe 20991
Das Dorf. Roman. Erster Teil der *Snopes-Trilogie.* Deutsch von Helmut M. Braem und Elisabeth Kaiser. detebe 20992
Die Stadt. Roman. Zweiter Teil der *Snopes-Trilogie.* Deutsch von Elisabeth Schnack detebe 20993
Das Haus. Roman. Dritter Teil der *Snopes-Trilogie.* Deutsch von Elisabeth Schnack detebe 20994
New Orleans. Skizzen und Erzählungen. Deutsch von Arno Schmidt. detebe 20995
Briefe. Nach der von Joseph Blotner edierten amerikanischen Erstausgabe von 1977, herausgegeben und übersetzt von Elisabeth Schnack und Fritz Senn. detebe 20958

Als Ergänzungsband liegt vor:

Über William Faulkner. Essays, Rezensionen, ein Interview, Zeichnungen, Chronik und Bibliographie. Herausgegeben von Gerd Haffmans. detebe 20098

● Lawrence Ferlinghetti

Ausgewählte Gedichte. Nachdichtung und Nachwort von Alexander Schmitz
detebe 20060

● F. Scott Fitzgerald

Zärtlich ist die Nacht. Roman. Neu übersetzt von Walter E. Richartz und Hanna Neves. Vorwort von Malcolm Cowley. Diogenes Evergreens. Auch als detebe 21119
Der große Gatsby. Roman. Revidierte Übersetzung von Walter Schürenberg
detebe 20183
Der letzte Taikun. Roman. Deutsch von Walter Schürenberg. detebe 20395
Pat Hobby's Hollywood-Stories. Übersetzt und mit Anmerkungen versehen von Harry Rowohlt. detebe 20510
Der Rest von Glück. Erzählungen 1920
detebe 20744
Ein Diamant – so groß wie das Ritz. Erzählungen 1922 – 1926. detebe 20745
Der gefangene Schatten. Erzählungen 1926 bis 1928. detebe 20746
Die letzte Schöne des Südens. Erzählungen 1928–1930. detebe 20747
Wiedersehen mit Babylon. Erzählungen 1930 bis 1940. detebe 20748
Alle Erzählungen in der Übersetzung von Walter Schürenberg, Walter E. Richartz u.a.
Das Liebesschiff. Erzählungen. Deutsch von Alexander Schmitz. detebe 21187

● Dashiell Hammett

Der Malteser Falke. Roman. Deutsch von Peter Naujack. detebe 20131
Rote Ernte. Roman. Deutsch von Gunar Ortlepp. detebe 20292
Der Fluch des Hauses Dain. Roman. Deutsch von Wulf Teichmann. detebe 20293
Der gläserne Schlüssel. Roman. Deutsch von Hans Wollschläger. detebe 20294
Der dünne Mann. Roman. Deutsch von Tom Knoth. detebe 20295
Fliegenpapier. Detektivstories I. Deutsch von Harry Rowohlt, Helmut Kossodo, Helmut Degner, Peter Naujack und Elizabeth Gilbert. Vorwort von Lillian Hellman
detebe 20911
Fracht für China. Detektivstories II. Deutsch von Elizabeth Gilbert, Antje Friedrichs und Walter E. Richartz. detebe 20912
Das große Umlegen. Detektivstories III. Deutsch von Walter E. Richartz, Hellmuth Karasek und Wulf Teichmann. detebe 20913
Das Haus in der Turk Street. Detektivstories IV. Deutsch von Wulf Teichmann
detebe 20914
Das Dingsbums Küken. Detektivstories V. Deutsch von Wulf Teichmann. Nachwort von Steven Marcus. detebe 20915

● O. Henry

Die klügere Jungfrau. Erzählungen. Mit einem Essay von Cesare Pavese. detebe 20871
Das Herz des Westens. Erzählungen
detebe 20872
Der edle Gauner. Erzählungen
detebe 20873
Wege des Schicksals. Erzählungen
detebe 20874
Streng geschäftlich. Erzählungen
detebe 20875
Rollende Steine. Erzählungen. detebe 20876
Alle Erzählungen deutsch von Annemarie und Heinrich Böll, Hans Wollschläger u.a.

● Patricia Highsmith

Leute, die an die Tür klopfen. Roman
Deutsch von Anne Uhde. Leinen
Die besten Geschichten von Patricia Highsmith. Herausgegeben von Franz Sutter
Diogenes Evergreens
Der Stümper. Roman. Deutsch von Barbara Bortfeldt. detebe 20136
Zwei Fremde im Zug. Roman. Deutsch von Anne Uhde. detebe 20173
Der Geschichtenerzähler. Roman. Deutsch von Anne Uhde. detebe 20174
Der süße Wahn. Roman. Deutsch von Christian Spiel. detebe 20175
Die zwei Gesichter des Januars. Roman. Deutsch von Anne Uhde. detebe 20176
Der Schrei der Eule. Roman. Deutsch von Gisela Stege. detebe 20341
Tiefe Wasser. Roman. Deutsch von Eva Gärtner und Anne Uhde. detebe 20342
Die gläserne Zelle. Roman. Deutsch von Gisela Stege und Anne Uhde. detebe 20343
Das Zittern des Fälschers. Roman. Deutsch von Anne Uhde. detebe 20344
Lösegeld für einen Hund. Roman. Deutsch von Anne Uhde. detebe 20345
Der talentierte Mr. Ripley. Deutsch von Barbara Bortfeldt. detebe 20481
Ripley Under Ground. Deutsch von Anne Uhde. detebe 20482

Ripley's Game. Roman. Deutsch von Anne Uhde. detebe 20346
Der Schneckenforscher. Gesammelte Geschichten. Vorwort von Graham Greene. Deutsch von Anne Uhde. detebe 20347
Ein Spiel für die Lebenden. Deutsch von Anne Uhde. detebe 20348
Kleine Geschichten für Weiberfeinde Deutsch von Walter E. Richartz. Zeichnungen von Roland Topor. detebe 20349
Kleine Mordgeschichten für Tierfreunde Deutsch von Anne Uhde. detebe 20483
Venedig kann sehr kalt sein. Roman. Deutsch von Anne Uhde. detebe 20484
Ediths Tagebuch. Roman. Deutsch von Anne Uhde. detebe 20485
Der Junge, der Ripley folgte. Roman Deutsch von Anne Uhde. detebe 20649
Leise, leise im Wind. Zwölf Geschichten. Deutsch von Anne Uhde. detebe 21012
Keiner von uns. Erzählungen. Deutsch von Anne Uhde. detebe 21179

Als Ergänzungsband liegt vor:
Über Patricia Highsmith. Essays und Zeugnisse von Graham Greene bis Peter Handke. Mit Bibliographie, Filmographie und zahlreichen Fotos. Herausgegeben von Fritz Senn und Franz Cavigelli. detebe 20818

● John Irving
Das Hotel New Hampshire. Roman. Deutsch von Hans Hermann. detebe 21194

● Ring Lardner
Geschichten aus dem Jazz-Zeitalter. Auswahl, Nachwort und Übersetzung von Fritz Güttinger. detebe 20153

● Jack London
Seefahrer- & Goldgräber-Geschichten Deutsch von Erwin Magnus. Vorwort von Herbert Eisenreich. Diogenes Evergreens

● Carson McCullers
Wunderkind. Erzählungen I. Deutsch von Elisabeth Schnack. detebe 20140
Madame Zilensky und der König von Finnland. Erzählungen II. Deutsch von Elisabeth Schnack. detebe 20141
Die Ballade vom traurigen Café. Novelle. Deutsch von Elisabeth Schnack. Diogenes Evergreens. Auch als detebe 20142
Das Herz ist ein einsamer Jäger. Roman. Deutsch von Susanna Rademacher detebe 20143
Spiegelbild im goldnen Auge. Roman. Deutsch von Richard Moering. detebe 20144
Frankie. Roman. Deutsch von Richard Moering. detebe 20145
Uhr ohne Zeiger. Roman. Deutsch von Elisabeth Schnack. detebe 20146

Als Ergänzungsband liegt vor:
Über Carson McCullers. Essays von und über Carson McCullers; Chronik und Bibliographie. Deutsch von Elisabeth Schnack und Elizabeth Gilbert. Herausgegeben von Gerd Haffmans. detebe 20147

● Ross Macdonald
Dornröschen war ein schönes Kind. Roman. Deutsch von Wulf Teichmann. detebe 20227
Unter Wasser stirbt man nicht. Roman Deutsch von Hubert Deymann detebe 20322
Ein Grinsen aus Elfenbein. Roman. Deutsch von Charlotte Hamberger. detebe 20323
Die Küste der Barbaren. Roman. Deutsch von Marianne Lipcowitz. detebe 20324
Der Fall Galton. Roman. Deutsch von Egon Lothar Wensk. detebe 20325
Gänsehaut. Roman. Deutsch von Gretel Friedmann. detebe 20326
Der blaue Hammer. Roman. Deutsch von Peter Naujack. detebe 20541
Durchgebrannt. Roman. Deutsch von Helmut Degner. detebe 20868
Geld kostet zuviel. Roman. Deutsch von Günter Eichel. detebe 20869
Die Kehrseite des Dollars. Roman. Deutsch von Günter Eichel. detebe 20877
Der Untergrundmann. Roman. Deutsch von Hubert Deymann. detebe 20878
Der Drahtzieher. Sämtliche Detektivstories um Lew Archer I. Mit einem Vorwort des Autors. Deutsch von Hubert Deymann und Peter Naujack. detebe 21018
Einer lügt immer. Sämtliche Detektivstories um Lew Archer II. Deutsch von Hubert Deymann und Peter Naujack. detebe 21019
Sanftes Unheil. Roman. detebe 21178

● A.E.W. Mason
Die vier Federn. Roman. Deutsch von Thomas Schlück. detebe 21176

● Herman Melville
Moby-Dick. Roman. Deutsch von Thesi Mutzenbecher und Ernst Schnabel detebe 20835
Billy Budd. Erzählung. Deutsch von Richard Moering. detebe 20787

● Margaret Millar
Nymphen gehören ins Meer. Roman Deutsch von Otto Bayer. Leinen

Liebe Mutter, es geht mir gut… Roman
Deutsch von Elizabeth Gilbert
detebe 20226
Die Feindin. Roman. Deutsch von Elizabeth Gilbert. detebe 20276
Fragt morgen nach mir. Roman. Deutsch von Anne Uhde. detebe 20542
Ein Fremder liegt in meinem Grab. Roman. Deutsch von Elizabeth Gilbert. detebe 20646
Die Süßholzraspler. Roman. Deutsch von Georg Kahn-Ackermann und Susanne Feigl
detebe 20926
Von hier an wird's gefährlich. Roman
Deutsch von Fritz Güttinger. detebe 20927
Der Mord von Miranda. Roman. Deutsch von Hans Hermann. detebe 21028
Das eiserne Tor. Roman. Deutsch von Karin Reese und Michel Bodmer. detebe 21063
Fast wie ein Engel. Roman. Deutsch von Luise Däbritz. detebe 21190

● Howard Moss & Edward Gorey

Augenblicke aus dem Leben großer Geister. Deutsch von Jörg Drews. detebe 20357

● Edgar Allan Poe

Die schwarze Katze und andere Verbrechergeschichten. detebe 21183
Die Maske des roten Todes und andere phantastische Fahrten. detebe 21184
Der Teufel im Glockenstuhl und andere Scherz- und Spottgeschichten. detebe 21185
Der Untergang des Hauses Usher und andere Geschichten von Schönheit, Liebe und Wiederkunft. detebe 21184

Alle Bände herausgegeben von Theodor Etzel. Deutsch von Gisela Etzel, Wolf Durian u.a.

● Patrick Quentin

Bächleins Rauschen tönt so bang . . . Geschichten. Deutsch von Günter Eichel
detebe 20195
Familienschande. Roman. Deutsch von Helmut Degner. detebe 20917

● Henry Slesar

Die besten Geschichten von Henry Slesar
Herausgegeben von Anne Schmucke
Diogenes Evergreens
Fiese Geschichten für fixe Leser. Deutsch von Thomas Schlück. Diogenes Evergreens
Auch als detebe 21125
Schlimme Geschichten für schlaue Leser
Deutsch von Thomas Schlück. detebe 21036
Coole Geschichten für clevere Leser. Deutsch von Thomas Schlück. detebe 21046
Das graue distinguierte Leichentuch. Roman. Deutsch von Paul Baudisch und Thomas Bodmer. detebe 20139
Vorhang auf, wir spielen Mord! Roman. Deutsch von Thomas Schlück
detebe 20216
Erlesene Verbrechen und makellose Morde. Geschichten. Deutsch von Günter Eichel und Peter Naujack. Vorwort von Alfred Hitchcock. Zeichnungen von Tomi Ungerer
detebe 20225
Ein Bündel Geschichten für lüsterne Leser. Deutsch von Günter Eichel. Einleitung von Alfred Hitchcock. Zeichnungen von Tomi Ungerer. detebe 20275
Hinter der Tür. Roman. Deutsch von Thomas Schlück. detebe 20540
Aktion Löwenbrücke. Roman. Deutsch von Günter Eichel. detebe 20656
Ruby Martinson. Geschichten vom größten erfolglosen Verbrecher der Welt. Deutsch von Helmut Degner. detebe 20657

● Elinor Goulding Smith

Die perfekte Hausfrau. Deutsch von Elisabeth Schnack. Mit Zeichnungen von Loriot. detebe 21082

● Henry David Thoreau

Walden oder Leben in den Wäldern. Deutsch von Emma Emmerich und Tatjana Fischer. Mit Anmerkungen, Chronik und Register und mit einem Vorwort von W. E. Richartz
detebe 20019
Über die Pflicht zum Ungehorsam gegen den Staat und andere Essays. Auswahl, Übersetzung und Nachwort von W. E. Richartz
detebe 20063

● Mark Twain

Die besten Geschichten von Mark Twain
Herausgegeben von Christian Strich
Diogenes Evergreens
Die Million-Pfund-Note. Skizzen und Erzählungen I. Deutsch von N. O. Scarpi, Marie-Louise Bischof und Ruth Binde. Mit Zeichnungen von Bob van den Born
detebe 20918
Menschenfresserei in der Eisenbahn. Skizzen und Erzählungen II. Deutsch von Marie-Louise Bischof und Ruth Binde. Mit Zeichnungen von Bob van den Born
detebe 20919

● Nathanael West

Schreiben Sie Miss Lonelyhearts. Roman. Mit einer Einführung von Alan Ross. Deutsch von Fritz Güttinger. detebe 20058

Tag der Heuschrecke. Roman. Deutsch von Fritz Güttinger. detebe 20059
Eine glatte Million oder Die Demontage des Mister Lemuel Pitkin. Roman. Übersetzung, Anmerkungen und Nachwort von Dieter E. Zimmer. detebe 20249

● Das Diogenes Lesebuch amerikanischer Erzähler
Geschichten von Washington Irving bis Harold Brodkey. Mit einleitenden Essays von Edgar A. Poe und Ring Lardner, Zeittafel, bio-bibliographischen Notizen und Literaturhinweisen. Herausgegeben von Gerd Haffmans. detebe 20271